Für Viktor

Erotische Geschichten

Alisa Binoa

FSC
www.fsc.org
MIX
Papier aus ver-
antwortungsvollen
Quellen
Paper from
responsible sources
FSC® C105338

Lektorat, Buchsatz: Anja-Nadine Mayer
Cover: Canva

TWENTYSIX – der Self-Publishing Verlag
Eine Kooperation zwischen der Verlagsgruppe Random House GmbH
und der Books on Demand GmbH
Herstellung und Verlag: BoD – Books on Demand, Norderstedt

ISBN: 9783740770860

Inhalt

Vor dem Fenster

Sonnenstrahlen zwängten sich mit aller Macht unter dem Vorhang hindurch.

Ich hörte das gemütliche Knittern von gestärkter Hotelbettwäsche hinter mir. Viktors Hand glitt verschlafen über meinen Po, meine Hüften bis vor zu meinem Bauch und zog meinen Körper sanft, aber bestimmt gegen seinen.

„Guten Morgen, meine Schöne. Auf in den zweiten Teil eines intensiven Wochenendes! Ich habe einiges mit uns vor."

Ich spürte, wie er sich hart gegen meine Rückseite drückte. „Leider muss ich dich aber heute Morgen noch einige Zeit vertrösten, bis ich dir wieder meine ganze Aufmerksamkeit schenken kann. Bis Mittag bin ich wieder bei dir. Du hast mir doch erzählt, dass du Bücher schreibst. Ich hätte eine wunderbare Aufgabe für dich. Ich möchte, dass du eine anregende Geschichte für mich schreibst. Deine erotischen Fantasien sind sicherlich wunderbar. Du darfst sie mir dann später vorlesen. Damit ich auch ein bisschen mitwirke, gebe ich dir drei Reizworte vor, an denen du dich orientieren wirst. Was hältst du davon?"

Erstaunt sah ich ihn an. „Warum nicht", erwiderte ich.

Sein Blick glitt durch das Zimmer.

„Okay, wir befinden uns in einem Hotelzimmer. Das ist Wort eins … Ich blicke geradeaus auf diesen geschmackvollen Vorhang. Das ist Wort zwei … Und am Boden liegen Deine Seidendessous von gestern Nacht. Das ändere ich etwas ab und mache Seidentuch daraus. Das ist das dritte Wort. Wir haben also: Hotelzimmer, Vorhang, Seidentuch. Überrasch mich!"

„Die Herausforderung nehme ich gerne an und meinen Laptop habe ich dabei. Ich werde etwas schreiben, das uns in die richtige Stimmung für weitere Spielereien bringt."

Hotelzimmer – Vorhang – Seidentuch

Wir hatten ein paarmal miteinander telefoniert. Über eher belangloses Zeug geredet. Über Gott und die Welt, gemeinsame Freunde, ein wenig über Politik und ein wenig mehr über Literatur. Was man so redet, wenn man sich noch nicht kennt.

Ich denke, es gibt keinen speziellen Gesprächsstoff, den man abhandeln sollte, wenn man plant, Sex miteinander zu haben. Wir hatten viel zusammen gelacht. Das war wichtig. Ich mochte sein Lachen. Es kam tief aus seiner Brust. Dunkel und melodisch. Nicht zu laut, nicht zu lange, dass es aufgesetzt gewirkt hätte. Einfach entspannt.

Ich fühlte mich immer sehr wohl bei unseren Gesprächen. Erst wenn ich das Telefonat beendet hatte, merkte ich, dass ich ihm sehr viel über mich erzählt hatte. Mehr als ich sonst Menschen erzählte, die ich noch nie gesehen hatte. Er fragte vorsichtig, was ich von einem Treffen erwartete, was ich möge, was nicht. Viel konnte ich drauf zunächst nicht antworten, weil mir die Worte fehlten.

Ich hatte Probleme, das, was ich wollte, in Worte zu fassen. Wenn ich mir aber selbst Lust bescherte, sah ich sehr klar vor mir, was mir fehlte. Da traten Männer auf, die ganz anders waren als alle meine Bekannten oder Freunde, die ich bis dahin kennengelernt hatte. Und auch ich verhielt mich in diesen Träumen ganz anders, als ich es in meinem realen Leben tat. All das erzählte ich Viktor. Bei jedem Telefonat ein wenig mehr. Er fragte geschickt nach und dadurch öffnete ich meine Gedanken für ihn.

Für diesen Abend waren wir das erste Mal real verabredet. Wir hatten vorher besprochen, was geschehen durfte und was nicht. Damit es passte, damit ich mich wohlfühlte. Ich hatte die Kontrolle – solange ich sie brauchte, um mich sicher zu fühlen.

Ich entschied ein Taxi zu nehmen. In der Straße, in der sich das Hotel befand, war es mit Parkplätzen schwierig und ich wollte in der Kleidung, die ich auf seinen Wunsch tragen sollte, nicht durch die Straßen laufen. Außerdem sah es souverän aus, wenn man vor einem Hotel mit dem Taxi vorfuhr. Diese zusätzliche Souveränität würde ich heute Abend dringend benötigen.

Ich blickte zu den Lichtern der Hochhäuser hinauf, als das Taxi hielt. In den Bankentürmen wurde um diese späte Stunde noch gearbeitet, da die Büros zu amerikanischen Konzernen gehörten. Sie sahen aus wie moderne LED-Lampen, bei denen um einen Stab kleine LED-Dioden platziert waren.

Der Blick des Taxifahrers, als ich mit leicht zitternden Händen meine Fahrt bezahlte, verunsicherte mich. Ob er mich für eine Escort-Dame oder so etwas hielt? Krampfhaft hatte ich mich während der Fahrt bemüht, meinen Mantel vorne zusammenzuhalten. Ich hatte den Kragen aufgestellt und vorne zusammengeklappt, damit mein Dekolletee bedeckt war. Durch das Sitzen war mein gut knielanger Mantel weit nach oben gerutscht. Außerdem klaffte er vorne auseinander. Ich hatte verzweifelt versucht, mit einer Hand die zwei Mantelteile zusammenzuhalten und mit der anderen meinen Kragen. Aber wahrscheinlich war gerade das auffällig. Der Fahrer hatte immer wieder in den Rückspiegel geblickt. Ich hatte seine Augen gesehen. Der Blick war gierig und schmierig.

„Achtzehn Euro" sagte er, als wir anhielten. Ich musste meine Hände von dem Mantel lösen, um in meiner Handtasche nach dem Geldbeutel zu suchen. Sofort glitt sein Blick zwischen meine Beine. Ich hasste solche Momente.

Bei einem Gespräch mit Viktor waren wir auch auf solche Situationen zu sprechen gekommen. „Alisa, es gibt zwei Arten von Demütigungen. Die eine, der du hilflos und schutzlos ausgeliefert bist. Bei der ein Gegenüber deine Persönlichkeit missachtet und keinerlei Respekt vor dir zeigt. Und dann gibt es lustvolle Demütigungen, denen du dich bewusst aussetzt, weil damit ein Kick verbunden ist. Das sind die Gefühle, die du erleben wirst. Dazu braucht es Vertrauen von deiner Seite und Einfühlungsvermögen von der Seite des Doms. Lass dich darauf ein und probier es aus."

Ich zog einen Zwanzig-Euro-Schein heraus und reichte ihn dem Fahrer. „Stimmt so." Auf ein Wechselgeld verzichtete ich gerne, um so schnell wie möglich auszusteigen.

Ich ließ meine negativen Empfindungen im Taxi, atmete die kühle Luft des Abends ein und überquerte die Straße. Auf der anderen Seite befand sich mein Ziel für diesen Freitagabend. Ich ordnete meinen Mantel wieder und hängte die Tasche über meine Schulter. Rücken gerade und ein selbstsicherer Gesichtsausdruck, so betrat ich die Lobby des Hotels. Mit gleichmäßigen Schritten klackerten meine hohen Schuhe über den blankpolierten Marmor der Eingangshalle. Der Traktorstrahl des Portiers hatte mich ins Visier genommen. Ob dieser ahnte, was ich hier machte? Machte es mir etwas aus?

„Ich freue mich, Dich heute Abend um zwanzig Uhr in Zimmer 803 in Empfang zu nehmen. Sei pünktlich. Es gelten die vereinbarten Spielregeln." Aufgeregt hatte ich heute Nachmittag diese Sprachnachricht geöffnet. Augenblicklich hatte mein Körper reagiert. Konditioniert durch seinen Tonfall und die offenen Gespräche, die wir geführt hatten. Jetzt ging es los!

Vor der Aufzugstür drehte ich mich noch einmal um und blickte in den gepflegten Eingangsbereich. Kleine Sitzecken mit den typisch pflegeleichten bunten Stoffen waren mit gediegen gekleideten Menschen besetzt. Die Männer trugen meist dunkle Anzüge, die Damen – Frauen wäre hier unpassend – trugen schlichte, aber elegante Kleider. Aus der Bar, die sich in einem angrenzenden Raum befand, war leise Klaviermusik zu hören.

Als sich die Aufzugstüren hinter mir sanft schlossen, ließ ich die Geräusche des Foyers hinter mir. Ich spürte, wie die Kabine sich in Bewegung setzte. Oder war es doch die Aufregung, die sich immer weiter in meinem Inneren ausbreitete? Dieses Gefühl der Unsicherheit war angenehm, die Erwartung des Unbekannten aufregend. So sollte es sich anfühlen! Was jetzt folgen würde, war bestimmt das, was ich suchte. Eine unbekannte Lust erfahren. Abstand vom Alltag und eine Auszeit, die nur mir gehörte.

Im Spiegel des Aufzugs kontrollierte ich noch einmal mein Makeup. Alles saß am richtigen Ort. Es spielte keine Aufzugsmusik, deshalb konnte ich meinen immer wieder stockenden Atem hören. Ein diskreter Gong kündigte das Stockwerk an. Meine Hände waren ein bisschen kalt und zitterten leicht. Vielleicht half ein tiefer Atemzug, um meine Nerven zu beruhigen.

Die Stille des Hotelflurs, vom leisen Surren einer Lüftungsanlage begleitet, wurde durch meine Schritte auf dem Hochflorteppich unterbrochen. Irgendwo auf dem Gang klackte eine Tür ins Schloss. Gut so. Zuschauer wären jetzt eine nicht gewollte Grenzerfahrung. Die Nummerierung an der Wand des Flurs wies mir den Weg nach rechts.

803 – ich war angekommen. Ich zog mein Handy aus der Tasche und öffnete seine Nachricht, in der er mir den Zimmercode mitgeteilt hatte. 4 – 3 – 7 – 2 tippte ich ein. Ein grünes Licht bestätigte die richtige Eingabe und ein Geräusch, als würde ein Tresorraum elektrisch geöffnet, entriegelte das Schloss.

Ich legte meine Hand auf die Klinke und öffnete die Tür. Das Hotelzimmer war hell erleuchtet. Mein Blick fiel in einen großen Raum. Auf der einen Seite stand ein Doppelbett und auf der anderen eine kleine Sitzgruppe. Alles war in unterschiedlichen Grautönen gehalten, was dem Raum eine elegante, aber gemütliche Atmosphäre verlieh. Die Wand gegenüber war von oben bis unten von schweren, blickdichten Vorhängen bedeckt – wahrscheinlich war die Front dahinter vollständig verglast. Gerne hätte ich von hier oben einen Blick über die Stadt geworfen. Aber die Vorhänge versperrten den Blick auf die Außenwelt.

„Komm herein und schließ die Tür hinter dir ab."

Der Ton war fordernd und klar. Ich tat, um was er gebeten hatte. Dies war keine Anweisung, eher eine Bitte. Viktor stand mitten im Zimmer und grinste mich mit seinem gewinnenden Lächeln an. Mein Herz klopfte vor Aufregung und ich war sicher, er konnte es hören.

Da stand er nun. Der Mann, mit dem ich schon so viel geschrieben und telefoniert hatte, den ich aber noch nie in natura gesehen hatte.

„Ich freue mich, dass du meiner Einladung gefolgt bist und bereit bist, dich auf ein Spiel einzulassen, bei dem ich dich führen darf. Stell deine Tasche gleich dort an der Türe ab und schließe die Augen."

Er wollte keine Konversation treiben, er wollte sehen, ob ich ihm gehorchen würde. Mein letzter Eindruck, bevor ich die Augen schloss, war, dass er durch das Zimmer auf mich zukam. Er trat hinter mich. Sein herber und frischer Geruch fand sofort den Weg in meine Nase, als er mir sanft einen Kuss in den Nacken gab.

Er ließ einen zarten Stoff über mein Gesicht gleiten, legte dann den Seidenschal über meine Augen und verknotete ihn hinter meinem Kopf.

„Fühlst du dich sicher?", fragte er.

Ich nickte. Seine Worte und seine Stimme beruhigten mich. Bis jetzt startete kein Panikprogramm.

„Gut. Jetzt möchte ich, dass du deine Fantasie benutzt und dich auf das Kommende einlässt. Ich möchte, dass du mir die Kontrolle übergibst. Stück für Stück."

Ich schluckte. Jetzt wurde es ernst. Ich würde mich gleich vor einem fast fremden Mann entblößen. Ich hatte mich entschieden, als ich dieses Zimmer betrat, deshalb ließ ich ihn gewähren. Ich schwieg und wartete, was folgen würde. Er öffnete meinen Mantel, streifte ihn über meine Schultern und ließ ihn auf den Boden fallen.

Keiner sprach ein Wort. Ich hörte meinen Atem lauter als normal. Ob das an den verbundenen Augen lag? Ein genommener Sinn verstärkt die Kraft der anderen. Ich versuchte mir sein Gesicht vorzustellen. Nur kurz hatte ich ihn gesehen. Dennoch machte ich mir ein Bild von seinem Gesichtsausdruck, als zum Vorschein kam, was er mir zu tragen vorgegeben hatte. Ein schwarzer Spitzen-BH und ein schwarzer String. Mehr nicht.

„Wunderbar, das wird ihm gefallen."

Ich riss meinen Kopf herum, als würde ich in seinem Gesicht eine Erklärung suchen. Aber es war zwecklos. Meine Augen waren verbunden. Deshalb fragte ich unsicher: „Ihm? Von wem sprichst du? Von anderen Personen weiß ich nichts."

Er stand immer noch schräg hinter mir und flüsterte mir ins Ohr. „Psst, nicht so viel fragen. Warte ab, meine Liebe, und überlass mir die Führung. Genau dafür bist du doch gekommen, oder etwa nicht?"

Dabei strichen seine Finger so sanft über die Haut meiner Oberarme, dass ich es an jedem einzelnen Härchen spürte. Ich entspannte mich wieder. Ja, er hatte recht. Dafür war ich da.

„Leg jetzt deine Hände auf den Rücken", forderte er leise, aber bestimmt.

Ich reagierte nicht sofort. Zu ungewohnt war die Situation. Ich ahnte, was jetzt folgen würde. Wollte ich das? Konnte ich das?

Er wartete, bis ich bereit war, seiner Aufforderung zu folgen. Ich gab ihm die Kontrolle – wieder ein Stückchen mehr –, als ich meine Arme auf den Rücken legte. Ich hielt mit den Händen meine Handgelenke umschlossen. Durch die neue Haltung wurden meine Schultern nach hinten gezogen und meine Brüste streckten sich automatisch heraus. Ich stand ganz gerade da. Stolz und selbstbewusst, ging es mir durch den Kopf. So musste ich wirken. Er ließ mich einige Sekunden in dieser Haltung stehen und schien zu beobachten.

Überrascht stellte ich fest, was die veränderte Körperhaltung mit mir machte. Eigentlich hätte ich verunsichert sein sollen, hätte die Verteidigung meiner Grenzzäune starten müssen, aber da war noch ein weitaus stärkeres

Gefühl: Lust! Lust auf die Überschreitung der Grenze, die ich mir selbst gesetzt hatte. Es war meine selbstbewusste Entscheidung. Und ich fühlte mich gut.

Wieder glitt zarter Stoff über meine Haut. Diesmal über meine Arme.

„Ich werde dir deine Handgelenke mit einem Tuch zusammenbinden. Nicht sehr fest. So, dass du herausschlupfen könntest, wenn du wolltest. Aber ich möchte, dass du dich darauf einlässt und das Gefühl auf dich wirken lässt. Das Tuch soll dir Halt geben, nicht dich einengen."

Er wickelte den Stoff einige Male um meine Arme und machte zum Schluss eine Schleife. Ich bewegte meine Hände. Er hatte recht. Ich würde meine Arme ganz einfach herausziehen können, aber ich wollte gar nicht.

Seine Hände legten sich auf meine Schultern und er dirigierte mich durchs Zimmer.

„Lass dich führen. Du kannst gefahrlos geradeaus laufen. Der Weg ist frei."

Meine Aufregung war verschwunden. Seine Hände gaben mir Sicherheit. Viktor war genau so, wie ich ihn mir nach unseren Gesprächen vorgestellt hatte. Ruhig und souverän. Ich fühlte mich aufgehoben und gleichzeitig konnte ich es kaum erwarten, mehr von ihm gefordert zu werden.

Wir gingen einige Schritte, bis seine Hände an meiner Schulter mich stoppten.

Ich stand nur wenige Zentimeter vor den Verdunkelungsvorhängen. Ich roch ihren leicht staubigen Geruch.

Dann verschwanden seine Hände.

„Sie ist da", hörte ich Viktor sagen. „Was möchtest du, dass ich tue?", sprach er, allerdings nicht zu mir. Mit wem unterhielt er sich da?

Schweigen. Offenbar hörte er jemandem zu. Er hatte gesagt, dass ich nicht fragen, sondern ihm die Führung überlassen solle. Ungewohnt. Völlig ungewohnt. Normalerweise hatte ich immer die Kontrolle. In meinem Alltag, in meinem Job, in meinen Beziehungen. Jetzt plötzlich sollte ich dieses langerprobte Programm nicht anwenden. Ich schluckte und versuchte über mein Gehör mehr Informationen zu erlangen.

Vor mir war Bewegung. Ich hörte das Quietschen der Vorhangringe in der Schiene und spürte die Luftbewegung des sich bewegenden Stoffes. Die Schutzschicht aus schwerem Stoff war verschwunden. Ich stand direkt vor dem Fenster. Die Kälte der Glasscheibe strahlte bis auf meinen Körper aus. Draußen musste es mittlerweile dunkel sein und das Hotelzimmer war hell erleuchtet. Ich musste von draußen gut zu sehen sein. Wie eine Schaufensterpuppe in einem Schaufenster am Abend, kam mir in den Sinn. Scham kam in mir auf. Ja, ich schämte mich bei dem Gedanken, wie ich halbnackt vor einem Fenster stand. Aber es war kein erniedrigendes Gefühl, sondern es war verboten gut. Was machte Viktor bloß mit meinen gewohnten Empfindungen?

Viktor trat hinter mich, ich konnte ihn riechen. Ob ich diesen Duft immer mit dieser besonderen Situation verbinden würde?

„Er möchte sehen, wie ich dich berühre – für ihn", flüsterte er.

Seine warmen Handflächen legten sich auf meinen Rücken, fuhren bis hinunter zu meinem Po.

Ich zuckte zusammen, biss mir auf die Lippe und wollte die Fragen, die in meinem Kopf herumschwirrten, zurückhalten, aber ich konnte die Worte nicht mehr bremsen:

„Was hast du mit mir vor? Wo ist er? Von wem sprichst Du?"

„Er steht uns direkt gegenüber. Auf der anderen Straßenseite. Im Büro gegenüber unserem Hotelzimmer. Du hast die Bürotürme doch sicherlich gesehen, als du hergefahren bist."

Schon wollte ich weiterfragen, da legte er einen Finger auf meine Lippen.

„Nicht sprechen, Alisa. Versuche nicht alles zu hinterfragen. Lass es geschehen."

Sanft glitt Viktors Hand über meinen BH, zog das Körbchen hinunter und hob meine Brust heraus. Er begann sanft meine Brustspitze zu zwirbeln. Er zwickte hinein, rollte sie zwischen seinen Fingern hin und her, bis sie sich ihm entgegenstreckte.

„Er möchte sehen, wie ich dich heiß mache. Wie du dich immer weiter deiner Lust hingibst. Möchte dich sehen, wie du es genießt, dabei beobachtet zu werden."

Der unbekannte Mann schaute uns tatsächlich zu? Sah alles, was Viktor mit mir machte? Sah meinen beinahe nackten Körper? O mein Gott! Das war unvorstellbar … geil. Scheiß auf meine Erziehung!

Viktors Hand bewegte sich von meinen Brüsten über meinen Bauch, hinunter zu meiner Scham. Fand den Weg zwischen meine Beine. Ein Finger schlüpfte unter den Stoff und zog das Höschen mit einer schnellen Bewegung hinunter. Es glitt zu meinen Knöcheln.

„Sehr schön. Sie ist schon ziemlich feucht", informierte er den Mann gegenüber.

Ich legte meinen Kopf nach hinten auf seiner Schulter ab und genoss seine sanften Berührungen.

„Stell deine Beine etwas weiter auseinander, damit ich dich noch intensiver verwöhnen kann und er einen besseren Blick hat."

Ich gehorchte. Sofort drangen seine Finger tiefer in mich ein.

Die Vorstellung, beobachtet zu werden, machte mich immer mehr an. In meinem Kopf sah ich den Mann gegenüber in seinem Büro stehen, mit dem Handy am Ohr, Anweisungen an Viktor flüsternd. Er stand vor seinem Glasfenster und blickte hinaus in die Nacht dieser Stadt. Wahrscheinlich hatte er gerade noch gearbeitet. In seinem Büro war das Licht ausgeschaltet. Nur das Treppenhauslicht, das durch den Türspalt drang, beleuchtete schwach einen Teil des Teppichbodens. Er war aufgestanden, als Viktor ihn angerufen hatte und meine Ankunft bestätigt hatte. Dann war er an sein Fenster getreten und hatte die Anweisung gegeben, die Vorhänge zu öffnen. Ich genoss die Vorstellung, welche Gefühle ich in ihm auslöste, als er mich auf der anderen Seite erblickte. Wie sehr ihn auch diese Situation erregte, er konnte die Choreographie zwar beeinflussen, aber er konnte nicht direkt eingreifen. Würde nie meine Haut berühren. Wie konnte er aussehen? Wahrscheinlich dunkle Augen und Haare, Anzug, Lederschuhe. Banker vielleicht. Zumindest sahen so die Männer immer aus, wenn ich die Augen schloss und mich meinen Träumen hingab.

Viktors Hand bewegte sich in meiner feuchten Spalte, tauchte immer wieder tief in mich ein. Er wusste genau, wie er eine Frau berühren musste, um ihr Lust zu verschaffen. Ich verstärkte dieses Gefühl der Erregung, indem ich meinen Unterleib rhythmisch bewegte.

„Nicht so schnell, Alisa. Noch hast du keine Erlaubnis von unserem Beobachter, zum Orgasmus zu kommen. Da wirst du wohl noch warten müssen."

Er entschied? Nicht ich oder vielleicht Viktor? Mir wurde bewusst, wie wenig ich in diesem Moment zu sagen hatte. Ich hatte meine Entscheidungsbefugnis aus der Hand gegeben. Ich würde noch so viel lernen müssen. Viktors Hand glitt über meinen Körper, streichelte die Innenseite meiner Oberschenkel, strich über meine Brüste und über meinen Venushügel.

„Er ist verdammt angetan von dem Anblick, den du ihm bietest."

Ein Lächeln bildete sich in meinem Mundwinkel und ich stellte mir vor, wie er völlig fasziniert zu uns herübersah. Wahrscheinlich konnte er kaum noch seine eigenen Hände stillhalten. Oder berührte er sich vielleicht selbst? Nein, das würde nicht passen. Er stand sicher ruhig am Fenster, mit dem Telefon am Ohr, und gab Anweisungen, die hier im Zimmer ausgeführt wurden.

Viktor war mit seinen Fingern wieder zwischen meinen Beinen und verstärkte dort seine Stimulation. Mein Körper reagierte, mein Atem beschleunigte sich und durch die Erregung ließ die Kraft in meinen Beinen immer mehr nach. Aber ich wagte nicht, auf den Boden zu sinken. Gut, dass ich mich an Viktor anlehnen konnte. Leise begann ich zu stöhnen. Das Seidentuch, das meine Arme zusammenhielt, rutschte durch meine Bewegungen immer weiter auseinander. Schade. Ich würde Viktor bitten, mich das nächste Mal fester zu fixieren. Ich hatte bereits Gefallen an diesem Gefühl gefunden.

„Darf sie kommen?", fragte er und mir wurde bewusst, dass die Antwort wohl nicht automatisch ja hieß. Es gab keine Selbstverständlichkeiten.

Gleichmäßig glitt sein Finger durch meine Spalte. In meinem Kopf konnte ich die gesamte Szene beobachten. Ich spürte die Kontraktionen in meinem Unterleib, die unweigerlich zu einem Orgasmus führen mussten. Was würden die Männer mit mir machen, wenn ich ohne ihre Zustimmung käme?

„Ich soll dir sagen, dass du eine wunderschöne erotische Frau bist. Er genießt deinen Anblick. Deshalb möchte er sehen, wie Du kommst. Du hast die Erlaubnis zu einem Orgasmus bekommen", flüsterte mir Viktor ins Ohr.

Ich sah den Mann vor mir, der, selbst mit beschleunigtem Atem, gebannt die Frau im anderen Haus hinter der Glasfront beobachtete. Wie sie sich in ihrer Erregung wand. Für ihn. Aufgrund seiner Entscheidung.

Ich spürte die Kontraktionen in meinem Unterleib, die den nicht mehr aufzuhaltenden Ausbruch anzeigten.

Viktors Worte und meine Vorstellung von meinem unbekannten Beobachter hatten mich schnell kurz vor einen Orgasmus gebracht. Mein Körper spannte sich an und ich suchte mit meinem Kopf Halt an Viktors Brust. Ich hielt mich krampfhaft am Schal um meine Handgelenke fest, damit es nicht hinunterrutschte. Ich wollte diesen Halt spüren. Viktor hielt mich mit einem Arm fest und stimulierte mich mit der anderen Hand weiter. Meine Beine wollten schon wieder nachgeben, aber dann hätte ich den Orgasmus ruiniert. Ich mobilisierte meine letzten Kräfte, schrie meine Lust heraus und genoss die Wogen des Orgasmus, bis die Entspannung einsetzte.

Viktor hielt mich fest im Arm und wir ließen uns vorsichtig auf den weichen Teppichboden gleiten. Ich legte meine verschwitzte Stirn an seine Brust und er streichelte mich sanft, bis ich wieder zu Atem gekommen war. Er zog die Schleife an meinen Armen auf. Dann befreite er meine Augen vom Seidentuch, strich meine Haare aus meinem Gesicht und lächelte mich an. Vorsichtig drehte ich den Kopf zum Fenster.

„Ist der Mann auf der anderen Straßenseite noch da?", fragte ich.

„Welcher Mann?", antwortet er.

Mein Blick fiel aus dem Fenster auf das Gebäude gegenüber. Absolut dunkel und verlassen.

„Unterschätze nie die Kraft deiner Fantasie. Sie ist der Schlüssel zu allem, was du erleben wirst."

Viktor blickte mich an, nachdem ich ihm meine Geschichte vorgelesen hatte.

„Ja, die Kraft der Fantasie kann dir unendliche Lust oder Qual bereiten. Und beides liegt sehr nahe beieinander. Ich hätte da auch schon eine Idee, wie wir das jetzt gleich ausprobieren können."

Meine Regeln, deine Lust

H allo Alisa! Lust zu spielen?"
Ich lächelte, als ich die Nachricht von Viktor auf meinem Handy fand. „Natürlich habe ich Lust. Wie immer. Ich liebe deine Aufgaben und Vorgaben – meistens zumindest."

„So ist das brav. Dafür habe ich mir etwas Neues ausgedacht. Erinnere dich mal an deine Schulzeit."

„Das ist jetzt aber schon ein bisschen her."

„Ich möchte, dass du eine Geschichte schreibst. Du hast dafür 24 Stunden Zeit. Morgen zur selben Uhrzeit habe ich sie als Email in meinem Postfach, sonst …"

„Da ich nie weiß, ob ich deine Belohnungen oder deine Strafen mehr schätze, denke ich, es ist sicherer, wenn ich mich gleich an die Arbeit mache."

„Aber so leicht lasse ich dich nicht davonkommen. Ich möchte, dass du eine Reizwortgeschichte verfasst. Und ich habe mir ein paar Worte ausgedacht, die dich gedanklich schon auf unsere nächste Session vorbereiten sollen. Nun möchte ich gerne hören, was deine Fantasie daraus macht. Die Worte, die du unterbringen sollst, lauten: Korsett – Tisch – Kerze."

„Wow – das ist schon speziell und ich kann mir schon vorstellen, was in deinem Kopfkino abgeht Sei gespannt, was ich draus mache. Ich werde dir was Schönes schreiben."

Korsett – Tisch – Kerze

Mein Handy vibrierte: „Du kannst vor der Garage dein Auto abstellen. Dann ziehst du dein Höschen aus. Das brauchst du heute nicht mehr. Ansonsten hoffe ich, du trägst, was ich dir vorgegeben habe. Betrete das Haus durch den Eingang an der Seite der Garage und warte."

Ein unangenehm kalter Wind wehte durch die Straßen dieses typischen Vororts. Große Grundstücke, Einfamilienhäuser prägten das Bild. Das Laub fegte über die Rasenflächen, weshalb scheinbar vor jedem Gartenzaun Menschen mit Rechen unterwegs waren. Dick eingepackt waren sie. Mit Schals, warmen Jacken und tief ins Gesicht gezogenen Mützen. Obwohl es noch nicht Abend war, wurde es langsam dunkel. In vielen Fenstern sah man Gestalten in beleuchteten Räumen oder das Flimmern eines Fernsehers. Als ich langsam durch die Straße fuhr, um das richtige Haus zu finden, fühlte ich ihre Blicke im Rücken.

Nummer zwölf, hatte mir Viktor bei unserem Treffen damals gesagt.

Viktor hatte ich nach einem Mädelswochenende mit meiner besten Freundin kennengelernt. Endlich mal Zeit zum Quatschen und Pläneschmieden. Ich hatte ihr erzählt, wie genervt ich von all den gleichablaufenden Dates und austauschbaren Männern war. Im Job hatte ich mich in den letzten Jahren erfolgreich weiterentwickelt, aber privat lief alles in den gewohnt langweiligen Bahnen. Eine Beziehung wollte ich nicht. Keine Zeit, keine Lust. Aber auf Sex wollte ich nicht verzichten, im Gegenteil: Ich wollte mich auch weiterentwickeln. All das hatte ich ihr nach einer Flasche Rotwein erzählt.

„Ich glaube ich wüsste da genau den Richtigen für dich. Viktor! Er ist die Antwort auf all deine Wünsche. Ich kenne ihn schon eine Weile. Ihm kannst du deine geheimen Fantasien erzählen und er wird sich ihrer annehmen. Du solltest allerdings schon offen sein für Neues und vielleicht im ersten Moment Unbekanntes. Und soweit ich weiß, hat er zurzeit ebenfalls keine Lust auf eine Beziehung. Also perfekte Bedingungen."

Das war jetzt schon ein paar Monate und ein paar unglaublich spannende Treffen mit Viktor her. Also heute ein weiteres Mal, aber das erste Mal in Haus Nummer zwölf.

Ich parkte mein Auto vor dem großen dunklen Garagentor. Es hob sich nur wenig vom Rest des Hauses ab. Kein Fenster war beleuchtet, nur eine Straßenlaterne erhellte die Umrisse, sodass man einen Eindruck vom Anwesen bekommen konnte. Geschmackvoll, aber nicht protzig. Gepflegt, aber nicht künstlich. Stimmig.

Ich wischte meine schweißnassen Hände an meinem Rock ab und stieg aus. Sofort hatte ich das Gefühl, jedermann auf der Straße sähe, dass ich unpassend für diese Gegend, diese Uhrzeit und diese Jahreszeit gekleidet war. Durch den dünnen Stoff zeichneten sich die Strapse ab, die Abschlüsse der Strümpfe waren kaum bedeckt und aus meiner Bluse blickten mich meine bloßen Brüste an. Ich hatte mich erst einmal neu eingekleidet, nachdem mir Viktor eine Liste mit seiner Meinung nach passenden Kleidungsstücken überreicht hatte. Sowas fand sich bis dahin nicht in meinem Kleiderschrank und ich wäre vorher niemals so aufreizend auf die Straße gegangen. Aber so wollte er mich sehen. Und ich kam diesem Wunsch gerne nach, denn ich spürte, was die Kleidung mit mir machte. Sie half mir den Alltag zu verlassen und mich auf die nächsten Stunden einzustellen.

Die Seitentür war einen Spalt offen und ich betrat das dunkle Haus. Ich zog die Tür hinter mir zu und horchte, ob ich etwas vernehmen konnte, einen Hinweis darauf, was passieren würde. Aber es war ganz ruhig. Nicht mal die Geräusche der Straße waren noch zu hören. Ich stand still, wartete und traute mich kaum zu atmen. Wenn man in die Dunkelheit hört, bildet man sich die seltsamsten Dinge ein. Die Wahrnehmung täuscht. Hörte ich eine Stimme? Oder waren das Schritte? Oder das Rascheln von Stoff?

Warten war nicht meine Stärke und das wusste er. Er wusste sowieso bereits viel zu gut, wie ich tickte, was ich mir wünschte und ersehnte. Er war einer dieser Menschen, denen man in zehn Minuten seine Lebensgeschichte erzählte und sich danach auch noch gut fühlte. Manchmal fragte ich mich, warum er eigentlich keine Freundin hatte, oder Sub, wie man in seinen Kreisen wohl sagte. Aber das sollte mir nur recht sein.

Immer noch stand ich in der Eingangshalle. Eine eigenartige Mischung aus Ruhe und Unruhe. Irgendwann wurde es im Dunkeln schwierig, auf hohen Schuhen ruhig zu stehen. Es fehlte ein Punkt zur Orientierung. Da ich noch nie in diesem Haus gewesen war, konnte ich auch nicht meine Erinnerungen zur Hilfe nehmen. Warum ließ er mich denn hier so unsicher herumstehen?

Noch bevor ich ihn hörte, kam mir sein Geruch in die Nase. Dieses Eau de Toilette, das er nur auflegte, wenn er in Spiellaune war. Dieser Geruch, der auf der Stelle Tausende von Erinnerungen und Gefühlen in mir weckte. Herb, männlich, nach frischer Dusche und ein bisschen Bad Boy.

„Na, meine Schöne, herzlich willkommen. Stehst du schon lange hier?", neckte er mich. Der Fiesling wusste genau, wie lange ich hier stand. Wahrscheinlich war er die ganze Zeit im Raum gewesen. „Ich hoffe, dir wurde die Zeit nicht lang, aber das Warten müssen wir ja sowieso noch ein bisschen mit dir trainieren."

Ich schrak auf, als ich seinen Atem in meinem Nacken spürte – sehen konnte ich ihn immer noch nicht. Ganz weich legten sich seine Lippen auf diese Stelle. Ich genoss seine sanfte Berührung. Langsam ließ ich meinen Kopf nach vorne sinken, meine Haare teilten sich in meinem Nacken. Seine Lippen streichelten mich und da wusste ich wieder, warum ich es so sehr liebte, mit ihm zu spielen. Langsam bewegten sich seine Lippen meinen Hals entlang und schickten kleine Stromstöße der beginnenden Lust durch meinen Körper. Vorsichtig zupfte er mit seinen Lippen an meiner Ohrmuschel, als wollte er meiner Aufmerksamkeit sicher sein, die er aber in jeder Zelle meines Körpers bereits hatte. Er flüsterte direkt in mein Ohr: „Ich möchte, dass du deine Rock und deine Bluse ausziehst. Deine Strümpfe und Schuhe darfst du anbehalten. Gib mir deine Hand. Ich führe dich hier herüber. Stell dich vor diese Wand, hebe die Arme über den Kopf und stütze dich ab. Ich möchte dich nochmal an deine Regeln erinnern, die gelten, sobald du dieses Haus betrittst: Deine Worte, dein Körper und deine Orgasmen gehören mir. Wage nicht, selbst darüber zu entscheiden."

Ich schloss kurz die Augen und schluckte. Ja, genau so wollte ich es fühlen. Wollte seine Stimme hören, die mich führte. Das war das Empfinden, das ich gesucht hatte und bei anderen Männern bisher nie bekommen hatte. Ich knöpfte meine Bluse mit leicht zittrigen Fingern auf, ließ sie zu Boden gleiten und stieg aus dem Rock. Dann ließ ich mich zur Wand führen, hob meine Hände über den Kopf und positionierte sie so, wie er es gefordert hatte Meine Fingerspitzen fühlten den rauen Putz und die Kälte, die von der Wand ausging. Bisher hatte ich keine Ahnung, was er vorhatte.

Zunächst schaltete er zwei Tischlampen an, die auf einem Konsolentisch standen. Gedämpftes Licht erhellte den Raum.

Ich wagte nicht, den Kopf zu ihm zu drehen. Also schloss ich die Augen, um die Erregung zu spüren, die ganz langsam in meinem Körper aufstieg. Die Wärme seines Körpers konnte ich an meinem nackten Rücken spüren, als er hinter mich trat. Ich spürte den feinen Stoff seines Hemds auf meiner Haut, die Hemdknöpfe an meiner Wirbelsäule, als er sich sanft an mich drückte. Ich spürte, wie sehr er mich wollte, als er seinen Unterleib an meinen Po drückte. Dieses eindeutige Indiz der Lust, war für mich ein wunderschönes Kompliment, eindeutiger als Worte. Viktor streckte seine Arme aus, legte sie auf meine und glitt mit seinen Fingerspitzen sanft von meinen Händen bis zu meinen Schultern an meinen nackten Armen entlang. Wie wunderbar erregend konnte diese sanfte Berührung sein. Jeder Nerv auf meiner zarten Haut spürte ihn. Ein kleiner Kuss in meinem Nacken und dann entzog sich die Wärme.

„Ich habe dir dieses wunderschöne Korsett anfertigen lassen. Genau geschaffen für deine Rundungen, die ich so sehr liebe. Und meine Hände werden diese heute formen und vervollkommnen, so wie ich mir das vorstelle. Titten, Taille, Hintern – genau nach meiner Idee. Spüre das Material. Es ist fest und unnachgiebig. Die eingearbeiteten Metallstäbe werden deine weiche Silhouette so fixieren, wie es meiner Vorstellung entspricht. Es wird eng sein, sehr eng. Und du wirst dieses Gefühl genießen, denn es wird dir Sicherheit geben."

Ich hatte noch nie ein richtiges Korsett getragen, nur auf Abbildungen gesehen. Natürlich hatte ich schon entsprechende Shops mit sexy Wäsche durchforstet und mir dabei vorgestellt, wie diese sehr extravaganten Kleidungsstücke wohl an mir aussehen könnten. Kleidung, die eindeutig zu einem bestimmten Zweck gemacht war, um die eigene und die Lust des Partners zu zeigen und anzufachen. Ob so ein Korsett etwas in meinem Kopf und in meinen Gefühlen verändern würde? Ich konnte mich nicht erinnern, vor Viktor meine Fantasien dahingehend geäußert zu haben. Aber vielleicht ahnte er es ja auch so. Nun würde ich erfahren, wie es sich anfühlte.

Er stand hinter mir und hielt mit beiden Händen das offene Korsett, bereit, mich darin einzuhüllen. Die erste Berührung spürte ich am Rücken. Der Satin war kalt und ich zuckte etwas, als er Zentimeter für Zentimeter meine heiße Haut berührte, bis er meinen ganzen Körper umschloss. Viktor ließ die Haken auf der Vorderseite einen nach dem anderen einrasten.

„Das sieht schon jetzt traumhaft aus. Nun steh fest am Boden, Beine gespreizt, und stütze dich an der Wand ab, damit du es genießen kannst, wenn ich meine Arbeit tue."

Ein fester Zug an den langen Bändern, die das Korsett in meinem Rücken verschlossen, überraschte mich. Ich keuchte. Kraftvoll zog er ein weiteres Mal. Und nochmal. Es war eng, aber nicht unangenehm. Eher fühlte ich mich jetzt bereits gehalten. So wie ich es in einigen Schilderungen gelesen hatte. Ich schloss die Augen, um ganz bei mir zu sein und die Veränderungen an meinem Körper wahrzunehmen.

Er machte eine Pause. Seine Finger strichen über meine Silhouette. Erst über die Schulterpartie, die Wirbelsäule entlang, über meinen Po, zwischen meine Beine. Ganz sanft streichelte er über meine Scham, an den Innenseiten der Schenkel entlang. Nur auf der Oberfläche ganz zart über die äußeren Schamlippen. Kaum dass sein Finger mich wirklich berührte, spürte ich, wie ich augenblicklich nass wurde. Ich schloss meine Augen und genoss diese klitzekleinen Berührungen. Wieder schickte er seine Hand auf Entdeckungsreise zur zarten Haut zwischen Oberschenkeln und Schamlippen, dann weiter zu meiner Mitte. Ich hatte Mühe, meine Muskeln zu kontrollieren, um ruhig zu wirken, doch das Auf und Ab meines Brustkorbs verriet mich. Am liebsten hätte ich mich an seinem Finger gerieben, aber ich hatte Angst, dass er seine Reise dann sofort einstellen würde.

„Gefällt dir das etwa? Ach – du darfst ja nicht antworten. Das ist ja eine meiner Regeln für dich. Wie dumm."

Er war gemein. So schön gemein. Genau das brauchte ich und genoss es. Ich hatte mir vorgenommen, heute ganz stark zu sein. Jedoch ahnte ich schon, dass das schwer werden könnte. Er würde mich fordern. Welche Vorfreude!

Mein Körper war gefangen in der beginnenden Erregung, da zog er wieder fest an den Bändern. Ich hörte den Stoff durch die Ösen zurren. Mit beiden Händen begann er oben an der Schnürung und zog das Band immer enger bis in die Mitte. Dasselbe dann vom unteren Ende des Korsetts von der Hüfte aus in die Mitte. Sein fester Griff und die Heftigkeit, mit der er zog, wurden immer hemmungsloser. Ich musste mich dagegenstemmen, indem ich mich nach vorne beugte und mehr Gewicht auf meine Arme verlagerte, um nicht umzufallen, und genoss gleichzeitig seine Kraft, mit der er meinen Körper formte. Das Korsett wurde mit jedem Zug strammer. Immer schwerer wurde das Atmen. Die Hände noch immer flach an die Wand gestützt, stellte ich mir vor, wie die Taille schmaler gebunden wurde, meine Hüften und mein Po dadurch weiter betont wurden. Mit jedem Zug an den Bändern entriss er mir immer mehr meine Kontrolle und ich überließ ihm gerne die Führung.

„Spreiz deine Beine weiter!", herrschte er mich an.

Ich gehorchte und wurde mit seiner Hand zwischen meinen Beinen belohnt. Langsam umrundete er wieder meine großen Schamlippen, die ich auf seinen Wunsch hin glattrasiert hatte. Die Haut war dadurch noch empfindlicher für seine Berührungen. Diese waren sanft, aber stetig. Hitze und ein wunderbares Gefühl der Erregung breiteten sich in mir aus. Mein Atem ging schneller – sehr flach, behindert durch das Korsett. Mit dieser Wirkung hatte ich nicht gerechnet. Das Luftholen war nicht eingeschränkt, aber bevor sich die Lunge ganz füllen konnte, wurde sie vom engen Stoff gebremst.

Ein Finger glitt meine Spalte entlang, teilte sie aber noch nicht. Am liebsten hätte ich ihn angefleht, mir mehr Berührung zu schenken. Mein Körper wollte mehr spüren. Warum hielt er mich hin?

Ich konnte mein Becken auch mit aller Willenskraft nicht mehr stillhalten. Langsam bewegte ich mich auf seinem Finger. Ein paar Sekunden ließ er mich gewähren und ich dachte schon, er würde meine eigennützige Aktion durchgehen lassen, da sauste seine flache Hand kräftig auf meinen Po nieder.

„Habe ich dir erlaubt, dich selbst zu befriedigen?", fuhr er mich an. Und schon klatschte ein weiterer Schlag auf die andere Pobacke. Ich zuckte erschrocken zusammen, biss mir aber im letzten Moment auf die Zunge, um nicht zu schreien.

„Du darfst sprechen."

„Nein, du hast es mir nicht erlaubt, tut mir leid", antwortete ich schnell.

„Was tut dir leid? Dass du schon geil bist, wenn ich dich kaum anfasse? Offenbar hast du es ziemlich nötig, von mir später richtig gefickt zu werden. Was denkst du? Sag mir, was du jetzt möchtest."

„Bitte gib mir deinen Finger. Ich möchte dich spüren."

„Hmm, das reicht nicht. Ich möchte genau wissen, was du möchtest. Sprich es aus. Ich möchte, dass du deine Gedanken ausdrückst."

Ich hörte das Grinsen in seinen Worten und begann zu stottern, da er genau wusste, wie schwer es mir fiel, über Sex laut zu sprechen. Ich wusste, er tat das nicht nur, um mich zu ärgern, sondern weil er meine Empfindungen kennenlernen wollte. Er musste erfahren, wie ich in jeder Situation tickte. Nur so würde er meine Grenzen kennenlernen und diese ausweiten können, ohne dass ich mich überfordert fühlte.

„Ich möchte …, dass du deinen Finger … in mich steckst."

„Soso, das ist alles? Das reicht mir nicht als Erklärung."

„Ich möchte, dass du deinen Finger … zwischen meinen Beinen in mich hineinsteckst."

„Das ist mir noch zu ungenau. Da gäbe es eine Fünfzig-fünfzig-Chance, das Falsche zu tun. Das reicht mir also nicht." Er lachte auf.

Oh, Mist, daran hatte ich gar nicht gedacht. Das hätte er jetzt mit Absicht falsch auffassen können. Manchmal war ich wirklich unbedarft.

„Du bist so gemein. Du weißt genau, dass es mich quält, wenn ich das sagen soll. Ich möchte, dass du deine Finger in mein Fötzchen steckst und mich erregst. Mehr als du es bisher getan hast. Ich möchte mehr von dir und mir spüren."

„Das war für den Anfang gar nicht so schlecht. Warum nicht gleich. Geht doch. Und jetzt wird wieder der Mund gehalten. Ich hoffe, wir haben uns verstanden."

Er stellte sich ganz nah an meine Seite und küsste sanft meinen Nacken. Harte Worte, dazwischen einfühlsame Gesten. Das war es, was mich an ihm faszinierte. Doch bevor ich mich noch in dieses Gefühl fallen lassen konnte, sauste nochmals seine Hand auf meinen Po. Ich hielt kurz die Luft an, rechnete mit einem weiteren Schlag. Stattdessen aber war seine Hand zwischen meinen Beinen. Es begann wieder dieses sanfte Umkreisen meiner Mitte. Innerhalb von Sekunden kam meine Erregung zurück. Stärker als vorher. Seine Schläge auf meinen Po hatten meine Lust angefacht. Ich stand ganz still und fühlte in mich hinein, wie sein Finger bei jeder Runde ein wenig mehr Druck ausübte, bis er endlich meine Labien teilte und das erste Mal sanft und langsam zu meinen kleinen Schamlippen vordrang.

Dieses intensive Gefühl des Berührtwerdens ließ mich aufstöhnen. Ich hätte mir nie vorstellen können, dass so kleine Berührungen so intensive Gefühle auslösen konnten. Unglaublich! Was hatte ich nur bisher alles verpasst.

„Schsch, nicht zappeln, meine Liebe. Sonst muss ich mit dir doch gleich wieder das Warten trainieren. Und ich glaube, das wäre gerade selbst für mich zu fies."

Das wollte ich auf keinen Fall riskieren. Ich konzentrierte mich, um nicht wieder mein Becken zu bewegen und mich an seinem Finger zu reiben. Aber das Gefühl war jetzt doch erheblich intensiver und ich litt unter dem erzwungenen Stillhalten. Aber es machte mich auch unglaublich an, mich seinem Willen zu beugen. Der Beweis waren seine Finger, die ohne Widerstand durch meine Spalte glitten. Er massierte meine kleinen Schamlippen durch langsames Streichen, so wie ich es getan hätte, wenn es mein eigener Finger gewesen wäre, der mich verwöhnte.

„Bist du dir eigentlich klar darüber, wie geil es mich macht, wenn du so nass bist? Ich liebe es, deine Erregung so unmittelbar zu spüren. Deine Hingabe zu mir zu spüren. Du reagierst auf mich. Das ist gut so. Je mehr wir uns kennenlernen, desto besser wird es. Du musst noch einiges lernen, aber es macht Spaß, dich dabei zu führen."

Ich spürte das intensive Ziehen in meinem Unterleib, als er begann, nun endlich auch meine Klitoris in seine Runde miteinzubeziehen. Er steigerte den Druck weiter, ohne die Geschwindigkeit oder die Bewegung zu ändern. Genau so sollte es sein. Wie wusste er nur, wie ich es am liebsten hatte?

Mein Atem ging schneller. Beschleunigte sich im Rhythmus seiner Runden. Umso erregter ich war, desto mehr schien sich das Korsett um meine Brust zu schnüren. Es schränkte beim Atmen ein und steigerte zugleich meine Lust. Meine Knie begannen nachzugeben und es fiel mir immer schwerer, auf den Füßen zu stehen. Zu gerne hätte ich meine Beine weiter gespreizt, damit ich seine Berührungen noch intensiver genießen konnte. Oder sie geschlossen, um das Sehnen nach Erlösung, das er wohl nicht bereit war zu erfüllen, zu beenden. Aber hier an der Wand stehend war beides nicht möglich. Doch mein Unterbewusstsein nahm mir sowieso die Entscheidung ab. Meine Gedanken kreisten nur noch um meine Gefühle und den Wunsch nach Erlösung. Das musste er spüren, denn als ich anfing, mich in meinem Gefühl zu verlieren und mich an ihn zu lehnen, entzog er mir die Stimulanz.

„Nicht so schnell, Alisa. Du weißt, dass du nicht ohne meine Erlaubnis kommen darfst. Erinnerst du dich an meine Regeln? Um einen Orgasmus haben zu dürfen, müsstest du mich erst fragen, und das kannst du nicht, weil du nicht sprechen darfst. Ach, das ist verflixt. Und wenn du sprechen würdest, ohne dass ich es dir erlaube, wirst du wohl eher eine Strafe als eine Belohnung erwarten können. Blöde Situation, so wie es aussieht."

Da war es – genau dieses süffisante Grinsen in seiner Stimme, das mich so anmachte und ich gleichzeitig so hasste. Er hatte die Situation unter Kontrolle. So wie es sein musste. Und ich genoss es.

Ich schwieg, so wie er es von mir erwartete. Allerdings blickte ich über meine Schulter und sah ihn mit einem hoffentlich tödlichen Blick an. Zumindest legte er den Kopf schief und lächelte mich an.

„Ich weiß, was in deinem Hirn vorgeht. Du bist hin und her gerissen zwischen ‚Wieso mache ich das hier eigentlich‘ und ‚Meine Güte ist das geil‘. Aber deine Augen verraten dich. Jetzt stell dich wieder sicher hin, ich bin mit der Arbeit an deiner Silhouette noch nicht fertig."

Ich positionierte meine Hände neu an der Wand, spannte meinen Körper und wartete nervös, was nun passieren würde. Von neuem begann er kräftig an den Schnüren zu ziehen. Eine Reihe nach der anderen. Anziehen, nachfassen, festhalten. Nächste Reihe. Und wieder von vorne.

Ich spürte mittlerweile die ganze Enge des Stoffes und der Metallstäbe, die meinen Körper unerbittlich zusammenschnürten. Mit jedem Zug wurden meine Brüste mehr vorne aus dem Korsett gedrückt. Meine Taille wurde immer schmaler und meine Hüften und mein Po traten deutlich hervor. Die Silhouette erinnerte jetzt sicher an eine Sanduhr. Darüber hinaus wurde das Luftholen immer schwerer.

Meine Atemzüge wurden oberflächlicher. Der Stoff um meine Taille ließ keine Atmung in den Bauch mehr zu und die Entfaltung der Lungenflügel war sehr eingeschränkt. Jedes Luftholen war anstrengend und ein bewusster Vorgang. Aber das, was sich da in meinem Körper veränderte, hatte auch eine durchaus lustvolle Ebene. Durch die Atemreduktion setzten eine leichte Euphorie und das Gefühl eines dezenten Schwindels ein. Ein ganz eigentümliches und bisher unbekanntes Gefühl.

„Lass die Luft aus deinen Lungen. Gib die Kontrolle ab. Ich passe auf dich auf."

In dem Moment, in dem ich ausatmete, zog er nochmal an. Noch um ein oder zwei Zentimeter Band konnte er die Schnürung verengen. Wie ein Panzer lag der Satin auf meiner Haut. Kaum noch konnte ich mich bewegen, doch gab mir die Enge des Kleidungsstücks ein wunderbares Gefühl der Geborgenheit und ich genoss es, die Kontrolle über mich an seine kräftigen Hände abzugeben.

„Ich denke das sollte fürs Erste genügen", sagte er und trat einen Schritt zurück, um sein Werk zu betrachten. „Du siehst fantastisch aus. Ich weiß, du kannst durch deine eingeschränkten Bewegungsmöglichkeiten dich nicht nach vorne beugen und dich selbst betrachten, und einen Spiegel haben wir hier nicht, aber du solltest deine Silhouette berühren. Es sieht einfach toll aus. Noch schöner, als ich angenommen hatte. Du hast die perfekte Figur dazu. "

Folgsam glitten meine Hände am eingeschnürten Körper entlang. Ich fühlte durch den Stoff meine warme Hand, als wäre das Korsett eine zweite Haut.

Gerne hätte ich mich weiter mit meinem neu geformten Körper beschäftigt, da begann er wieder, seine Finger durch meine Spalte zu ziehen. Es war anders als zuvor, neu. Ich wollte Luft holen, was das Korsett aber verhinderte. Nur flaches Atmen war möglich. Immer schneller gingen meine kleinen Atemzüge und ich genoss diesen Rausch, der dadurch entstand und der mich unglaublich geil machte.

„Wir werden die Sache noch etwas intensivieren und dir einen zusätzlichen Kick verschaffen. Deine Brüste sind so wunderbar präsentiert, wie sie durch das Korsett herausgepresst werden. Allein deshalb war die Idee mit dem Korsett schon die Sache wert. Eine Augenweide, frag nicht, was das mit mir macht. Da würde sich doch jetzt eine kleine Verzierung recht hübsch machen. Was meinst du?"

Ich riss meine Augen auf. Meine Brustwarzen waren sehr zart, rosa und empfindlich. Und mochten überhaupt nicht grob behandelt werden. Mir kamen sofort sämtliche Marterinstrumente für diesen verletzlichen Bereich in den Kopf, über die ich je gelesen hatte. All das wollte ich nicht an mir haben. Ich stellte mir das ausschließlich schmerzhaft vor.

Unbeeindruckt kramte er aus seiner Hosentasche eine Nippelkette heraus, die er mir vor die Nase hielt.

„Genau das hattest du vor deinem geistigen Auge, als ich den Begriff Verzierung benutzt habe. Stimmt's? Und du hast ein wenig Angst. Weil du dir nicht vorstellen kannst, ob du den Schmerz ertragen kannst. Aber du bist brav.

Nicht wahr? Du wirst es für mich ausprobieren. Und du wirst es ertragen. Weil du erleben willst, was du nur aus deinen Büchern kennst und was beim Lesen mit einem Gefühl von Neugier und Lust deine Hand zwischen deine Beine geschickt hat."

Mit dem kalten Metall der Klemme fuhr er langsam über meine rechte Brust, bis er an der Spitze angekommen war. Unwillkürlich versuchte ich mich wegzudrehen, was natürlich ein völlig sinnloses Unterfangen war.

„Wer wird denn da unartig sein und eine eigene Meinung zum Thema haben? Ich habe die Kontrolle. Lass es zu."

Er blickte mir tief in die Augen, um meine Empfindungen genau lesen zu können. Provokativ spielte er mit der bereits aufgespannten Klammer an meinem Nippel herum. Dieser entwickelte zu meinem Entsetzen sofort sein Eigenleben und stellte sich perfekt auf. Immer wieder zwickte er nur ein klein bisschen zu und ließ wieder los. Ich hatte mich zwar auf den Schmerz eingestellt, der mich erwarten würde, aber es war schwer, die Anspannung zu halten, wenn dann immer wieder doch nichts passierte.

„Ich weiß, dass das gemein ist. Aber ich genieße dein angestrengtes Gesicht. Die Augen zucken, wenn es ein bisschen piekt. Dein Geist rotiert. Wann ist es so weit? Wann kommt der Schmerz? Ein Auf und Ab für deine Hormone, dein Adrenalin, mit dem ich so gerne spiele."

Als ich mich schon fast an dieses Spiel gewöhnt hatte, ließ er die Klammer mit einem Ruck los und sie biss zu. Das schwere Metall drehte meine Brustspitze herum und zog sie durch das Gewicht brutal nach unten. Meine Hände zuckten von der Wand weg und verkrampften sich zu Fäusten. Im letzten Moment konnte ich den Reflex unterdrücken, die Klemme wegzuschlagen. Der plötzliche Schmerz, der mich durchzuckte, war so stark, dass ich die Luft anhalten musste, um nicht einen Schrei loszulassen. Ich versuchte den Schmerz wegzuatmen, was durch mein Stoffgefängnis unmöglich war.

„Lass die Hände an der Wand."

An der anderen Brust ersparte er mir das Vorspiel. er packte gleich die Klammer und ließ sie erbarmungslos zuschnappen. Die schwere Kette, die beide Klemmen verband, hielt er noch in der Hand. Erst als der erste Schmerz sich in meinen Brustspitzen etwas gelegt hatte, blickte er mir nochmal in die Augen und ließ dann los. Mir blieb der Atem weg. Ich hatte nicht damit gerechnet, dass der neuerliche Schmerz, der damit ausgelöst wurde, mir wie ein Blitz durch die Brüste direkt in den Unterleib schoss.

„Du bist so schön, wenn du mit dir kämpfst, und ich liebe es, dir dabei in die Augen zu sehen. Dein Wunsch, mir zu gefallen und dich selbst zu überwinden, mir deine Hingabe zu beweisen. Ob ich das noch einmal sehen kann?"

Vorsichtig hob er die Kette bis zu meinem Gesicht.

„Schau sie an, wie sie auf meinem Finger liegt. Fixiere sie mit deinem Blick. Siehst du, wie ich langsam meinen Finger neige? Irgendwann wird sie plötzlich herunterrutschen. Keiner von uns beiden weiß, wann es soweit sein wird."

Meine Augen starrten auf die Kette und seinen Finger. Immer steiler wurde der Winkel. Die Kette wurde nur noch durch eine Einkerbung an der Haut aufgehalten. Und dann fiel sie.

Meine Brustwarzen wurden erst in die Gegenrichtung gedreht und dann durch das Gewicht nochmals gequetscht – die Klemmen waren so konstruiert, dass sie beim Ziehen an der Kette fester zudrückten. Wieder war ich kaum in der Lage, einen Schrei zu unterdrücken.

Und bei alldem, musste ich zugeben, empfand ich so unbändige Lust, dass ich meine Nässe warm an den Innenschenkeln herunterlaufen spürte. Ein kleines bisschen schämte ich mich dabei. Nie hätte ich mir vorstellen können, dass mein Körper so reagierte. Nie!

Nach kurzer Zeit hatte ich mich an den Druck der Klammern gewöhnt und es wurde erträglicher. Ich spürte, wie ein Impuls direkt von meinen Brustspitzen in meinen Unterleib weitergeleitet wurde. Wie ein dauernder Strom erregender Hitze. Offenbar gab es da eine direkte Verbindung. Nerven, die beide Zentren der Lust miteinander verbanden und sich gegenseitig speisten.

„Geh einen Schritt nach hinten. Stütz dich weiterhin an der Wand ab, aber präsentier mir deinen wunderschönen Hintern. Deine eng geschnürte Taille bringt deine Hüften und deinen Po herausragend zur Geltung. Aber da habe ich eine gute Idee, wie ich dieses Bild noch weiter vervollkommnen kann."

Wie er es befohlen hatte, ging ich einen Schritt zurück, die Hände berührten nun die Wand weiter unten und ich war nach vorne gebeugt. Was nur wie eine kleine Positionsänderung aussah, hatte intensive Folgen. Ich schnappte überrascht nach Luft. Durch das Vorbeugen meines Oberkörpers kam die Nippelkette in Schwingung, das Kettengewicht zog von neuem an den Klemmen und diese bissen wieder fester zu. Der Schmerz war wieder neu entfacht. Ich sog scharf die Luft ein, so gut ich konnte, und konzentrierte mich darauf, ruhig zu bleiben, damit das Schwingen der Kette schnell aufhören würde. In diesem Moment knallte ein kräftiger Schlag auf meine linke Pobacke und sofort auch auf die rechte. Damit hatte ich nicht gerechnet – meine Muskeln waren nicht angespannt. Hätte ich nicht im letzten Moment noch meine Arme stabilisieren können, wäre ich bei der Kraft, mit der er zuschlug, mit dem Kopf an der Wand gelandet. Die Kette schwang jetzt natürlich wieder intensiv hin und her und ich stöhnte auf, als nochmal Schläge auf die linke und auf die rechte Pobacke trafen.

„Ach, kam das jetzt etwa überraschend? Ich habe dir doch gesagt, dass ich an deinem Po noch etwas verändern wollte. Die Farbe hat mir noch nicht gefallen. Jetzt, mit diesem zarten Rot, ist das viel besser", sagte er spitzbübisch. „Mir scheint, du möchtest etwas anmerken. Sprich!"

„Das war fies, Viktor. Normalerweise bekomme ich nur Schläge von dir auf den Hintern, wenn ich etwas falsch gemacht habe oder zu frech war. Aber diesmal war ich echt nicht vorbereitet", beschwerte ich mich.

„Meine liebe Alisa, du vergisst immer wieder eine wichtige Sache. Ich bin hier der dominante Part. Ich brauche keinen Grund. Und wenn du unbedingt einen haben willst, dann bringe ich dich innerhalb von zwei Minuten in eine Situation, in der du nur verlieren kannst, und dann hast du deinen Grund."

Bevor ich noch etwas erwidern konnte, legte er seine Lippen auf meine, begann mit meiner Zunge zu spielen, eroberte meinen Mund und erinnerte mich damit sofort wieder daran, wie sehr ich unsere Spielereien liebte. Irgendwo hatte er ja recht.

Ganz vertieft in den Kuss und das wunderbare Gefühl, ihm hingebungsvoll zur Verfügung zu stehen, bemerkte ich nicht, wie seine Hand sich von mir löste und sich in Richtung Kette bewegte. Denn sonst wäre ich darauf gefasst gewesen, was nun geschah. Mit einem Ruck zog er an der

Metallkette, so fest, dass es die Klemmen von meinen Brustwarzen riss. Ein unglaublicher Schmerz durchzuckte mich. Stärker noch, als ihn das Anlegen der Klammern ausgelöst hatte.

Er zog mich in seine Arme, bevor meine Knie unter dem Schock des Schmerzes nachgeben konnten, und linderte das Leid in meinen Spitzen, indem er sie sanft mit seinen Lippen massierte, bis das Blut wieder alle Äderchen zurückerobert hatte. Ganz fest hielt er mich und gab mir Sicherheit.

„Das hast du wunderbar ertragen. Ich bin stolz auf dich! Ich hoffe, du hast unser Vorspiel genossen, denn jetzt werde ich noch ein wenig deine Selbstbeherrschung testen."

Es sollte also noch weitergehen. Ich war jetzt schon fertig. Das Adrenalin sauste durch meinen Körper und ich war froh, mich wieder bewegen und ein wenig laufen zu können. Er legte seinen Arm um mich und führte mich aus der Diele ins Wohnzimmer, das durch das Feuer eines offenen Kamins beleuchtet und gewärmt wurde.

Ich blickte mich um. Das Zimmer war in zwei Bereiche unterteilt. Rechts stand eine Sofalandschaft mit großen cremefarbenen, weichen Kissen. Genug Platz für bestimmt sechs Personen, die gemütlich vor dem Kaminfeuer sitzen konnten. Links war der Essbereich mit einem stabilen dunklen Holztisch mit gedrechselten, kräftigen Beinen. An den Wänden hingen moderne Drucke. In erster Linie abstrakte Akte. Die großen Fenster, die wohl zur Gartenseite zeigten, waren mit schweren cremefarbenen Vorhängen verdeckt.

„Nachdem du dich jetzt wieder etwas erholt hast, ziehe ich dir Schuhe und Strümpfe aus. Leg dich mit dem Rücken auf den Tisch und stell die Beine breitbeinig auseinander!

Sei gespannt, was ich mir noch an Stimulation für dich ausgedacht habe."

Er half mir, mich auf die Tischkante zu setzten, und
entledigte mich meiner Fußbekleidung. Dann ließ ich mich
einfach nach hinten umkippen. Mit dem engen Korsett war
eine elegantere Bewegung nicht möglich. Was hatte er nur
geplant?

Viktor war neben den Tisch getreten und holte zu
meiner großen Überraschung zwei Schlingen hervor, die
bereits um die Tischbeine unterhalb meines Kopfes gekno-
tet waren. Er war gut vorbereitet. In diese Schlingen fädelte
er jeweils ein Bein und positionierte das Seil in meinen
Kniekehlen. Bisher konnte ich mir noch nicht so richtig
vorstellen, was er geplant hatte. Aber ich vertraute ihm.
Dann trat er vor mich und zog meinen Körper bis zur
Tischkante. Dadurch wurden meine Beine nach oben ge-
hoben und ich lag völlig offen vor ihm. Auf diese Idee
musste man erst mal kommen, einen einfachen Tisch in ein
Sexmöbel umzufunktionieren.

Wie konnte er nur schon wieder gewusst haben, was in
meinen Fantasien ablief? Schon oft hatte ich mir in meinen
Träumen, wenn ich allein war, vorgestellt, so positioniert zu
werden. Jetzt, da ich wirklich so dalag, dachte ich, ich müsse
Scham empfinden. Stattdessen machte mich das Gefühl,
etwas Ungehöriges zu tun, ungeheuer an. Was würde als
nächstes kommen?

Er trat einen Schritt zurück und betrachtete mich eingehend.

„Sehr schöner Ausblick auf das Zentrum deiner Lust."

Das war nun doch zu direkt. Ich klappte sofort die Beine
etwas zusammen. Fantasie und Realität waren dann doch

zwei unterschiedliche Dinge. Vor allem wenn er so laut ansprach, was er sah.

„Wage es nicht, die Beine zu schließen. Ich möchte alles von dir sehen. Immer! Lege nun deine Hände über deinen Kopf und halte dich am Rand der Tischplatte fest. Denk daran, nicht loszulassen. Das ist eine Anweisung, kein Vorschlag. Eine kleine Konzentrationsübung unter erschwerten Bedingungen und mit sofortiger Konsequenz. So viel kann ich verraten. Mentale Fesselungen sind für dich doch immer eine intellektuelle Herausforderung."

Damit hatte er recht. Richtig festgebunden hatte er mich noch nie. Ich sollte immer die Möglichkeit haben, abbrechen zu können, wenn ich es wollte. Wollte ich aber nicht. Ich sollte Vertrauen aufbauen und ihm gleichzeitig zeigen, dass ich freiwillig tat, was er von mir forderte. Außerdem war es im Moment noch gut, wenn mein Geist sich mit etwas beschäftigen konnte. So richtig abschalten und loslassen konnte ich einfach noch nicht. Wenn die Hände fixiert sind, kann man sie nicht bewegen. Das ist etwas sehr Passives. Aber wenn man sich bewegen könnte, es aber nicht darf, dann ist es je nach Situation eine echte Herausforderung. Ich liebte Herausforderungen.

Ich legte also meine Hände über meinen Kopf und suchte Halt an der Tischkante. Ich spürte die scharfe Kante und versuchte diese als Kontaktpunkt wahrzunehmen. Sonst war es zu leicht möglich, unbewusst das Holz loszulassen, wenn die Empfindungen an anderer Stelle das Hirn zu sehr ablenkten.

Viktor verschwand aus meinem Sichtfeld, aber ich hörte das Klackern von Eiswürfeln in einem Glas, das Geräusch von Glas auf Glas, und roch das würzige Aroma von

Bourbon. Er würde sich doch jetzt nicht einfach so einen Drink genehmigen?

Schon tauchte er zwischen meinen Beinen wieder auf und grinste mich an.

„Du möchtest sicherlich auch etwas von dem guten Zeug. Ich bin mal nicht so und teile mit dir."

Das klang verdächtig nach einem Hintergedanken, einem fiesen. Das Eis klimperte im Glas.

Bei der ersten eiskalten Berührung schrie ich auf.

Betont ruhig sagte er: „Hatten wir uns nicht darauf geeinigt, dass du still bist und nur ich rede oder kommentiere? War die Anweisung nicht einfach und klar verständlich?"

Und wieder traf mich ein eiskalter Tropfen geschmolzenen Wassers und lief langsam vom Knie die Innenseite meines Oberschenkels entlang. Ich quickte, konnte das einfach nicht zurückhalten, schloss reflexartig meine Beine und hätte beinahe auch noch die Tischkante losgelassen. Die Konsequenzen all dieser Verstöße wollte ich mir gar nicht ausmalen.

Wieder seine ruhige Stimme: „Du bist aber heute unartig. Bleib schön offen liegen. Wir werden das wohl noch ein paar Mal probieren müssen, so lange, bis das klappt und du dich an deine Vorgaben halten lernst."

Wieder tropfte eiskaltes Wasser an meinen heißen Schenkeln entlang. Immer näher kamen die Tropfen meiner Scham. Ich strampelte mit den Beinen, soweit das in meiner Lage möglich war. Jedoch leitete ich damit den kalten Tropfen erst recht in meine Mitte.

„Du bist so ein Mistkerl! Ist dir klar, dass das eiskalt ist?", schrie ich ihm verzweifelt ins Gesicht.

„Oha! Die Lady quatscht und schimpft unerlaubt. Sie zappelt rum und ist weit entfernt von Hingabe. Dann müssen wir die Anforderungen etwas verschärfen", antwortete er übertrieben streng.

Das hatte ich nun davon. Ich hätte mir denken können, dass er mein Verhalten nicht einfach so hinnehmen würde. Ich versuchte mich wirklich zu beherrschen, aber der Reiz des kalten Wassers an diesen empfindlichen Stellen war einfach zu intensiv. Aber auch sehr erregend, das war eindeutig zu spüren. Auf jeden Wassertropfen, der meine zarte Haut streichelte, reagierten die empfindlichen Nervenenden, indem sie meine Lust anfachten, mehr und intensiver zu spüren. Dazu kam natürlich auch meine erzwungene Körperhaltung mit den nach oben gezogenen Beinen, die es nicht möglich machte, mich vor dem kalten Reiz zu schützen. Ich musste es aushalten – und dieser Gedanke machte mich geil.

„Gut, du wolltest vorhin unbedingt einen Grund für einen Schlag auf deinen geilen Hintern haben. Den bekommst du jetzt. Sag nicht, ich gehe nicht auf deine Bedürfnisse ein. Wir machen es so: Für jedes Zappeln, Quietschen, Beineschließen und natürlich Sprechen gibt es einen Punkt. Du wirst mich darauf aufmerksam machen, wenn du gegen eine Regel verstoßen hast, und zählst natürlich richtig mit. Dafür darfst du natürlich sprechen. Versuchst du zu schummeln, addieren wir zwei Punkte, versuchst du noch einmal etwas vor mir zu verbergen, drei Punkte und so weiter. Zum passenden Zeitpunkt werden die Punkte dann durch die entsprechende Zahl an Schlägen auf deinen Po abgearbeitet."

Das war keine gute Voraussetzung für die nächsten Tage, wenn ich an meine harten Stühle in der Arbeit dachte und die dummen Bemerkungen meiner Kolleginnen, warum ich lieber stand oder mir ein weiches Kissen mitbrachte. Aber der Gedanke, ein Souvenir dieses Abends die ganze Woche spüren zu dürfen, machte mich auch geil. O Mann, war das schräg.

Ich hörte, wie seine Hand im Glas nach einem schmelzenden Eiswürfel griff, und schon setzte er Tropfen für Tropfen auf meine Schenkel, was jedes Mal das Gefühl eines kleinen Stromschlages in meinem Körper auslöste. Ich biss mir auf die Unterlippe und schloss die Augen, um mich besser unter Kontrolle zu halten. Das Wasser lief über meine Haut wie ein kleiner Gebirgsbach, wurde dann leicht abgelenkt und floss weiter über meinen Po auf die Tischplatte. Ich krallte meine Finger in das Holz unter mir und versuchte gleichmäßig zu atmen, um seine Vorgabe zu erfüllen und mich nicht zu bewegen. Doch kaum hatte ich mich an den gleichmäßigen Strom gewöhnt, der sich über meine Haut schlängelte, da traf ein heftiger Kältereiz meine Klitoris. Genau auf meinen Lustpunkt hatte er gezielt. Ich quietschte erschreckt auf, schloss instinktiv die Beine und versuchte meinen Unterleib zur Seite zu drehen.

„Ich höre!", sagte Viktor lauernd und mit offensichtlich großer Freude über meinen Ungehorsam.

„Du lässt mir heute echt keine Chance. Also gut, ein Punkt für das Schreien, einer fürs Wegdrehen und einer fürs Beineschließen. Zufrieden?", antwortete ich ein wenig zu patzig.

„Ich bin zufrieden, wenn du zufrieden bist", gab er lachend zurück – und in diesem Moment tropfte abermals eiskaltes Wasser auf meine Klitoris. Warum brachte ich es kaum fertig, mich zusammenzureißen? Gerade noch konnte ich einen weiteren Punkt abwenden. Viktor sah aus, als würde das hier ziemlich nach seinem Plan laufen, was mich unglaublich ärgerte, hatte ich mir doch vorgenommen, ihm diese Genugtuung heute nicht so einfach zu gönnen.

Sein Zeigefinger umrundete träge meine Schamlippen und verteilte damit das kalte Wasser auf meiner Haut. Langsam machte mir die Kälte nichts mehr aus und ich genoss seine Massage.

„Ich erfreue mich an dem, was ich hier tue. Dich dabei zu beobachten, wie du genießt, wie es dir gefällt. Soll ich dir sagen, was ich sehe? Hier glitzert es von deiner Nässe und damit meine ich nicht das Wasser. Es ist deine Erregung, die hier zwischen deinen Labien zu sehen ist."

Er hatte recht. Die Erregung war voll erwacht und ich ertappte mich dabei, genüsslich zu schnurren und mein Becken im Rhythmus seiner Finger zu bewegen.

„Hast du nicht etwas vergessen?", fragte er. Ich öffnete die Augen und sah ihn verwirrt an. Dann verstand ich.

„Sieben – fürs Rumzappeln", versuchte ich schnell die Situation zu retten.

„Acht – wegen des Versuchs der Vertuschung", berichtigte er streng.

Dass er kein nettes Gespräch mit mir führen wollte, sondern mich in erster Linie abgelenkt hatte von dem, was er unbemerkt vorbereitet hatte, bekam ich überraschend zu spüren. Hitze dort, wo vorher Kälte war. Sie rann meine Schenkel hinab. Viel langsamer als der Eisbach. Träge bewegte sich der Strom. Was hatte ich da nicht mitbekommen? Ich blickte auf und sah seine Hand, die eine brennende Kerze hielt. Weißes, flüssiges Wachs sammelte sich an ihrem Rand. Immer dicker wurde der Tropfen, bis er endlich abriss und auf meine Haut traf. Dort erstarrte er nicht sofort. Erst nach einer kurzen Wegstrecke, während der er seine Wärme abgegeben hatte, wurde er fest.

Immer breiter wurde der Fluss auf meiner Haut. Brennendes Empfinden, intensives Erleben, aber kein unangenehmer Schmerz. An den Stellen, an denen das Kerzenwachs zum Stillstand gekommen war, breitete sich eine angenehme Wärme aus. Aber an jeder Stelle, die neu vom Wachs getroffen wurde, war es wieder genauso heiß wie bei der ersten Berührung. Ich hätte das Gefühl sogar genießen können, doch Sorge machte mir die Tatsache, dass sich seine Hand immer weiter in meine Mitte bewegte. Er würde doch nicht vorhaben, Wachs auf meine Schamlippen zu schütten? Das konnte er doch nicht tun! Oder doch? Fester krallten sich meine Hände an die Tischkante.

„Ich sehe dir an, dass du dir überlegst, ob ich es tue oder nicht. Richtig, meine Schöne?"

Ich nickte.

„Was meinst du? Das hier ist auch eine kleine Vertrauensübung. Du kannst sicher sein, dass ich nichts tue, was dir Schaden zufügt. Zumindest keinen ungewollten oder unkalkulierbaren Schaden. Na dann denk mal noch ein bisschen darüber nach."

Immer näher kam er meiner empfindlichsten Stelle. Mit aller Konzentration versuchte ich, nicht schützend meine Beine zu schließen oder mich wegzudrehen. Ich blickte ihm in die Augen, um zu ergründen, was er vorhatte. Die Kerze hielt er jetzt senkrecht, sodass sich unterhalb der Flamme immer mehr Wachs sammelte. Möglich war jetzt also, dass er das tat, was ich fürchtete. Aber wahrscheinlicher war, dass er nur austesten wollte, ob ich ihm die Kontrolle gab. Dafür würde es genügen, es anzudeuten und mich in dem Glauben zu lassen, er würde es tun. Aber ich konnte seine

Pläne nicht aus seinem Gesicht lesen, keine Miene vorzog er. Ich entspannte meinen ganzen Körper und gab mich seiner Entscheidung hin. Dann sollte es eben sein, wie er es für mich entschied.

„Du weißt, dass du mir vertrauen kannst, ich passe immer auf dich auf, wenn du bei mir bist."

Er drehte sein Handgelenk und mit ihm die Kerze. Das Wachs floss in einem Strahl über meine Klitoris und meine Spalte. Wie ein Strom glühender Lava bewegte sich das zähe Material vorwärts. Überall, wo es auf meine Haut traf, erstarrte ein Teil und der Rest floss weiter darüber hinweg, bis meine gesamte Mitte ausgegossen war. Mein Körper bäumte sich eher vor Schreck als vor Schmerz auf. Diesmal half er mir und hielt meine Beine auseinander.

„Ruhig, Alisa! Genieße das Gefühl. Es sieht toll aus. Wie eine verschneite Alpenlandschaft. Nur heißer."

Die Flüssigkeit überzog jede Erhebung und jedes Tal meiner Scham. Unglaublich intensives Spüren durchschoss meinen Körper. Ich hatte das Gefühl, nur noch aus Wärme zu bestehen. Mein ganzes Denken fokussierte auf diesen Punkt zwischen meinen Beinen. Meine Perle und meine Schamlippen reagierten auf dieses noch nie gespürte Gefühl und schwollen lustvoll an. Er beobachtete mich und streichelte zärtlich meine vor Erregung zitternden Beine. Ich spürte, wie das Wachs langsam seine Hitze an mich abgab und fester wurde.

„Du bist wunderschön in deiner Lust. Dein Gesicht zu beobachten, wenn du dich deinen Gefühlen hingibst, mir vertraust und die Kontrolle abgibst. Einfach loslässt. Alle Gedanken, Sorgen, Überlegungen, Abwägungen – weg. Nichts tun zu müssen, nichts tun zu können und es zu genießen, dich in meine Hände zu begeben und dich von mir in deiner Lust begleiten zu lassen. Das wunderschönste Spiel, das ich mir vorstellen kann, und immer wieder ein riesiges Geschenk. Deine Hingabe und dein Vertrauen."

Noch ein paar Sekunden ließ er mich meine Empfindungen genießen, streichelte meine Beine, bis das Wachs Stück für Stück abbröckelte. Die Reste entfernte er und ich wusste jetzt auch, warum er mich im Vorfeld ermahnt hatte, mich gründlich zu rasieren.

„Nach all den Gefühlen, die du durchleben durftest, darfst Du dich ab sofort bewegen und sprechen. Aber ich habe noch einen Höhepunkt für dich bereit. Die Beine bleiben gespreizt, die Hände hinter deinem Kopf an der Tischkante und du darfst nicht kommen. Dazu hast du keine Erlaubnis. Ist das klar? Ich möchte die süße Qual sehen, die es dir bereiten wird, einen Orgasmus zurückzuhalten. Ich möchte die Kämpferin in der Lust sehen. Du kannst dir kaum vorstellen, was es mit mir macht, wenn du so vor mir liegst. Aber hier geht es jetzt um dich."

Zur Verdeutlichung beugte er sich über mich und ließ seine Zunge sanft über meine Klitoris tanzen. Ich liebte dieses Gefühl. Danach zupften seine Lippen sanft an ihr. Die Zunge wanderte weiter, drang kurz in meine nasse Öffnung ein. Ich stöhnte vor Lust auf, achtete aber darauf, meine Hände nicht aus der vorgegebenen Position zu nehmen und meine Beine gespreizt zu lassen. Ich wollte ihm keinen Grund für eine weitere Strafe geben. Er blickte mich an.

„Alles okay?"

„Ja, bitte mach weiter. Nur nicht aufhören. Ich möchte dich spüren – endlich. Das fühlt sich so gut an. Bitte mehr."

Wieder erforschte seine Zunge meinen intimsten Bereich. Ganz vorsichtig bissen seine Zähne in meine Schamlippen und seine Zunge stimulierte weiter meine Klitoris.

Ich stöhnte hörbar erregt, mein Becken drückte sich seinem Mund entgegen. Nach meinem Gefühl war das viel zu wenig. Ich wollte mehr spüren, endlich mehr von ihm. Mein Atem beschleunigte sich weiter. Und ich wollte ihn tief in mir spüren. Jeder Nerv in meinem Inneren sollte von ihm gereizt werden, ich wollte seine Härte spüren. Tief, kräftig, erregend, rhythmisch, bis zum Höhepunkt.

Das Korsett schränkte mich stark bei jeder Bewegung ein. Aber mittlerweile hatte ich mich an die Enge gewöhnt. Es schenkte mir zum einen Sicherheit und ich fand mich ungewohnt sexy damit, auf der anderen Seite berauschte mich das Gefühl der eingeschränkten Atmung. Viktor hatte eine gute Auswahl getroffen mit den Empfindungen, die er mir zeigen wollte. Und er hatte mich dabei nicht überfordert. Aber jetzt wurde ich doch ungeduldig.

„Bitte lass mich dich spüren. Ich bin so erregt und du quälst mich mit meiner Lust jetzt schon viel zu lang. Bitte lass mich kommen", bettelte ich.

„Ach meine Liebe, du weißt noch gar nicht, wo ich dich hinführen möchte. Du musst lernen zu warten. Lass dich doch einfach mal überraschen. Und nicht die Tischplatte loslassen, sonst ist das ganze Spiel vorzeitig vorbei."

Was sollte das jetzt? War das nicht klar, wo der heutige Abend enden würde? Gab es da überhaupt Zweifel?

Aus seiner Hosentasche holte er einen kleinen Vibrator, schaltete ihn an und begann damit meine Spalte zu verwöhnen. Erst tupfte er zart, was sich sehr anregend anfühlte. So würde ich sicher schnell zum Orgasmus kommen. Doch dann stellte er das Gerät stärker, der Motor surrte aufgeregt. Ich ahnte schon, dass das eine Herausforderung werden würde. Er drückte das Gerät kurz auf meine Klitoris. Ich schrie auf. Viel zu viel, um es noch zu genießen. So würde ich nie kommen. Was hatte er geplant? Dann gönnte er mir wieder sanfte Vibrationen, die mich innerhalb weniger Sekunden in tiefe Erregung versetzten. Ich sah mich schon auf dem ersehnten Weg zum Orgasmus, als er mir plötzlich die Stimulation entzog. Das konnte der Schuft doch jetzt nicht machen!

„Du erinnerst dich grob an deine Regeln? Nicht kommen!"

Konnte er mir an der Nasenspitze ansehen, dass ich gerade überhaupt keinen Gedanken an seine Vorschriften verschwendet hatte? Seine Regeln – aber meine Lust!

Er schaltete den Vibrator zu meiner Erleichterung wieder an und setzte ihn auf meine Klitoris. Er arbeitete sich quer durch meine Spalte, taucht kurz in mich ein. Und dann war er wieder weg.

„Du hundsgemeiner Fiesling!", schrie ich sauer. „Ich will jetzt kommen!"

Er warf den Kopf nach hinten und lachte: „Man kriegt nicht immer, was man möchte. Außerdem hast du mich nicht gebeten."

Das stimmte allerdings. Deshalb warf ich alle guten Vorsätze, die ich heute gehabt hatte, über Bord. Sollte er doch seinen Willen bekommen. Wenn ich dann auch meinen bekam.

„Bitte, Viktor, bitte lass mich kommen. Ich bin so heiß. Ich weiß gar nicht mehr, wohin mit mir." Ich hoffte, dass ich den richtigen Ton getroffen hatte und er Mitleid mit mir hatte.

Wieder setzte die Vibration ein, wieder nur so lange, bis Viktor an meinem Atem hörte, dass ich mich auf dem direkten Weg zu einem Orgasmus befand. Er spielte mit mir, das war klar.

„Das kannst du nicht machen. So gemein bist du nicht. Bitte, Viktor, hör nicht auf. Ich kann nicht mehr. Du hast mich an der Stelle, an der ich bettle. Ich mache alles, nur damit du nicht wieder aufhörst."

Wieder begann er den Vibrator auf meine Klitoris zu setzen. Mittlerweile genügten nur noch wenige Sekunden, um mich kurz vor dem Point of no return zu halten. Schon schloss ich die Augen, um den Orgasmus zu genießen, da verstummte abermals das Ding.

Ich warf meinen Kopf von rechts nach links und hatte Tränen in den Augen vor Geilheit und unerfüllter Lust. Das konnte doch nicht sein. Ich war ständig so nah an einem Orgasmus. Immer wieder holte er mich zurück.

„Du musst lernen zu warten. Dann wird es noch schöner, glaub mir. Aber ich will mal nicht so sein und dir doch meine Gunst gewähren."

Ich hörte die Worte und dann einen Reißverschluss. Sofort war ich ruhig und still.

„Du hast so schön gebettelt, auch wenn ich nicht ganz sicher bin, ob mir der motzige Tonfall, den ich dazwischen gehört habe, gefallen hat. Aber gut, das werde ich auch noch abstellen, zu gegebener Zeit. Aber jetzt kann ich nicht anders als deinen Wunsch erhören. Außerdem möchte mein Schwanz schon lange raus aus dieser Hose."

Meine Beine zitterten vor aufgestauter Erregung und ich konnte es nicht mehr erwarten, ihn endlich zwischen meinen Beinen zu spüren und mich von ihm zu einem Orgasmus tragen zu lassen. So lange hatte er mich schon auf diesen Moment warten lassen.

Seine Spitze war direkt vor meinem Eingang. Ich hielt ganz still und wartete. Aber nichts geschah. Ich war so nass, ich würde ihm keinerlei Widerstand entgegenbringen. Er tippte sanft und lockte mich, aber er drang nicht ein. Wieder spielte er mit mir. Ich hätte schreien können vor Frust. Was war los mit dem Mann? Hatte er keine Gefühle? Natürlich war es gut, wenn sich ein Dom im Griff hatte, aber jetzt gerade wünschte ich mir das ganze Kontrollzeug ganz weit weg. Ich wollte einfach nur gefickt werden.

Schluss! Um nicht völlig aus der Sub Rolle zu fallen, nahm ich mich zusammen und fragte: „Viktor, wie oft muss ich noch bitten. Ich kann nicht mehr. Ich will dich jetzt."

„Du ungeduldige Lady. Pass auf deine Worte auf. Gleich wirst du mich spüren. Ich werde dich mit einem Stoß weiten und ganz tief in dich eindringen. So wie du es magst."

Ich drückte meinen Rücken durch und hieß ihn willkommen, als sein Penis mit Kraft in mich glitt. Ich spreizte meine Beine so weit ich konnte, um ihn ganz tief in mich aufzunehmen. Es war ein wunderbares Gefühl. Endlich hatte ich ihn dort, wo ich ihn haben wollte. Ich bewegte mein Becken gleichmäßig, um ganz viel zu fühlen. Jeder Punkt in meinem Inneren sollte mithelfen, mich möglichst schnell zu einem Orgasmus zu bringen.

Doch etwas stimmte nicht. Es fühlte sich nicht so an, wie ich es erwartet hatte. Was war los? Sein harter Schwanz war tief in mir, stimulierte mich, da ich mich bewegte. Aber er? Viktor bewegte sich nicht.

„Was ist los? Warum bewegst du dich nicht?", fragte ich ihn.

„Was soll los sein? Du wolltest meinen Schwanz, du hast ihn. Von mehr war nicht die Rede", antwortete er, sichtlich angestrengt, seine eigene Lust unter Kontrolle zu halten. Doch gleichzeitig war ganz kurz ein amüsiertes Lächeln auf seinem Gesicht zu sehen, bevor er seine Mimik wieder unter Kontrolle hatte.

„Du hast nie die Erlaubnis zu einem Orgasmus erhalten. Oder hast du mich je so etwas sagen hören? Also sei dankbar, dass ich es dir nicht noch schwerer mache und mich in dir bewege. Das würde ich dir jetzt am Anfang deiner Ausbildung noch nicht zumuten. Aber sei sicher, das wird auch noch kommen."

Zu meinem Entsetzen glitt er aus mir heraus, ordnete ohne eine weitere Erklärung seine Kleidung und grinste mich diabolisch an.

„Das kannst du jetzt nicht machen. Nicht heute, nicht nach alldem, was ich an Erregung durchgemacht habe. Bitte, Viktor, lass es mich zu Ende bringen. Ich halte diesen Zustand nicht mehr aus."

Liebevoll gab er meinen nassen und geschwollenen Schamlippen einen Abschiedskuss und leckte noch einmal genüsslich über meine Klitoris. Schon dachte ich, ich hätte ihn doch noch überredet. Doch meine Hoffnungen wurden nicht erfüllt.

„Steh auf, mein Schatz. Ich helfe dir. Ich mache dir dein Korsett auf. Einen Bademantel habe ich dir bereitgelegt."

Das war ernüchternd. Wie konnte er das aushalten?

„Viktor, du bist grausam. Absolut grausam. Auf was habe ich mich da eingelassen?"

Er befreite meine Beine von den Schlingen und half mir auf. Löste die Bänder des Korsetts, bis es an mir herunterrutschte, und hielt mir einen kuscheligen Bademantel hin. Ich konnte atmen. Endlich wieder tief durchatmen.

„Vertraue mir. Du wirst mir hinterher dankbar sein. Ich weiß, der Weg, den du gehen möchtest, ist nicht leicht. Ich werde dich führen und dich unterstützen. Aber den Kampf musst du nicht mit mir führen, sondern mit dir. Wie lange hattest du jetzt keinen Orgasmus mehr?"

„Sechs Wochen", antwortete ich immer noch ein wenig aufgebracht.

„Das klingt gut. Ich denke, fürs erste Mal wird es bald genügen. Aber ich sage dir natürlich noch nicht, wann es so weit sein wird. Ich möchte die Spannung für die nächsten Treffen hoch halten. Ich hoffe doch, du wirst wiederkommen. Auch wenn ich dich heute Abend ein wenig geärgert habe."

Sanft trafen sich unsere Lippen zu einem innigen Kuss. Was natürlich nicht hilfreich war, um die unerfüllte Hitze zwischen meinen Beinen zu löschen. Aber ich vertraute ihm und ich war sicher, dass er wusste, was er tat, und dass ich mich auf einer wunderbaren Reise zu neuen Erfahrungen befand.

„Komm mit an den Kamin. Ich schenke dir ein Glas Rotwein ein. Erzähl mir doch noch, wie dein Forschungsprojekt weitergegangen ist. Ich finde das absolut faszinierend."

Viktor nahm die Füße vom Schreibtisch und angelte nach seinem Mobiltelefon, das irgendwo unter den Papieren lag. Er tippte:

„Hallo, Alisa! Hab mich gerade in der Mittagspause mit deiner Geschichte vergnügt. Gut, dass ich bis zum nächsten Meeting noch eine paar Minuten Zeit habe. Aufstehen wäre in meinem momentanen Zustand doch peinlich.

Freue mich auf dich heute Abend. Ich mag diesen Typ, der zufällig auch Viktor heißt, und deine Protagonistin. Es ist spannend zu lesen, was so alles in deinem kleinen Kopf vorgeht. Ich bin neugierig, wie die Geschichte mit den beiden weitergeht. Ich denke, ich werde ihnen noch ein paar intensive Treffen mithilfe deiner Fantasie verschaffen."

Schritte zum Vertrauen

Als ich den ersten Klingelton meines Mobiltelefons aus dem Büro hörte, rannte ich los. Stützte mich mit den Händen an der Wand ab, um auf meinen hohen Pumps die Kurve im Gang zu bekommen, möglichst ohne die Geschwindigkeit zu reduzieren. Der zweite Klingelton war zu hören. Weiter fegte ich durch den Flur, vorbei an meinen verblüfften Arbeitskollegen. Ich hatte nicht mehr viel Zeit. Das dritte Klingeln hörte ich, als ich die Bürotür aufriss. Die Unterlagen, die ich in der Hand hielt, warf ich einfach auf den Boden. Hechtete an meinen Schreibtisch und zu meiner Tasche, die darauf lag. Laut hörte ich den vierten Ton. Ich zerrte das Telefon heraus und nahm mit zitternden Händen das Gespräch an.

„Hallo? Hättest du mich nicht vorwarnen können, wann du mich heute anrufst? Dann hätte ich mich nicht so abhetzen müssen." Ich strich die zerzausten Haare aus meinem Gesicht und ließ mich auf den Schreibtischstuhl fallen.

„Hallo, Alisa. Na, was ist denn das für eine Begrüßung? Wenn wir uns das nächste Mal sehen, setze ich die Karenz auf vier statt fünf Klingeltöne, bevor es peinlich wird."

„Das ist jetzt nicht dein Ernst!"

„Ich warte nur darauf, dass du es einmal nicht schaffst und der Anrufer, wer auch immer es dann ist, nach dem fünften Klingelton auf deine Mailbox geleitet wird und da deine wunderbare Stimme beim Orgasmus hört."

Mein Chef, eine meiner viel zu anständigen Freundinnen oder vielleicht sogar meine Mutter?, schoss es mir durch den Kopf. Nicht auszudenken!

„Und du behauptest, du hättest keine sadistischen Neigungen."

„Hab ich auch nicht. Aber ich liebe es, dich aus der Fassung zu bringen. Außerdem kann ich auf diese Weise sicher sein, dass du immer ans Telefon gehst. Ich will mal nicht so sein. Ich gebe dir noch eine Chance, es bei fünf Klingeltönen bis zu deinem persönlichen Auftritt zu belassen. Wenn du mir wieder eine Geschichte schreibst. Du machst das einfach wunderbar. Lass mich mal überlegen, welche Worte ich dir heute nenne, um deine Fantasie anzuregen. Wählen wir etwas Schwieriges: Nagellack! Das ist gut. Und dann etwas Naheliegendes: Seil! Und zum Schluss noch etwas für deine besonderen Fantasien: Sessel! Bin gespannt, was du draus machst."

Ich überlegte kurz. Nagellack, Seil, Sessel … Doch, daraus ließ sich etwas machen. Vorsichtshalber angelte ich mir einen Bleistift, um die drei Wörter auf einen Notizzettel zu schreiben.

„Aber gerne, Viktor. Ich werde dir eine schöne, anregende Geschichte zu unserem nächsten Treffen mitbringen – sei gespannt."

Nagellack – Seil – Sessel

Es war ein ganz warmes Gefühl, als er mir seinen Haustürschlüssel anvertraute.

„Du brauchst einen Schlüssel. Ich möchte, dass du auch allein im Haus sein kannst, wenn ich noch nicht da bin. Damit du dich in Ruhe vorbereiten kannst. Wenn ich dann nachhause komme, wartet meine süße Sub aufgeregt auf ihren Herrn." Er lächelte mich verschmitzt an und ließ den Schlüssel in den Ausschnitt meines BHs fallen.

„Um dir dieses Privileg zu sichern, wirst du an dir arbeiten müssen. Ziel all dessen soll sein, dass du lernst, mir immer mehr zu vertrauen und deine Kontrolle aufzugeben. Nur dann können wir gemeinsam deine Grenzen erweitern und du kannst dieses Gefühl der Freiheit erleben, nach dem du dich so sehnst. Ich kann mir denken, dass zu Anfang etwas äußerer Druck nötig sein wird, aber nach und nach wird es eine Facette deiner Persönlichkeit, die du ausleben und genießen wirst. Von deiner Lernwilligkeit wird abhängen, ob du den Schlüssel behalten darfst. Bei Verstößen nehme ich ihn dir für eine bestimmte Zeit ab. Dann musst du mich darum bitten, dass ich dir die Türe öffne, und bis dahin hast du vor der Tür kniend zu warten."

Ich schluckte. Klar hätte ich mir denken können, dass Viktor nichts ohne Hintergedanken tat, aber an dieser Stelle ließ er mir ganz klar seine Position spüren.

„Hast du das verstanden, meine Liebe?"

Vorsichtig hob ich den Blick, nicht ganz sicher, ob das von ihm gewünscht war. Meine anfängliche Begeisterung über sein Vertrauen, mir seinen Schlüssel zu überlassen, war nach seiner Erklärung einem anderen Gefühl gewichen. Das Gespräch auf Augenhöhe war in diesem Moment gekippt und ich rutschte innerhalb einer Sekunde emotional vor ihm auf die Knie. Diese wenigen Worte, freundlich, aber bestimmt mit seiner wunderbaren Stimme gesprochen, definierten unser Gefälle. Und ich liebte es! Viktors Türschwelle wurde zum Sinnbild der Grenze zwischen der realen Welt und der Welt meiner geheimen Träume. Meiner devoten Träume.

Unsicher stieg ich jetzt die Stufen bis zur Haustür hinauf. In meiner Hand der Schlüssel. Als Schlüsselanhänger hatte er das Initial V von Viktor gewählt. Es war sein Schlüssel, nicht meiner. Das war klar ersichtlich. Ich besaß ihn nur leihweise. Ich schaute auf die grobe, harte Fußmatte, die unter meinen Füßen lag. Ich stellte mir vor, wie es sein würde, wenn ich vielleicht einmal hier knien müsste. Von der Straße aus gut zu erkennen. Nach kurzer Zeit würde ich rote Knie haben und weiterhin warten müssen, bis er es für angebracht hielt, mich einzulassen. Allein der Gedanke brachte mich ziemlich aus dem Konzept. Würde ich diese Demütigung ertragen? Seltsamerweise erregte mich dieser Gedanke mehr, als ich zugeben wollte. Trotzdem war ich froh, heute schnell hinter der Tür verschwinden zu können.

Ich steckte ein bisschen zittrig den Schlüssel ins Schloss, sperrte auf und betrat den Eingangsbereich. Ein wunderbarer Geruch nach verbranntem Holz aus seinem erkalteten Kamin kam mir in die Nase. Sofort kamen mir Szenen von uns beiden vor dem knisternden Feuer wieder in Erinnerung. Bei aller Strenge und Dominanz, die er an den Tag legen konnte, war er doch ein sehr einfühlsamer und fürsorglicher Mann. Und genau diese Mischung faszinierte mich immer wieder. Wir waren kein klassisches Paar. Zumindest kein klassisches Liebespaar. Vor einigen Wochen hatten wir uns über eine gemeinsame Freundin kennengelernt und es hatte sich eine wunderbare Freundschaft mit sehr speziellen „Benefits" ergeben. Jeder hatte sein Leben, seinen Freundeskreis und seine beruflichen Themen. Aber immer, wenn es unsere Zeit erlaubte, trafen wir uns und verbrachten einige Stunden miteinander.

Ich zog meinen Mantel aus, hängte ihn an die Garderobe direkt neben der Eingangstür, stellte meine Tasche daneben und zog meine Schuhe aus.

Unter meinen nackten Füßen spürte ich die Kühle des Fliesenbodens im Eingangsbereich. Gegenüber war das Wohnzimmer und links von mir die Küche. Mein Blick fiel rechts auf die Treppe, die in seine privaten Räume im Obergeschoss führte. Dorthin hatte er mich noch nicht eingeladen. Ob es ihm zu intim war? Oder war dies nur für eine richtige Freundin vorbehalten? Einen ganz kleinen Stich versetzte mir dieser Gedanke. Warum nur? Schließlich hatte ich damals die Eckpunkte unserer Beziehung festgelegt. Freundschaft und Sex – mehr nicht. Nichts Kompliziertes.

Ich huschte über die Fliesen und genoss im Wohnzimmer die Wärme des weichen Teppichbodens unter meinen nackten Füßen. Hier wollte ich zuallererst das Kaminfeuer anzünden. Das Holz war bereits geschichtet, ich musste also nur noch ein Streichholz an das Zeitungspapier halten. Ich blickte auf meine Finger. Roten Nagellack hatte er vorgegeben. Hoffentlich traf die Farbe, die ich ausgewählt hatte, seinen Geschmack. Ich hatte gestern fast zwanzig Minuten gebraucht, um mich zu entscheiden. Das kannte ich gar nicht von mir. Aber es war etwas anderes, eine Farbe für sich selbst auszusuchen, als für ihn. Er würde meine Wahl kommentieren. Und ich wollte, dass er zufrieden war. Und vielleicht bekäme ich sogar ein Lob.

Mensch, Mädchen! Rief ich mich selbst zur Ordnung, du bist auf ein Lob wegen deiner Nagellackfarbe aus? Ich lächelte leicht in mich hinein. Ja, war ich – und es fühlte sich verdammt gut an. Wenn ich in Viktors Welt war, galten andere Regeln.

Das Feuer knisterte bereits nach kurzer Zeit und ich blickte mich um. Einige Male schon war ich hier gewesen. Kannte die Diele und das Wohnzimmer. Die Einrichtung entsprach seinem Typ. Modern, aber nicht kühl. Ausgesuchte antike Einzelstücke kombiniert mit modernen Möbeln zeigten sein Gespür für die Harmonie verschiedener Farben, Oberflächen und Stile. Den massiven Esstisch hatte ich ja schon zweckentfremdet kennenlernen dürfen. Ob er ihn extra für diese Verwendung angeschafft hatte? Vielleicht fanden sich ja noch andere Möbel hier, die sich umnutzen ließen. Ein Sofa, ein Stuhl oder ein Schrank – wenn man anfing darüber nachzudenken, konnten alle Gegenstände kreativ genutzt werden. Wer weiß?

Ich stand auf, zog die dicken Vorhänge vor die großen Panoramascheiben und schloss damit endgültig die Außenwelt aus.

In diesem Moment hörte ich einen Schlüssel in der Eingangstür.

Jetzt wurde es aber höchste Zeit. Wie er es mir gezeigt hatte, kniete ich mich mit leicht geöffneten Schenkeln gleich neben dem Kamin auf den Teppich, senkte den Kopf und legte die Hände auf meine Oberschenkel. Da ich auf seinen Wunsch hin ein schwarzes Wickelkleid ohne Unterwäsche trug, war diese Position leicht einzunehmen. Jedoch war mir durch die geöffneten Beine meine Nacktheit und Zugänglichkeit sehr bewusst. Ich spürte, wie meine Schamlippen geöffnet waren, und dieses Gefühl war sehr erregend. Schon lange Zeit hatte ich mich dort nicht mehr berührt. Viktor hatte es mir streng verboten.

„Diese Region zwischen deinen Beinen gehört mir. Es wird für dich keinen Orgasmus mehr ohne meine Erlaubnis geben. Keine Berührung durch deine Finger oder was auch immer du dir alles einfallen lassen könntest, um dieses Verbot kreativ zu umgehen."

Allein der Gedanke an diese vernachlässigte Zone und wie es sich anfühlen würde, wenn seine fordernden Finger mich jetzt dort stimulierten, ließ merklich Nässe entstehen. Ich war sehr leicht erregbar mittlerweile.

Viktor war kein strenger Dom, der auf irgendwelche äußeren Formen besonders Wert legte, aber er meinte, ein paar einfache Grundregeln würden es mir erleichtern, vom Alltag heraus in meine Rolle zu finden. Und natürlich gab ich es nicht gerne zu, aber er hatte recht. Nach kurzer Zeit in dieser Position verschwanden die Gedanken an Forschungsergebnisse, Abgabefristen von Unterlagen oder Auseinandersetzungen mit den Kollegen. Ich schloss die Augen und hörte auf die Geräusche, die aus dem Flur kamen. Offenbar hatte er bereits seinen Mantel aufgehängt. Ich hörte zielstrebige Schritte von Ledersohlen auf dem Fliesenboden und konzentrierte mich darauf. Das Geräusch der Schritte verstummte, sobald der Teppichboden des Wohnzimmers erreicht war. Nun war mir die Möglichkeit genommen, mit dem Gehör zu verfolgen, wo er war.

Als ich seine Präsenz vor mir fühlte, öffnete ich die Augen. Vor mir standen ein Paar dunkle Lederschuhe, darüber schwarze Jeans.

„Guten Abend, Alisa. Welch wunderbarer Anblick. Geht es dir gut? Bereit für ein kleines Spiel? Du darfst mich ansehen und sprechen."

Ich hob meinen Kopf und blickte in lächelnde braune Augen. Mein Blick glitt von seinem gepflegten Dreitagebart über seinen Oberkörper und blieb an seinen kräftigen Armen hängen. Wissend über die Wirkung seiner natürlichen Dominanz auf meine Libido, knöpfte er ganz langsam die Manschetten seines weißen Langarmhemdes auf und krempelte die Ärmel ordentlich an beiden Armen bis unterhalb der Ellenbogen hoch. Ich liebte den Anblick seiner wohlgeformten Unterarme. Bevor ich sprechen konnte, musste ich erst einmal schlucken, was ihn zu einem weiteren breiten Grinsen veranlasste. Der Schuft wusste ganz genau, was in mir vorging.

„Schön dich zu sehen, Viktor. Ja, ich freue mich auf unsere gemeinsamen Stunden."

„Gut. Ich hatte dir bei unserem letzten Treffen ein paar Regeln mitgegeben. Hast du dich daran gehalten? Hast du dich berührt oder einen Orgasmus ohne meine Erlaubnis gehabt?"

„Nein, Viktor."

„Was meinst du mit nein? Ich möchte, dass du es ausprichst. Ich möchte, dass du lernst, die Dinge beim Namen zu nennen. Nur so kannst du mir auch sagen, was du fühlst und was dir gefällt und was nicht. Ich will dich damit ausnahmsweise mal nicht ärgern, sondern dir eine Möglichkeit schaffen, dich selber besser kennenzulernen."

„Entschuldige, Viktor. Aber es fällt mir immer noch schwer, mit dir darüber zu reden."

„Vertrauen, meine Liebe, Vertrauen. Das ist der Schlüssel. Das musst du mir schenken und ich schenke dir dafür intensive Gefühle und erweitere deine Grenzen."

„Du hast recht. Aber so einfach, wie es sich bei dir anhört, ist es nicht."

Viktor hockte sich vor mich, streichelte sanft über meine Augen, meine Nase und zog leicht meine Lippen nach, während ich weitersprach.

„Ich ertappe mich sehr oft dabei, wie ich mich unbewusst selbst berühre. Wie meine Hand wie ferngesteuert vor dem Einschlafen zwischen meine Beine wandert. Und dann denke ich daran, dass du mir genau das verboten hast. Und ich ziehe meine Hand weg. Aber der Gedanke, dass ich mich dabei deinem Willen unterordne und dieser Bereich meiner Kontrolle entzogen ist, macht mich in diesem Moment total heiß. Ich spreize dann unter der Bettdecke meine Beine und spüre, wie meine Scham ganz nass wird und sich mein Becken vor Sehnsucht nach Berührung zusammenzieht. Und dann will meine Hand erst recht wieder dorthin, um dieses Gefühl noch intensiver zu spüren. Da braucht es oftmals sehr viel Willenskraft, um zu widerstehen. Und ich gestehe, es wird von Tag zu Tag schlimmer."

„Und hast du widerstanden? Oder bist du auch schwach geworden?"

„Ich habe bisher nichts gemacht, was du mir verboten hast, aber ich weiß nicht, wie lange ich das noch aushalte. Mittlerweile schwirren meine Gedanken in den unmöglichsten Situationen nur noch um dieses Thema. Heute Morgen im Meeting konnte ich mich kaum auf das Thema konzentrieren, da meine Jeans im Schritt etwas eng war und das schon ausreichte, um mich heiß zu machen. Bitte,

Viktor, bitte. Ich hätte nie gedacht, dass ich betteln würde, aber bitte gewähre mir heute einen Orgasmus."

Er versuchte das amüsierte Zucken seiner Mundwinkel zu verbergen, aber seine Stimme verriet ihn, als er antwortete.

„Ich werde mir das zuerst mal ansehen, das klingt ja wirklich sehr besorgniserregend. Und dann werde ich mir etwas überlegen, um dir die Situation zu erleichtern."

„Bedeutet das, dass ich mich heute auf einen Orgasmus freuen darf?"

Mittlerweile war Viktor wieder aufgestanden und lief um mich herum.

„Genug der Bettelei. Kopf nach vorne auf den Teppich, Hände hinter den Rücken und knie dich mit gespreizten Beinen hin."

Da diese Ansage für mich etwas überraschend kam, zögerte ich wohl etwas zu lang, denn kaum hatte ich mich nach vorne gebeugt, meine Wange auf dem Teppichboden platziert und wollte gerade meine Arme im Rücken verschränken, spürte ich einen kräftigen Schlag mit seiner Handfläche direkt auf meine vor Erregung geschwollene Scham. Ich zuckte nach vorne, drückte reflexartig die Beine zusammen, konnte mich gerade noch mit den Händen abstützen und schrabbte trotzdem schmerzhaft mit meiner Backe über den Teppichboden.

„Hey, kannst du nicht warten, bis ich fertig bin? Das war jetzt echt gemein", empörte ich mich.

„Beine weiter auseinander, versteck dich nicht vor mir und heb den Po an", überging er Gott sei Dank meine Beschwerde. Ich musste mich mehr konzentrieren. Motzen war nie eine gute Idee in so einer Position.

Er schob mein Kleid über meinen Po hoch, fuhr besitzergreifend über meine Pobacken und trat dann einen Schritt zurück, um mich von hinten zu betrachten.

„Sehr schöne Aussicht. So mag ich das. Ich habe einen wunderbaren Einblick auf deine geschwollenen, vor Lust glitzernden Lippen. Und sag nicht, das hat nur mit deinem lange zurückliegenden Orgasmus zu tun. Ich bin sicher, ich gebe dir gerade genau das, was du brauchst. Das sehe ich ja. Jetzt leg deine Arme hinter deinem Rücken so zusammen, dass die Innenseiten der Unterarme zueinander zeigen."

Aus dem Augenwinkel konnte ich über meine Schulter sehen, dass er ein Seil aus einer Schublade eines Schrankes neben dem Kamin geholt hatte. Das Seil war schwarz und nicht allzu lang. Er faltete es in der Mitte und beugte sich über mich. Er schlang das Seil um meine Arme und befestigte es mit einem stabilen Knoten in Höhe der Handgelenke. Dann fädelte er das Seil ein paar Zentimeter weiter nochmal um meine Arme und zog kräftig an. Meine Unterarme wurden stramm aneinandergedrückt. Noch eine Windung, unter der vorherigen Schlinge durchgezogen, und ich konnte mich absolut nicht mehr rühren. Ein ungewohntes Gefühl, aber nicht beängstigend. Eine weitere Schlinge und selbst eine Bewegung in der Schulter war kaum mehr möglich. Beide Unterarme waren jetzt mit dem Seil unnachgiebig miteinander verbunden.

Bewegungseinschränkung war beinahe eine Untertreibung. Er hatte mich ziemlich hilflos gemacht. Ich balancierte meinen Körper zwischen meinem Kopf und meinen Knien und musste drauf achten, nicht umzufallen, denn abstützen hätte ich mich nicht können. Ich spürte in meinen Körper hinein. Ja, ich fühlte mich sicher und genoss das Gefühl, immer weiter die Kontrolle an Viktor abzugeben.

„Jetzt bist du erst mal vor dir selbst in Sicherheit. Es besteht nicht mehr die Gefahr, dass du dich selbst berührst und dich in Schwierigkeiten bringst, weil du gegen meine Regeln verstößt. Ich hoffe, du weißt meine Fürsorge zu schätzen."

Mein tödlicher Blick war ihm gewiss, auch wenn das aus meiner Position heraus nicht besonders überzeugend wirken konnte.

Er trat näher an mich heran und plötzlich war da eine sanfte, weiche Berührung an meinem Po. Kaum mehr als ein Luftzug, breitete sich dieses Gefühl über meine Haut aus. Die Haut meiner Pobacken war nicht sonderlich empfindlich, aber zwischen den beiden war jede Berührung sehr intensiv. Er fuhr meine Pospalte hinab und berührte weich meine Schamlippen. Wie zufällig. Aber es war nicht zufällig. Bei Viktor war nichts zufällig.

Nach diesem kurzen Ausflug kam die Berührung an meinen empfindlichen Oberschenkeln an, hier fühlte es sich eher wie ein Kitzeln an. Seine Finger waren es nicht. Es musste etwas anderes sein.

„Lass deine Beine gespreizt. Ich dulde nicht, dass du versuchst dich zu entziehen. Niemals!"

Er stellte seinen Fuß zwischen meine Beine und schubste diese unsanft auseinander. Dadurch wurden meine Schamlippen weiter geöffnet und die bereits vor Lust geschwollene Klitoris wurde sichtbar.

„Das sieht fabelhaft aus. Schade, dass ich dir das nicht zeigen kann. Vielleicht sollte ich mal ein Foto machen."

Ich zuckte erschrocken und versuchte meine Beine zu schließen, aber er hatte immer noch seinen Fuß dazwischen.

„Entspann dich, Alisa. Ich würde das nie tun, ohne dich vorher zu fragen. Aber jetzt wieder schön die Beine auseinander, sonst wirst du dir ganz schnell einen Schlag auf deinen Hintern verdienen. Kannst du dir vorstellen, was ich in der Hand habe? Was dich so leicht berührt und doch deine Erregung weiter steigert? Na, was könnte das sein?"

Ich wagte nicht, mit Worten auf diese Frage zu antworten. Mein lustvolles Stöhnen schien für ihn Antwort genug. Zart arbeitete sich die Berührung meine Beine wieder nach oben. Einerseits wollte ich vor dem kitzeligen Gefühl flüchten, anderseits war das Empfinden überwältigend. Diese Mischung machte mich wahnsinnig. Soweit es meine eingeschränkte Körperposition erlaubte, begann ich mein Becken rhythmisch zu bewegen.

„Sanft stimuliert diese Feder jede deiner Nervenfasern, aber sie wird dir keine Erlösung schenken. Darauf kannst du dich verlassen."

Die leichte Berührung suchte langsam ihren Weg über die Innenschenkel zu meiner Mitte. Das, was vorhin nur angedeutet war, ließ er mich jetzt ausgiebig spüren. Sacht strich die Feder über meine nackte Scham, reizte erst meine linke und dann meine rechte Labie, um dann meine Klitoris zu necken. Ich hielt ganz still, obwohl das nicht so einfach war. Immer wieder neckte er meine Perle.

„O Gott, Viktor. Du bist so gemein. Das fühlt sich mega geil an", entfuhr es mir ungewollt.

„Oh, meine Liebe, das war jetzt noch nicht wirklich gemein. Gemein kommt noch", lachte er.

Ich hörte, wie er etwas aus der Schublade nahm, konnte aber nicht sehen, was es war. Ich war noch viel zu gefangen in meinen Gefühlen zwischen meinen Beinen, da spürte ich einen kühlen Gegenstand, der einmal durch meine Nässe gezogen wurde. Was konnte das sein? Warum war das kalt? Aber sicher war es etwas, was mich einem Orgasmus näherbringen konnte. Also blieb ich ruhig.

Zu meinem Entsetzen spürte ich den Gegenstand auf einmal weiter oben zwischen meinen Pobacken. Mein Schamgefühl meldete sich, dagegen kam ich nicht an.

„Viktor, hör auf."

Ruckartig schloss ich die Beine und versuchte mich wegzudrehen. Beinahe verlor ich das Gleichgewicht.

„Alisa, ich bin mir sicher, du wirst es genießen."

„Nein, werde ich nicht. Ich habe das noch nie gemacht und ich habe Angst davor. Außerdem macht man das nicht."

„Du hast es bisher nicht gemacht. Das bedeutet aber nicht, dass das so bleiben wird. Ich respektiere natürlich dein Nein in diesem Moment, aber ich sage dir gleich, dass ich dauerhaft nicht darauf verzichten möchte, dich an dieser Stelle zu stimulieren und zu spüren. Und so wie ich dich kenne, wirst du es dann auch genießen können. Ein Nein werde ich erst akzeptieren, wenn du es versuchst hast. Du solltest einfach ein wenig mehr Vertrauen zu mir haben. Du hast schon so große Fortschritte gemacht, kannst immer besser die Kontrolle abgeben. Möchtest du hier wirklich eine feste Grenze ziehen?"

Seine Stimme klang säuerlich – oder zumindest unzufrieden. Er half mir aufzustehen, meine Arme waren ja immer noch gefesselt. Fest blickte er mir in die Augen.

Das Ganze war mir jetzt doch unangenehm. Warum benahm ich mich bei dieser Sache so zögerlich? War ich wirklich so in meiner Erziehung gefangen? Das war ja fast peinlicher als ein Plug. Ich hatte darüber schon viel gelesen und eigentlich war ich neugierig auf das Gefühl, das so ein Ding in mir erzeugen würde.

„Okay, Alisa. Was soll das? Das ist hier kein Spiel, das man so nach Lust und Laune spielen kann. Hab ich grad Lust oder habe ich keine? Passt mir, was der Dom grade sagt, oder hätte ich vielleicht etwas anderes lieber? Du wählst hier nicht aus einer Speisekarte aus. In einer echten Dom-Sub-Beziehung würde ich so ein Benehmen keine Sekunde dulden. Es gibt feste Spielregeln. Hier an dieser Stelle müssen wir entscheiden, wie unser beider Weg weitergeht. Und das hängt in erster Linie von dir ab. Bei aller Rücksichtnahme auf deine fehlende Erfahrung und dem gleichzeitigen Wunsch, diesen Weg zu gehen. Ich spiele gerne mit dir. Aber es kann nicht sein, dass du immer, wenn es ein wenig in Richtung deiner Grenzen geht, sofort stoppst. So funktioniert das nicht. Klar, ich könnte mich jetzt durchsetzen und einfach meinen Stiefel durchziehen, du hättest in der Situation kaum eine Chance, aber das will ich nicht. Das ist nicht das, was ich erleben möchte. Ich möchte, dass du mir vertraust und dich fallen lässt in der Gewissheit, dass ich dir nichts zumute, was du nicht ertragen kannst."

Ich blickte zu Boden und schwieg. War es das jetzt? Sollte dieser Beginn einer wunderbaren Reise jetzt und hier enden? Ich wagte nicht, ihn anzublicken und wusste auch nicht, was ich sagen sollte.

„Alisa, vertraust du mir? Möchtest du noch mehr erleben, oder lässt du dir von deinem anerzogenen Drang, alles im Griff zu haben und kontrollieren zu können, diese Entwicklung verbauen? Es liegt an dir."

Ich schwieg weiter, weil ich immer noch nicht wusste, was ich sagen sollte. Aber mir war klar, wenn ich noch länger keinen Ton von mir gäbe, müsste er es als Ablehnung deuten. Verdammt! Im Job war ich doch immer so fokussiert und entscheidungsstark. Aber hier ging es darum, diese Stärke bewusst abzulegen und diesem sehnsuchtsvollen Gefühl, mich fallen lassen zu können, zu gehorchen. Ich genoss seine Behandlung, genoss das Gefühl, dass er mir vermeintlich seinen Willen aufzwang und mich dabei so wunderbar in den Mittelpunkt unserer Lust stellte. Das alles erzeugte in mir eine Erregung, die ich noch nie in meinem Leben gespürt hatte.

„Alisa?"

Vor ihm stehend hob ich den Kopf, verknüpfte meinen Blick mit seinem, schaltete endlich mein Gedankenkreisen ab und überließ die Entscheidung meinem Bauch- beziehungsweise Unterleibsgefühl. Langsam gaben meine Knie nach, ganz langsam beugte ich zuerst das eine Knie zu Boden, dann das andere. Vor seinen Füßen ließ ich mich nieder. Ich hatte mich entschieden. Ich wollte genau an dieser Stelle sein.

Viktor beugte sich zu mir hinunter und legte seine Hand auf meine Kehle. Er ließ die Hand dort spürbar liegen. Er drückte nicht zu. Das war auch gar nicht nötig. Allein diese Geste und dass ich ihn gewähren ließ machten das Gefälle klar ersichtlich. Ich spürte die Wärme seiner Hand auf meiner Haut und als ich schlucken musste, empfand ich den Widerstand seines Griffes noch deutlicher.

„Also gut. Dann werde ich jetzt gleich testen, wie weit dein Vertrauen und deine Hingabe wirklich gehen."

Er löste die Hand von meinem Hals und richtete sich auf.

Ich kniete weiter auf dem Boden, sah aber, dass er aus der Schublade einen langen schwarzen Seidenschal nahm, den er mir über die Augen legte. Hinter meinem Kopf zog er das Tuch fest und verknotete es. Das Gefühl passte zu dem meiner gefesselten Arme. Fest und unnachgiebig drückte das Tuch auf meine Augen. Er hatte mir bewusst noch mehr die Möglichkeit der Kontrolle entzogen. Sofort stieg wieder dieses Alarmgefühl in mir auf, das ich auf der Stelle hinunterschluckte. Zumindest für den Moment war ich bereit. Ich schaffe das!

Meines Sehsinnes beraubt, kniete ich vor dem leise knisternden Kaminfeuer, dessen Wärme meine innere Hitze noch weiter steigerte, und wartete. Umso genauer hörte ich jetzt, was um mich herum passierte. Viktor schritt durch das Zimmer, ich hörte Schubladen sich öffnen und schließen. Ich spürte den Luftzug, als er an mir vorbeilief. Offenbar hatte er ein Stück Holz aus dem Korb neben dem Kamin genommen, denn ich hörte, wie er das Scheit in die heiße Glut warf. Das Feuer prasselte wieder stärker und das Holz knackte, als die Flamme hochloderte. Aber die anderen Geräusche konnte ich nicht deuten, konnte mir nicht vorstellen, was folgen würde.

„Ich liebe zwar den Anblick einer hingebungsvoll vor mir knienden Frau, aber jetzt brauche ich dich stehend", hörte ich seine Stimme vor mir. Seine Hand griff unter meine Schulter, zog mich nach oben und ich stand unsicher und wackelig auf.

„Ich führe dich jetzt in die Mitte des Eingangsbereiches, damit du genügend Platz um dich herum hast. Dort werde ich dir Anweisungen geben. Ich möchte eine kurze Antwort von dir hören, ob du alles verstanden hast, denn danach gibt es keine Diskussion mehr. Du wirst einfach tun, was ich dir sage. Motzen und übermäßiges Zögern wird Konsequenzen haben. Ich kann mich noch gut erinnern, dass du auch noch ein paar Strafschläge vom letzten Mal abzuarbeiten hast. Behalte das im Gedächtnis. Dann werde ich ja sehen, wie ernst dir dieser Kniefall vorhin war. Diese Geste ist etwas sehr inniges. Und du solltest sie nur einsetzen, wenn du dir über die Konsequenzen deines Handelns bewusst bist."

Was hatte er vor? Das klang streng. Unsicher folgte ich Schritt für Schritt dem Zug seines Armes. Da meine Hände stramm hinter meinem Rücken verbunden waren und ich nichts sehen konnte, war es schwierig, beim Laufen das Gleichgewicht zu halten. Noch hatte ich Bilder davon im Kopf, wo ich mich im Raum befand, konnte das aber durch Tasten nicht absichern. Ich musste mich darauf verlassen, dass Viktor mich sicher führte. War es das, was er testen wollte?

Unter meinen Füßen war noch immer Teppichboden. Also befanden wir uns im Wohnzimmer. Ein paar Schritte weiter wechselte der Bodenbelag. Die Kälte unter meinen nackten Sohlen zeigte mir, dass wir jetzt im Eingangsbereich angekommen waren.

„Hier bleib stehen", forderte er. Erst stabilisierte seine Hand meine Schultern, damit ich sicher im Raum stand, dann glitt sie von dort zu meinem Dekolletee, griff in den tiefen Ausschnitt meines Kleides und zog den elastischen Stoff meines Wickelkleides weit hinunter unter meine nackten Brüste. Ich konnte vor meinem inneren Auge sehen, wie sie grotesk aus meinem Kleid herausragten. Seine Hände packten fest zu, kneteten unsanft das weiche Gewebe und seine Fingernägel verhakten sich in meine Brustspitzen und zogen so kräftig daran, dass ich kurz die Luft anhalten musste, um das Schmerzgefühl zu kanalisieren. Gleichzeitig raste ein Lustblitz von meinen Nippeln direkt in meinen Unterleib. Diese Kombination aus Schmerz und Lust war mir immer noch ein Rätsel, aber mein Körper reagierte verlässlich.

„Ich habe hier einen Gegenstand in der Hand. Rate mal, was es ist."

Er ließ etwas über die Haut meiner linken Brust gleiten, bis er an deren Spitze angekommen war. Keine Feder diesmal, eher etwas Metallenes

„Rate, was es ist", forderte er mich auf zu sprechen.

In diesem Moment spürte ich einen leicht stechenden Schmerz an meiner Brustspitze.

„Autsch! Da brauch ich nicht lange zu raten. Das ist eine Nadel oder etwas Mieses, Fieses, Spitzes. Was willst du damit? "

„Gar nicht schlecht. Genauer gesagt ist es ein Reißnagel. Waren wir uns aber nicht einig, dass du mir vertraust und nicht ständig versuchst, alles infrage zu stellen? Da du nichts siehst, wollte ich dich nur wissen lassen, womit du es zu tun haben wirst. Vielleicht wäre ein generelles Sprechverbot für dich für den Anfang einfacher."

Ich biss mir auf die Lippen. Warum konnte ich nur meinen Mund nicht halten? Ich musste noch viel an mir arbeiten, um nicht immer unüberlegt alles rauszuhauen, was mir durch den Kopf ging. Er erwartete doch nicht mehr als nur eine Antwort auf seine Frage. Keine Interpretationen, keine Urteile, keine Vorbehalte. Eigentlich ganz einfach – eigentlich.

„Entschuldige, Viktor. Du hast recht. Mir fällt das immer noch sehr schwer, meine Meinung einfach mal nicht zu äußern. Ich will es wirklich lernen."

„Gut, allerdings hat dir das gerade einen zusätzlichen Strafschlag eingebracht. Ich freue mich schon drauf."

Er legte seine Hände wieder auf meine Schultern und begann mich im Kreis zu drehen. Ein bisschen so, wie man es unter Kindern mit dem „Fänger" machte, um ihm die Orientierung beim Fangenspielen zu erschweren.

Genau das schien auch Viktors Plan zu sein, denn nach zehn Umdrehungen hatte ich jegliche Orientierung im Raum verloren.

Als er mich stoppte, drehte sich weiterhin alles um mich. Ich war dankbar um seine Hände, die meinen Körper stabilisierten und mich hielten, denn es dauerte eine Weile, bis die Welt in meinem Kopf wieder ruhig stand.

„Ich hoffe, ich habe dich ein wenig aus dem Konzept gebracht", neckte er mich. „Nachdem du keine Orientierung mehr hast, bist du auf meine Führung angewiesen. Jetzt kommen wir zu deiner Aufgabe. Ich stelle mich ein paar Meter entfernt von dir hin. Du kommst zu mir, meine Stimme wird dich leiten. Wie du es sicherlich von mir erwartest, werde ich den Schwierigkeitsgrad etwas erhöhen. Du wirst also auf deinem Weg zu mir auf mich vertrauen müssen."

Ich hörte, wie er kleine Gegenstände auf den Boden um mich herum verteilte.

„Ich denke, du weißt, was jetzt auf den Fliesen um dich herum liegt? Ich habe dich die kleinen Dinger vorhin spüren lassen. Wenn du deine Aufgabe verstanden hast, dann bestätige das."

„Ja, Viktor. Ich habe verstanden", antwortete ich gefasst, obwohl ich mir gerade gar nicht sicher war, ob ich dies hier durchstehen konnte. Er wollte doch nicht ernsthaft, dass ich mit bloßen Füßen durch ein Labyrinth von Reißnägeln quer durch das Zimmer lief? Was sollte das?

Ich hörte, wie er sich von mir entfernte und mich allein in der Mitte des Raums stehen ließ.

„So, Alisa, wir beginnen. Du hörst ungefähr, wo ich bin?"

Ganz still stand ich und lauschte. Ich hörte das Rücken des schweren, bequemen Sessels auf dem Fliesenboden ein paar Meter von mir entfernt. Ein Glas klirrte leicht, als es auf einen Tisch daneben gestellt wurde, und ich hörte das Plop eines Korkens, der aus einer Weinflasche gezogen wurde. Wein war es sicherlich. Viktor trank gerne ein Glas Rotwein. Es folgte das gluckernde Geräusch, das nur entstand, wenn eine noch volle Flasche Wein gebeugt wurde, um das erste Glas zu füllen. Also wusste ich jetzt ungefähr, wo er war. Ich wusste ja auch, wo der Sessel vorhin gestanden hatte. Aber das alles nutzte mir nichts, weil ich keine Ahnung hatte, wo die spitzen Dinger lagen.

„Du kannst zwei kleine Schritte vorwärts machen. Kleine Schritte, sonst tut's weh, hörte ich seine Stimme.

„Du glaubst doch nicht wirklich, dass ich da jetzt losgehe und Gefahr laufe, mir einen Reißnagel in den Fuß zu treten?", wollte ich protestieren. Doch ich konnte die Worte gerade noch hinunterschlucken.

Ich hatte in der Vergangenheit schon vom süßen Nektar der Hingabe probieren dürfen und es war ein sehr intensives und befriedigendes Gefühl gewesen. Aber das waren harmlose Situationen im Vergleich zu der Herausforderung, die vor mir lag. Würde er mich rechtzeitig warnen, wenn mein Schritt zu groß war und ich mich ernsthaft verletzen konnte? Vertrauen, sagte ich mir. Hab Vertrauen!

Langsam hob ich meinen linken Fuß und ließ ihn direkt vor dem rechten in der Luft schweben. Der Schritt konnte auf keinen Fall zu groß sein. Vorsichtig stellte ich meine

Fußsohle ab. Nichts schmerzte. Der erste Schritt war geschafft. Ich atmete erleichtert aus.

„Gut gemacht, Kleines. Weiter!", spornte Viktor mich an.

Ich hob den rechten Fuß und stellte ihn vor den linken. Auch das ging ohne Probleme. Die zwei kleinen Schritte waren geschafft.

„Jetzt wird es etwas schwieriger. Vor dir liegen einige Reißnägel und neben dir auch. Mal sehen, was der beste Weg ist. Das muss ich mir selbst erst überlegen. Also, lass sehen. Ich denke, so müsste es funktionieren. Stell den linken Fuß ungefähr dreißig Zentimeter nach links und dann musst du mit dem rechten einen großen Schritt nach vorne machen. Sonst wird es unangenehm."

Gut, dass er nicht die Himmelsrichtung angegeben hatte. Fuß in nordwestlicher Richtung. Aber jetzt so mit verbundenen Augen Längen abschätzen? Bisher war es gutgegangen. Aber im Entfernungsschätzen war ich nicht besonders gut. Wer brauchte das schon? Dreißig Zentimeter – okay, die Länge eines Lineals. Ich versuchte mir ein Lineal auf dem Boden vorzustellen. Gar nicht einfach, ohne etwas zu sehen. Hoffentlich stimmte meine Schätzung. Unsicher setzte ich meinen Fuß links ab. Nichts passierte. Ha, ich war gut. Und jetzt noch der Schritt nach vorne. Ich streckte den rechten Fuß aus und zog ihn wieder zurück. Mist, meine bisherige Strategie funktionierte hier nicht. Durch den großen Schritt konnte ich meine Fußsohle nicht vorsichtig aufsetzen und mich damit versichern, dass ich nicht falsch trat. Hier musste ich gleich mein ganzes Gewicht aufsetzen, um nicht zu fallen, schließlich konnte ich mit gefesselten Armen nicht in der Luft balancieren. Noch einmal probierte ich es, wieder brach ich ab.

„Alisa, lass los. Vertrau mir. Es wird nichts geschehen", hörte ich Viktors Stimme stark und vertraut.

Zögernd stand ich da. Wollte ich das alles hier? Konnte ich das? Hatte ich nicht vorhin, als ich mich vor Viktor hinkniete, meine Bereitschaft genügend gezeigt? Warum brauchte er jetzt noch diesen Beweis?

„Es ist unglaublich schwer für dich, das sehe ich, aber du musst diesen Schritt alleine gehen. Wie du ihn immer wieder alleine gehen musst. Ich begleite dich nur dabei und gebe dir meinen Rückhalt."

Er hatte recht. Nicht er brauchte den Beweis, dass ich das alles hier wollte, sondern ich brauchte ihn – und würde ich es mir beweisen. Jetzt. Ich spannte den Rücken an und hob den Kopf. Meine auf dem Rücken verschnürten Hände begannen langsam etwas taub zu werden. Sie waren ganz kalt. Ich bewegte meine Finger, um Blut durch meine Adern fließen zu lassen. Quatsch, rief ich mich zur Ordnung. Du willst doch nur Zeit gewinnen!

Ich biss die Zähne zusammen und trat nach vorne, ohne zu wissen, ob mich gleich ein kräftiger Schmerz durchzucken würde. Ich war auf alles gefasst.

Nichts passierte.

Kurz strauchelte ich. Durch den großen Schritt musste sich das Gleichgewicht neu einpendeln. Nach einigen Sekunden stand ich wieder sicher.

„Bravo! Gut gemacht. Jetzt noch ein kleiner Schritt nach links und dann bist du raus aus der Gefahrenzone."

Konzentriert führte ich diesen letzten kritischen Schritt aus. Auch diesmal geschah nichts. Ich hatte es geschafft.

Jetzt kannst du ganz normal noch acht Schritte auf mich zugehen."

Ich zählte laut mit, damit ich mich nicht verzählte. Keine Ahnung, was sonst noch für Gefahren gelauert hätten.

Dann stand ich vor ihm und erwartete, noch einmal von ihm gelobt zu werden. Doch er sprach kein Wort. Ich hörte am Knittern seiner Kleidung, wie er langsam aufstand und den Sessel auf den Fliesen herumschob. Was würde jetzt geschehen?

„So, ich hoffe, deine kleine Lektion war hilfreich. Denn jetzt ist es genug der Nachsicht. Nun machen wir dort weiter, wo du vorhin unterbrochen hast. Ich werde deinen süßen Arsch verzieren und diesmal möchte ich keine Diskussion hören, ob dir das passt oder nicht."

Er rammte mir seine Hand grob in den Nacken und drückte mich unsanft nach vorne. Schon hatte ich Angst zu fallen, aber die Rückenlehne des Sessels fing mich auf. Seine Hand zwang mich, mich vornüber zu beugen, und drückte mein Gesicht unsanft in den Sitz. Er hielt mich dort. Die Machtverhältnisse waren geklärt. Die andere Hand schob mein Kleid über meinen Po, ein kleiner Klaps ließ mich kurz zucken, doch schon begann er ihn kräftig zu massieren.

Dort weitermachen, wo er vorhin aufgehört hatte? Nein, das wollte ich doch aber nicht.

„Spreiz die Beine weiter. Ich werde sie dir hier an die Sesselbeine binden. Ich habe keine Lust, ständig deinen Stand zu korrigieren."

Er ließ meinen Hals los, bückte sich und zog unsanft meinen linken Knöchel weiter nach außen, bis er in Höhe des Sesselbeines war. Ich spürte, wie er ein Seil erst um meinen Knöchel schlang und dann straff mit dem Holz verband. Dasselbe erledigte er auch mit dem rechten Fuß.

Ich atmete ruhig ein und aus und konzentrierte mich auf meinen Körper. Wie fühlte es sich an, hier so fixiert zu stehen? Würde meine alte Angst des Kontrollverlustes wieder aufkommen?

Viktors Hand strich sanft über meinen Po, über meinen Rücken, weiter zu meinem Nacken. Ich hätte das Gefühl genießen können, hätte ich nicht gewusst, was folgen würde.

„Jetzt gehörst du mir", hörte ich seine Stimme hinter mir. In diesem Moment griff er in meine Haare, wickelte sich davon, was er packen konnte, um seine Hand und riss fordernd meinen Kopf nach oben.

„Du glaubst gar nicht, welch herrliches Bild du gerade abgibst. Du bist wunderschön, eine bezaubernde Frau mit der Ausstrahlung einer stolzen Göttin, die mir gerade so viel von ihrer Persönlichkeit offenbart. Sei sicher, dass dein Bild in mir intensive Gefühle weckt. Ich begehre dich und ich werde dich genießen. Aber auf meine Art. Ich möchte dich vor Lust schreien hören, bis du es nicht mehr erträgst, nicht kommen zu dürfen. Und erst am Ende dieser Reise werde ich entscheiden, ob ich dir und mir Erlösung gewähre."

Während all dieser Worte hielt er meine Haare weiter straff in seiner Faust und seine andere Hand streichelte über meinen Rücken bis zu meinem Po. Zum Abschluss seiner Rede landete nochmal ein Klaps auf meinem Hintern.

„Ich werde dich jetzt vorbereiten. Und dann wirst du das erste Mal etwas an dieser Stelle in dir spüren. Ich werde es langsam tun und deinen Körper dabei beobachten. Ich weiß, was ich dir zumuten kann."

„Ja, Viktor. Ich bin bereit, es auszuprobieren", presste ich heraus „Ich vertraue dir."

Ich versuchte meine Haltung, die man doch als erzwungen bezeichnen konnte, so zu gestalten, dass ich mich etwas entspannen konnte. Viel Bewegungsspielraum war ohnehin nicht möglich. Viktor beherrschte sein Handwerk. Aus Gesprächen mit einer Freundin, die auch das devote Spiel liebte, wusste ich, dass Entspannung sehr wichtig war in dieser Situation Aber wie sollte ich nur entspannen, wenn ich verunsichert war, was auf mich zukäme und ob es schmerzen würde? Ich ruckelte etwas mit den Füßen, drehte meinen Kopf in die andere Richtung, damit ich entspannt atmen konnte, und versuchte meine gefesselten Hände leicht zu bewegen. Es war schwierig, bewusst zu entspannen, wenn man festgebunden war und auf etwas wartete, was man nicht einschätzen konnte.

Noch spürte ich keine Berührung, was mich zusätzlich verunsicherte. Was hatte er vor? Auf etwas zu warten, was man eigentlich nur hinter sich bringen wollte, war unschön. Auf einmal hörte ich ein surrendes Geräusch. Was konnte das sein? Da drückte Viktor mir diesen Apparat leicht an die Klitoris. Ich schrie vor Überraschung auf, da war das Ding schon wieder weg. Überrascht von der enormen Vibration, die ich gerade gespürt hatte, musste ich mich einen Moment sammeln. Da berührte es mich ein zweites Mal. Diesmal war ich darauf vorbereitet – und trotzdem entfuhr mir ein tiefer wohliger Laut. Die Vibrationen waren alles andere als unangenehm. Sie fuhren direkt in meinen Unterleib. Meine Libido reagierte sofort und meine Scham schwoll augenblicklich an. Sie sehnte sich genau nach dieser Stimulation. Wieder nahm er den Vibrator weg. Das war so gemein.

„Viktor, bitte bring es zu Ende", bettelte ich. Statt einer Antwort, auf die ich so sehr hoffte, spürte ich das Surren jetzt entlang meiner Labien. Sanft fuhr er hoch und runter. Meine Gefühle waren völlig durcheinander. Auf der einen Seite hätte ich gerne die Beine geschlossen, was aber aufgrund der Fesselung nicht möglich war. Viktor hatte schon gewusst, warum er meine Beine festgebunden hatte. Auf der anderen Seite wollte ich einfach mehr von diesem Gefühl haben. Es machte mich so geil. Mein Unterleib schmerzte vor Erregung und es wurde immer schlimmer. Da fiel mir ein, dass, egal was Viktor da zwischen meinen Beinen tat, ich bisher keine Erlaubnis zu einem Orgasmus bekommen hatte. Ich musste vorsichtig sein. Wenn ich der Erregung zu stark nachgab, konnte ich es irgendwann nicht mehr bremsen. Und dann, da war ich mir sicher, kamen schwere und enthaltsame Wochen auf mich zu. Bei sowas war Viktor konsequent. Diese Bestrafung wollte ich mir gerne ersparen.

Mein Atem ging immer schneller und meine Gedanken verengten sich auf diesen heißen, erregten Bereich zwischen meinen Beinen. Soweit ich mein Becken ein wenig bewegen konnte, drückte ich mich dem Gerät entgegen, obwohl ich nicht sicher war, ob das in meinem momentanen Zustand hilfreich war. Immer noch bestand ja das Orgasmusverbot.

„Verdammt, lass mich kommen, ich ertrage das nicht mehr", jammerte ich und zerrte an meinen Fesseln. Tränen der Frustration bildeten sich in meinen Augen und wurden vom Stoff der Augenbinde aufgesogen. Sicher waren die feuchten Flecken auch von außen zu sehen.

„Nass bist du, das muss man dir lassen. Wobei ich die Nässe zwischen deinen Beinen bevorzuge. Aber wenn die Unzufriedenheit zu groß ist, dann kann ich auch Frusttränen genießen, denn ich liebe es, dich um Gnade betteln zu hören. Du kannst sicher sein, dass ich jetzt nichts lieber täte, als meinen harten Schwanz auszupacken, ihn in dir zu versenken und dich kräftig durchzunehmen. Aber ich werde mich zurückhalten, zu sehr genieße ich die Situation, besser gesagt, deine gerade sehr ausweglose Situation. Ich kann schon ein wenig gemein sein, ich weiß."

Wieder stimulierte er mit dem Vibrator meine Scham. Fuhr langsam den Bereich entlang. Sobald er merkte, dass es zu intensiv wurde und die Gefahr bestand, dass ich den Orgasmus nicht mehr hinauszögern konnte, machte er eine Pause. Er war Meister im Beobachten meiner Lust. Nie zu viel, gerade immer so, dass meine Erregung noch ein kleines bisschen gesteigert wurde, aber es nicht zur Entladung reichte.

Ich verlor mich immer weiter im Gefühl meiner Lust, da merkte ich, wie seine Hand etwas Kühles zwischen meinen Pobacken verteilte. In meinem Erregungszustand war ich nicht mehr zu klarem Denken in der Lage und nahm die Situation diesmal einfach hin. Ich hätte wissen müssen, dass er seinen ursprünglichen Plan auf jeden Fall weiterverfolgen würde. Ich spürte einen Gegenstand an dieser besonderen Stelle zwischen meinen Pobacken. Aber anstatt wieder dagegen zu kämpfen, ließ ich los, gab die Kontrolle ab. Schenkte Viktor das Vertrauen, das er brauchte.

„Entspann dich, Alisa. Lass es zu, dass ich die Macht über die Situation habe. Das ist es, was du fühlen möchtest. Nichts tun müssen, nichts tun können."

Seine Worte sickerten langsam in mein Bewusstsein und bevor ich bewerten konnte, was er meinte, spürte ich einen intensiven kurzen Schmerz, als der Gegenstand in mich rutschte. Im ersten Moment dachte ich, dass es mich zerreißen würde, als meine Rosette so gedehnt wurde, aber die breiteste Stelle des tropfenförmigen Plugs war schnell überwunden und dann war auch der Schmerz wieder verschwunden. Aber das Gefühl, das sich anschloss … damit hatte ich nicht gerechnet. Der Plug stimulierte von innen Bereiche, von denen ich bisher nicht gewusst hatte, dass sie hoch erregbar waren. Ich war ja durch Viktors intensive Stimulation meiner Scham bereits kurz vor einem explosiven Orgasmus, aber jetzt kam noch dieses Gefühl der Stimulation aus meinem Unterleib dazu. Und dann entwickelte sich noch ein weiteres Gefühl. Leere. Ich spürte Erregung tief in mir, fühlte aber umso stärker die Sehnsucht, Viktor an einer anderen Stelle tief in mir zu spüren und die Erregung durch ihn stillen zu lassen. Ich spürte, wie Nässe aus meiner Vagina floss. Spürte, wie sie sich sehnsuchtsvoll zusammenzog. Aber da war nichts, was dieses Gefühl kanalisieren konnte. Wie konnte ich mich nur so erregt und gleichzeitig so frustriert fühlen?

„Bitte nimm mich endlich. Ich möchte dich spüren. Bitte! Ich ertrage diese Erregung nicht mehr", schrie ich ihm entgegen. Eigentlich war es eine Mischung aus betteln, weinen und brüllen. Verzweiflung ließ sich nur so ausdrücken.

„Wow, genau so soll es sein. Endlich lässt du deinen Emotionen freien Lauf. Aber du hast gegen meine Regeln verstoßen. Eigentlich sollte ich dich jetzt so stehen lassen in deinem Leid. Wir hatten ausgemacht, dass du den Mund hältst und dich nicht beschwerst. Denn ich entscheide, ob und wann du kommst. Hast du das vergessen? Notfalls wirst du es auf die harte Tour lernen müssen. Und umso mehr du versuchst, Einfluss auf meine Entscheidung zu nehmen, desto unwahrscheinlicher wird es, dass sie in deinem Sinne ausfällt. Dieses System hast du offenbar immer noch nicht ganz verstanden."

Diese Worte kamen unerwartet streng und hart aus seinem Mund. Zumindest kurzzeitig schaltete sich mein Hirn so weit wieder ein, dass ich darauf nur mit einem „Ja, Viktor. Es ist deine Entscheidung", antwortete. Ich musste noch viel lernen. Gut, dass Viktor bereit war, mir Zeit zu geben.

Mein ganzer Körper stand unter Strom. Meine Muskeln in den Beinen begannen durch die ungewohnte Haltung zu zittern, und ich dankte Viktor insgeheim, dass ich nicht frei stehen musste. Auch die Fixierung meiner Arme hinter dem Rücken unterstützte das Gefühl der Hingabe.

Stoff raschelte. Was konnte das sein? Des Sehsinns beraubt, wurden Geräusche viel wichtiger. Ohne ein weiteres Wort war plötzlich Viktors harter Schwanz an meinen Schamlippen. Ganz still blieb ich, wollte ich ihn doch nicht im letzten Moment von seinem Vorhaben abbringen.

„Ich werde dich jetzt ficken. So wie ich es mag. Das ist jetzt für mich, nicht für dich. Damit das gleich klar ist. Du hast gemotzt und gequatscht, bist mir ins Wort gefallen und hast meine Entscheidungen infrage gestellt. Du machst es dir und mir nicht leicht, aber du weißt, dass du die Konsequenzen tragen musst. Und das bedeutet, dass du keine Erlaubnis zu einem Orgasmus hast. Egal wie geil du bist, du hältst dich zurück. Ich hoffe das ist eine unmissverständliche Ansage."

Mit diesen Worten glitt sein kräftiger Penis tief in mich hinein. Ich war so tropfnass, dass er sofort weit in mich dringen konnte. Meinte er das wirklich? Oder wollte er mich nur ärgern?

Das Gefühl war überwältigend. Ich liebte es, so völlig ausgefüllt zu werden. Zu meiner Überraschung fühlte ich ihn intensiver als erwartet. Ob das wohl an dem Ding lag, das zusätzlich noch in mir steckte? Langsam wurde mir klar, warum er darauf bestanden hatte, mich das fühlen zu lassen. Er wollte mir zeigen, dass man Lust auf viele Arten steigern konnte.

Wie er es angekündigt hatte, nahm er auf mich keine Rücksicht. Wieder hatte er seine Hand um meine Haare gewickelt und hatte mich damit unter absoluter Kontrolle. Nicht einen Millimeter konnte ich seinen kraftvollen Stößen ausweichen. Es war ganz klar, wer hier die Macht hatte. Und ich genoss es, ihn endlich dort zu spüren! Er zeigte mir, wie er mich wollte, wie er mich begehrte. Es war seine sehr direkte Art, mich das wissen zu lassen. Dazu bedurfte es keiner Worte. Seine Hand zog kräftig an meinem Schopf, überstreckte meinen Hals und zog den Kopf tief in den Nacken. Die Position war genau das, was ich in diesem Moment wollte. Sie ließ keinerlei Freiheiten mehr zu. Absolute Aufgabe meiner Kontrolle. Ich gehörte ihm.

Immer wieder trieb er kräftig seine Härte in mich. Ich hörte, wie sich sein Atem beschleunigte, ein wunderbarer Ton, spürte, wie sein Rhythmus schneller und gleichmäßiger wurde. Ich stand da und ließ ihn machen, ließ mich von ihm benutzen. Aber es war gut so. Es war das, weshalb ich das alles auf mich genommen hatte. Ich fühlte mich so frei und unbeschwert, so gewollt und verstanden. Genau so wollte ich immer von ihm genommen werden. Alles würde ich dafür tun, dass dies gelang.

„Viktor", bettelte ich wieder, „bitte lass mich kommen! Ich bin schon kurz davor. Ich weiß nicht, ob ich das noch lange bremsen kann." Schon wieder bildeten sich Frusttränen in meinen Augen.

„Untersteh dich!", schrie er mir atemlos entgegen. „Wenn ich merke, dass du kommst, werde ich deinen Orgasmus ruinieren und dann wird es schlimmer und unbefriedigender sein als vorher. Sei gewarnt! Ich spüre es, kurz bevor du einen Orgasmus bekommst, und dann werde ich dir sofort jegliche Stimulation entziehen und dich völlig frustriert eine ganze Zeit hier stehen lassen, bis ich der Meinung bin, dass du verstanden und gelernt hast."

Aus seinem strengen Ton war zu erkennen, dass er das absolut ernst meinte. Ich presste die Lippen aufeinander, um nichts zu erwidern. Es stand mir nicht an. Schon wieder musste er mich daran erinnern. Bald würde ich für so ein Verhalten ohne Vorwarnung Konsequenzen tragen müssen.

Er verlangsamte kurzzeitig sein Tempo und gab mir damit ein wenig Zeit zur Konzentration und Sammlung, um einen verbotenen Orgasmus abzuwenden. Aber es waren nur Sekunden.

Schon dachte ich, ich hätte meine Empfindungen im Griff, da schrie ich kurz auf, als er überraschend den Plug tiefer in mich schob und damit das Gefühl der Enge wieder intensivierte. Ich hatte gar nichts im Griff, musste ich feststellen.

Noch einmal verfestigte sich sein Griff in meine Haare und er drückte ganz fest seinen Unterleib an meinem Po. Wie in einem Schraubstock war ich zwischen seiner Hand und seinem Schwanz gefangen. Mein Atem ging schnell und stockte immer wieder. Mein Hirn war leer. Meine Gedanken auf meinen Unterleib fixiert. Nein, keine Gedanken, eher Denkfetzen. Keine Ordnung, keine Grammatik, nur noch das Sehnen. Der gesamte Körper ohne Gefühl, eigentlich nicht existent. Fokussierte Lust, begrenzt auf wenige Zentimeter in meinem Inneren.

Ich hörte mich schreien und schluchzen, es kam einfach aus mir heraus. Nicht aus Schmerz, nein, konzentrierte Energie, die ein Ventil brauchte und es nicht dort bekam, wo sie entzündet wurde und gelöscht werden wollte.

„Alisa, du darfst kommen", hörte ich unvermittelt die Worte aus Viktors Mund. Beinahe hätte ich sie gar nicht gehört, so weit weg war mein Gehör von der realen Welt entfernt.

Es brauchte noch einen kurzen Moment, bis mein Hirn den Befehl umsetzen konnte. Ich ließ los. Mehr nicht. Ich setzte einfach nur seine Worte um.

Ein weiterer Stoß in mich und alle Energie wurde in einem Moment freigesetzt. Seine Spitze traf genau den Punkt, der mich über den Rand trieb. Ab hier gab es kein Zurück mehr. Hier war nichts mehr aufzuhalten. Die Enge, die durch seinen harten Schwanz und den Plug in mir erzeugt wurde, machte es jetzt unausweichlich. Ich verkrampfte mich um ihn, als ein langgezogener Schrei tief aus meiner Lunge kam. Das Gefühl war unglaublich. Immer wieder zogen sich meine Unterleibsmuskeln zusammen, immer neue Wellen rollten über mich hinweg. Er stieß weiter und erneuerte und verlängerte damit meine Explosion. Trotz meiner Fesseln bäumte ich mich auf, mein Becken drückte sich Viktor entgegen und zwang ihn damit, ganz tief in mir zu sein. Genau da, wo ich ihn spüren wollte. Viktor hatte meinen Körper weiterhin fest im Griff und schenkte mir damit genau das Gefühl, das ich brauchte. Seine Kontrolle, meine Hingabe. Es war genau so, wie er es mir vorausgesagt hatte und wie ich es mir nicht hätte besser vorstellen können.

Irgendwann schlich sich das Gefühl der Entladung davon und machte Entspannung und Leere und Frieden Platz. Meine Muskeln entspannten sich und völlig fertig sank ich über der Sessellehne zusammen. Viktor zog sich aus mir zurück und schloss seine Hose. Sanft strich seine Hand über meinen Kopf und meinen Rücken, streichelte meine Schulter.

„Du warst wunderbar, Alisa. Ich denke, du kannst es lernen."

Mit wenigen Handgriffen waren meine Fesseln, sowohl an meinen Knöcheln, als auch an meinen Unterarmen, gelöst und meine Augenbinde entfernt. Er half mir, mich aufzurichten, und nahm mich fest in den Arm. Erschöpft legte ich meinen Kopf an seine Schulter. Wir standen einfach nur da und er hielt mich fest. Es bedurfte keiner weiteren Worte. Ich hatte den ersten Schritt getan – ich hatte ihm vertraut und er hatte mich dafür belohnt.

Kaum war ich ein wenig erholt, nistete sich ein Gedanke in meinem Bewusstsein ein. Was war eigentlich mit ihm? Ich hatte nichts von einem Orgasmus mitbekommen. Wie konnte das sein? Sofort nagte eine gewisse Unsicherheit an mir. Hatte es ihm nicht gefallen? Das konnte doch nicht sein.

„Viktor?", fragte ich ganz leise. „Warum?"

„Weil du das noch nicht verdient hast. Du hast heute viel geleistet und darfst auch weiterhin den Hausschlüssel behalten, aber um wirklich meine Sub zu sein, bedarf es noch viel mehr. Und erst wenn ich der Meinung bin, dass du diese Bezeichnung mit ihrer ganzen Tiefe verstanden hast, dann werde ich dir dieses Privileg gewähren, mir einen Orgasmus bereiten zu dürfen."

Ich blickte in Richtung der Treppe, die zu seinen privaten Räumen im ersten Stock führte, und war mir sehr bewusst, dass ich im Erdgeschoss stand.

Nach dem heutigen Tag wusste ich, wo ich hin wollte – auf Knien ins Obergeschoss. Ich lächelte zufrieden, denn ich war auf dem Weg.

Ohne ein Wort legte Viktor die Blätter zur Seite, als er meine Geschichte zu Ende gelesen hatte. Ich saß neben ihm auf dem Sofa und hatte seine Gesichtszüge während seiner Lektüre beobachtet. Er nahm meine Hand und küsste die einzelnen Fingerspitzen.

„Der erste Teil meiner Antwort: Du hast deine Nagellackfarbe wunderbar ausgesucht. Rot mit einem kleinen Stich ins Lila. Perfekt. So, wie ich es mir vorgestellt habe. Der zweite Teil meiner Antwort: Runter vom Sofa und vor mir auf die Knie!"

An dich gekettet

Zischend erlosch die Kerze, als das letzte Stückchen Docht in das heiße, flüssige Wachs kippte. Die zweite würde wohl bald folgen. Im Zimmer würde es immer dunkler werden, bis alle vier Kerzen auf dem Tisch nach und nach ihren Dienst getan hatten. Es war der fünfundzwanzigste Dezember. Ich saß zwischen Viktors Beinen und hatte mich an ihn gelehnt, ein Glas Rotwein in der Hand, und genoss die entspannte Atmosphäre unserer nachträglichen Bescherung.

„Jetzt musst du aber endlich meine Geschenke aufmachen, Viktor. Sonst siehst du nichts mehr", bettelte ich.

„Das eine Geschenk ist ein Buch. Eine Anthologie mit dem Namen ‚Dear Santa'. Darin habe ich zusammen mit fünf befreundeten Autorinnen Geschichten veröffentlicht. Die von mir heißt ‚Halt mich fest'. Du kannst sie später lesen. Mach doch bitte erst das andere Geschenk auf."

Er nahm den Geschenkkarton aus meiner Hand und betrachtete ihn neugierig. Er schüttelte den Karton, aber es war nichts zu hören.

„Bist du sicher, dass du etwas eingepackt hast? So leicht wie der Karton ist? Wenn du mich auf den Arm nehmen willst, dann werde ich dich übers Knie legen – auch am fünfundzwanzigsten Dezember. Das ist dir doch klar?"

Mit gespielt strengem Blick zog er das Bändchen ab, öffnete den Deckel und schaute hinein.

„Papier? Was kann das sein? Hast du mir einen Brief geschrieben?"

„Falte es auf und lies!", forderte ich ihn auf.

Er kramte ein kleines Heftchen heraus, schlug es auf und überflog die erste Seite.

„Noch eine Geschichte?"

„Das ist eine Geschichte in zwei Teilen. Der erste Teil ist in dem Buch. Ich erkläre dir kurz, worum es im ersten Teil geht, damit du die Fortsetzung verstehst. Viktor nimmt Alisa mit zu einer ganz speziellen erotischen Weihnachtsfeier. Dabei lernt sie Julia kennen, eine andere Sub. Weil diese gegen Regeln verstoßen hat, wird sie von ihrem Dom bestraft. Alisa muss bei dieser Bestrafung mitwirken, eine aufregende und anregende Angelegenheit. Außerdem hat sie auf der Feier eine unangenehme Begegnung mit einem Gast Namens Raven. Er scheint ein alter Bekannter von Viktor zu sein. Offenbar haben die beiden Männer noch eine Rechnung miteinander zu begleichen. Das macht Alisa für Raven auf gefährliche Art interessant. Dieser Teil hier ist also die Fortsetzung der Weihnachtsgeschichte. Die habe ich nur für dich geschrieben. Deshalb wünsche ich mir, dass du sie liest, solange ich dabei bin."

„Da bin ich aber gespannt, was deine Fantasie zustande bringt, wenn sie nicht von mir reglementiert ist", antwortete er lachend und schenkte mir ein weiteres Glas Wein ein.

Ich wurde leider mal wieder spontan rot, als ich mir vorstellte, wie er jetzt gleich die Geschichte las, zwischendurch immer wieder den Blick hob und mich belustigt, begeistert, entgeistert, entsetzt über das Papier hinweg anschaute.

„Also gut, Alisa, dann bin ich gespannt. Wir machen ein Spiel draus. Wenn sich nach der Lektüre der Geschichten etwas zwischen meinen Beinen entwickelt hat, dann darfst du dir wünschen, womit ich dir heute Abend noch eine Freude machen darf. Wenn nicht …", er grinste mich diabolisch an, „… dann darf ich mir etwas wünschen."

Er senkte den Kopf und begann ruhig zu lesen.

Weihnachtsgeschenkgeschichte für Viktor

„So, nun lasst uns nach dieser geschmackvollen Vorspeise doch endlich an die Bescherung für unsere Subs gehen. Sie haben es sich mit ihrer Hingabe mehr als verdient."

Ich saß mit den anderen Damen bereits wieder kniend neben dem festlich geschmückten Christbaum im großen Esszimmer. Nachdem mich Viktor zu einer Weihnachtsfeier der besonderen Art eingeladen hatte, waren wir am fünfundzwanzigsten Dezember zu diesem beeindruckenden Anwesen angereist. Viktor hatte schon öfter an Veranstaltungen dieser Art teilgenommen und kannte einen Großteil der Gäste seit Langem. Wie ich wusste, galten in dieser Gesellschaft ganz eigene Regeln, die einzuhalten ich vorher zugestimmt hatte. Ich durfte Viktor heute begleiten und wollte ihn trotz meiner Unerfahrenheit nicht enttäuschen.

„Jeder Herr hat für seine Sub ein kleines Paket unter den Weihnachtsbaum gelegt", sagte einer der Herren, der wohl der Gastgeber dieser exklusiven Veranstaltung war. „Also los, meine Damen!"

Auf dieses Stichwort hin bewegten sich die Damen elegant krabbelnd in Richtung des riesigen, mit silbernen Kugeln und Lametta geschmückten Baumes und versuchten anhand der Anhänger das passende Paket ausfindig zu machen.

Die Schenker, Herren in eleganten Abendanzügen, standen von ihren bequemen ledernen Clubsesseln auf, die in kleinen intimen Runden im Raum verteilt standen, um das wuselige Treiben der aufgeregten Subs zu beobachten. Sie

überwachten dabei ihre Damen, die alle in wertvolle Unterwäsche gekleidet waren, wie sie ihre Päckchen suchten.
Auch ich tat es ihnen gleich, wollte ich nach dem bereits
Erlebten doch nicht unangenehm auffallen. Ein kurzer
Blick zu Viktor, der entspannt Eiswürfel in seinem Drink
im Kreis schwenkte, beruhigte mich. Seinem Lächeln entnahm ich Zufriedenheit.

Schon von weitem konnte ich ein Schildchen mit meinem Namen in Viktors schnörkelloser, gerader Handschrift
entdecken. Ich angelte es aus dem Berg heraus und lief zu
Viktor hinüber.

„Mach auf!", forderte er mich auf.

Vorsichtig zog ich an der roten Schleife, die eine dunkel-
grüne Schachtel verschloss. Ich blickte Viktor in die Augen,
konnte aber keinen Hinweis auf das Geschenk darin erkennen.

Also hob ich langsam den Deckel und blickte hinein. Ein
schwarzer Samtstoff war auf den ersten Blick zu erkennen.

„Knie dich vor mich, senke deinen Kopf und schließe
die Augen." Da war er wieder, der Tonfall, den er so meis-
terhaft beherrschte, der mich in einer Millisekunde von
einer selbständigen Frau in eine folgsame Sub verwandelte.
Und ich liebte es. Wir waren kein klassisches Liebespaar,
aber uns verband dieses unglaubliche Verlangen, unsere
Sexualität durch Dominanz und Hingabe auszudrücken.
Dieser Befehl, ausgesprochen von dem Mann, dem ich
immer mehr vertraute und der mich lehrte, meine Kontrolle
zugunsten vorher nicht gekannter Lust aufzugeben, schickte mich auf die Knie. Das Spiel begann von neuem.

„Nimm deine Hände auf den Rücken."

Ich folgte und hörte ihn über mir in die Schachtel
greifen. Was konnte da drin sein? Zuerst nahm ich den

Geruch von frischem, echtem Leder wahr. Leder? Dann hörte ich ein feines Klimpern und Klirren. Absolut nicht zuzuordnen. Beinahe hätte ich vor lauter Neugier einen Blick nach oben gewagt, unterließ es aber, da ich schmerzhaft gelernt hatte, dass Viktor es nicht nachsah, wenn ich seine Befehle missachtete.

„Senke den Kopf noch etwas." Ich spürte, wie er meine langen Haare zu einem Pferdeschwanz zusammennahm und meinen Nacken freilegte.

Ein Druck an meinem Hals zeigte mir, dass er etwas darumlegte. Ich spürte das kühle, geschmeidige Material auf meiner Haut. Viktor nestelte in meinem Nacken, offenbar um einen Verschluss zu schließen.

Ein Halsband – er hatte mir ein Halsband umgelegt. O mein Gott. Inzwischen wusste ich, dass ein Halsband in der Szene als ein sehr intimes Geschenk mit starkem symbolischem Charakter galt.

Ein leises Klicken war noch zu hören, dann nahm Viktor seine Hände aus meinem Nacken und legte einen Zeigefinger unter mein Kinn. „Schau mich an, Liebes!"

Ich hob den Kopf und öffnete meine Augen.

„So schön. Du darfst deine Hände benutzen und fühlen, wie ich deinen Hals geschmückt habe."

Ich löste meine Hände hinter dem Rücken und untersuchte den Gegenstand. Unter meinen Haaren konnte ich den Verschluss erspüren. Aber hier war nicht nur eine gewöhnliche Schließe, sondern das alles war mit einem kleinen Vorhängeschloss gesichert. Ich wäre also nicht in der Lage, das Halsband ohne Viktors Zustimmung zu entfernen. Kontrollverlust!, schrie es in meinem Gehirn. Immer wieder diese Alarmglocken. Ich schluckte den Moment der Panik hinunter. Meine Hände fuhren das geschmeidige Leder entlang. Das Halsband war breit genug, um nicht unangenehm einzuschneiden und mich doch bei jeder Bewegung an seine Existenz zu erinnern, obwohl es nicht unbedingt sehr eng eingestellt war. Meine suchenden Finger trafen auf Zeichen aus Metall, die über das Band gezogen waren.

„Das sind Buchstaben. Da steht Viktor drauf. Es soll hier in dieser Umgebung gleich klar sein, zu wem du gehörst. Frauen ohne Zugehörigkeit, die allein hier sind, tragen ein Halsband ohne Namen. Es gibt mir eine gewisse Sicherheit, dass du nicht von einem anderen Herrn ohne meine Zustimmung angefasst wirst, wenn ich mal nicht bei dir bin. An diese Regel halten sich im Normalfall alle."

Im Normalfall – und genau da lag der Haken. Mir kamen in diesem Moment die Stimme und die gierigen Augen von Raven, dem Wolf, in Erinnerung. Der Mann, der allein hier war, mit Viktor nicht im Reinen war und mich schon belästigt hatte, kaum dass wir angekommen waren. Ob so ein Typ sich an allgemeine Regeln hielt? Mir kam Julias Warnung in Erinnerung: „Halt die Augen offen, der Typ spielt nicht fair und er hat dich im Visier." Julia hatte ich vorhin erst kennengelernt. Sie war die Sub und Partnerin einer der Herren und kannte offenbar viele der Teilnehmer dieser Veranstaltung seit langem.

Viktor fuhr fort: „Um keine falschen Gedanken aufkommen zu lassen: Es ist das Erkennungszeichen für diese Veranstaltung hier. Nicht mehr und nicht weniger. Keine Sorge, ich werde deinen Wunsch nach Unabhängigkeit weiterhin akzeptieren. Trotzdem möchte ich, dass du für heute Abend dieses Halsband trägst."

Ich schluckte hart. Hatte ich mich gesorgt, weil er mir das Lederband geschenkt hatte? Nein, im Gegenteil: Ich gestand mir eine kurze Sekunde der Enttäuschung zu, dass ich es nur für diesen Abend tragen sollte. Aber es war meine Bedingung zum Anfang unserer Bekanntschaft gewesen, nichts Festes oder Ernsthaftes mit ihm zu beginnen.

Schade, dass ich mein Halsband nicht sehen konnte! Ich würde es mir ansehen, sobald die Gelegenheit bestand, kurz den Raum zu verlassen.

Bei den anderen Paaren war das Auspacken ebenfalls beendet und ich sah viele glückliche Gesichter. Die Frau, die uns gegenüberkniete, küsste ihrem Dom mit einem glücklichen Lächeln die Hände und er erwiderte diese Geste, indem er ihren Kopf hob und ihr einen besitzergreifenden und innigen Kuss auf die Lippen gab. Auch sie trug ein schwarzes Halsband, an dem metallische Buchstaben glitzerten. Die beiden waren offenbar auch im richtigen Leben ein Paar.

„Ich werde mir noch einen Drink holen." sagte Viktor, stand auf und schlenderte zu einem Tisch, auf dem verschiedene Kristallkaraffen standen. Er schenkte sich eine honiggelbe Flüssigkeit ein, ich vermutete einen edlen Whiskey, da klopfte ihm ein mir unbekannter Herr auf die Schulter und begrüßte ihn freundschaftlich. Mit ihm ging Viktor zu einem Grüppchen, das am Fenster stand, und begann ein intensives Gespräch. Was die wohl zu bereden hatten? Ich stand auf. Er hatte mich zwar angewiesen, Bescheid zu geben, bevor ich das Zimmer verließ, nun wollte ich ihn aber nicht unterbrechen. Wir alle warteten auf den nächsten Programmpunkt, den nur die Herren kannten.

Als ich zwei Stunden zuvor aus unserem Gästezimmer im ersten Stock hinunter in den Saal gekommen war, hatte ich bereits die großzügigen Toilettenräume im Eingangsbereich entdeckt. Als ich jetzt in die Eingangshalle trat, fröstelte ich, war ich doch mit meiner Corsage, den Strümpfen und Schuhen zu leicht bekleidet für diesen wenig beheizten Bereich. Hinter mir nahm ich eine weitere Person wahr, die kurz nach mir den großen Saal verlassen hatte. Wahrscheinlich wollten sich noch mehr Besucher vor dem Essen frisch machen.

Plötzlich spürte ich eine Hand in meinem Nacken, kräftig und unnachgiebig und völlig unerwartet, mein Körper unvorbereitet und naiv. Zwei Schritte bis zur harten Wand. Der Aufprall meines Gesichtes auf dem Putz, die Enge beim Atmen, als er mich an meinem Halsband packte und mit seinem Griff meinen Kopf an der Wand fixierte. Hilflos in der Falle.

„Na, wen habe ich denn da aufgegabelt? Läuft hier einfach so herum."

„Lass mich los! Was soll das!"

„Aufmüpfig, da stehe ich drauf. Das legt sich – verspreche ich dir."

Raven! Wie kam der denn jetzt hierher! Ich zappelte unter seinem Griff. Auf keinen Fall wollte ich ihm das Gefühl geben, dass ich seinen Überfall so hinnehmen würde.

Urplötzlich ließ der Druck an meinem Hals nach und ich hörte ein höhnisches Lachen sich entfernen.

Ich wendete mich um und lehnte meinen nackten Rücken an den kalten, rauen Putz. Ich versuchte meinen Atem zu beruhigen, strich meine zerzausten Haare aus dem Gesicht und zog das Halsband wieder zurecht. In diesem Moment ging die Tür des Saals auf und ein heller Lichtschein der Weihnachtsbeleuchtung und die Wärme der vielen Kerzen breiteten sich im Foyer aus. Viktor blickte mir aus dem Türrahmen entgegen.

„Wo bist du hin? Plötzlich warst du weg. Ohne dich abzumelden. Was denkst du dir ...? Was ist passiert?"

Hastig kam er zu mir, fasste mich an den Händen und forschte in meinem Gesicht nach einer Antwort, bis ich zu sprechen begann.

„Raven hat mich abgepasst, als ich auf die Toilette wollte."

„Dieser Mistkerl! Hat er dir etwas getan?"

„Nein, nicht wirklich, aber er hat mich ziemlich erschreckt. Was ist das zwischen euch?"

Viktor überhörte meine Frage. Der Blick, den er über meinen Körper schickte, fühlte sich kühl an, als ob er die Unversehrbarkeit der Ware untersuchen wollte.

„Ich hätte dich nicht mit hierher bringen sollen. Du hältst dich nicht strikt an meine Regeln und das kann ich nicht akzeptieren. Also musst du jetzt mit den Konsequenzen leben."

„Aber ich wollte doch nur mein Halsband ansehen."

„Egal, was du wolltest. Du bist noch nicht so weit. Eine Sub hat zu gehorchen und was du in diesem Moment möchtest, interessiert nicht. Du kannst mich fragen und dann wartest du, ob ich es dir erlaube oder nicht. Aber diese Lektion werden wir zu einem anderen Zeitpunkt üben. Jetzt ist nicht die Zeit dafür. Ich werde das jetzt auch nicht weiter diskutieren."

„Aber ..." Seine hochgezogene Augenbraue ließ mich verstummen.

„Dreh dich um, Gesicht zur Wand, Hände links und rechts neben deinen Kopf."

Ich hatte gar keine Zeit zu fragen, was er mit dieser Anweisung bezweckte, denn kaum hatte ich mich umgedreht, zischten zwei gezielte harte Schläge seiner Handfläche auf meinen Po.

Was war denn jetzt das? So kannte ich Viktor gar nicht. Er musste offenbar richtig sauer sein oder, wenn ich mir es recht überlegte, wirklich besorgt. Meine Pobacken schmerzten kaum, aber ich hatte ein schlechtes Gewissen, Viktor so erschreckt zu haben mit meinem Verschwinden.

„Das war für deinen Ungehorsam – und du bist gut weggekommen."

„Danke Viktor, ich habe es verdient", brachte ich vorsichtig heraus und hoffte, ihn mit diesem Schuldeingeständnis zu besänftigen.

„Allerdings werde ich für den Rest unseres Aufenthaltes noch zusätzliche Maßnahmen einleiten. Komm mit", zischte er mich ungewohnt heftig an.

Diesmal fühlte es sich eher wie ein Abführen an, als er mich an der Hand nahm. Ich stolperte hinter ihm her, in einen kleinen Raum, der neben dem großen Saal lag. Das Zimmer war in schummriges Licht getaucht und an der Wand standen verschiedene dunkle, geschnitzte Schränke und Kommoden. Einige Vitrinen hatten Glasfronten, sodass ich auch mit einem kurzen Blick erkennen konnte, dass sie erotisches Spielzeug der Luxusklasse enthielten. Alles glänzte und glitzerte und erinnerte mich ein bisschen an den geschmückten Baum im Saal. An der Wand hingen verschiedene martialische Schlaginstrumente aus edlem Leder mit kräftigen Griffen, perfekt für grobe Männerhände. Bei diesem Anblick wurde mir gleich mulmig im Magen. Was hatte Viktor vor? War er so sauer?

„Dreh dich zur Wand und knie dich hin. Den Kopf leicht nach vorne geneigt."

Wortlos gehorchte ich.

Er zog eine Schublade auf und kramte darin herum. Nachdem er gefunden hatte, was er gesucht hatte, war er an meinem Halsband zugange. Er zog etwas hin und her und dann hörte ich ein leises Klicken.

„Okay, Alisa. Du wirst jetzt nirgendwo mehr hingehen, ohne dass ich es dir erlaube. Ist das klar?"

„Ja, Viktor", krächzte ich leicht erstickt, da ich in diesem Moment einen kräftigen Zug an meinem Halsband spürte. Ich hörte das leise Klirren einer Kette.

Meine Augen starrten direkt geradeaus an die Wand. Die Tapete war rot-gold gestreift. Breite Streifen. Ein schöner, kräftiger Kontrast. Lass den anderen Gedanken nicht zu, Alisa! Die Streifen brannten sich in meine Gedanken und verdeckten in meinem Hirn den Gedanken, den ich nicht denken wollte. Aber der Inhalt von Viktors Worten sickerte trotz dieses Versuchs der Ablenkung nach und nach in mein Hirn. Er hatte mich tatsächlich an die Leine oder besser Kette genommen. Meine Selbstbestimmung, meine Kontrolle, meine Alarmglocken? Wie fühlte es sich an? Er hatte mit einer ganz einfachen Maßnahme meine persönliche Freiheit beschnitten.

„Steh auf und dreh dich zu mir. Ich möchte dich ansehen."

Sofort reagierte ich, unterstützt von der Kette, die mich nach oben zog. Er trat auf mich zu und lächelte mich an.

„Schau nicht so panisch. Das eröffnet mir ganz neue Spielmöglichkeiten, meine Schöne. Und du hast dich wieder mal durch dein eigenes Verhalten in diese Situation gebracht. Das ist das Beste daran. Jetzt wirst du schön dort bleiben, wo ich dich haben möchte. Na, wie fühlt sich das an?"

Mir fröstelte. „Wie stellst du dir das vor? Und wenn ich etwas essen möchte?"

„Dann fragst du mich."

„Und wenn ich auf die Toilette möchte?"

„Dann fragst du mich auch – das ist doch nicht so schwer."

Ich schluckte. Mit einem hatte er recht. Die ganze Sache hatte ich mir selbst zuzuschreiben. Und irgendwo – wenn ich tief in mich hineinhorchte, war es das, was ich wollte: Kontrolle abgeben.

Kurz ließ er die Kette los, die meinen Rücken herunterhing, griff von vorne durch meine Beine und fasste die Kette erneut. Dann zog er meinen Körper ganz fest an seinen und gab mir einen leidenschaftlichen Kuss. Ich öffnete meine Lippen, ließ ihn ein und genoss seine Leidenschaft, die er mir durch seine Zunge zeigte. Sanft glitt die Hand, die nicht die Kette hielt, über meinen Po und drückte mich seitlich gegen seinen Unterleib. Deutlich spürte ich seine Erregung. Ihn machte die Macht, die er über mich hatte, an. Das war offensichtlich.

„Spreiz die Beine!", gebot er und ich gehorchte.

An meinem Rücken, dort, wo er nicht von der Corsage bedeckt war, spürte ich die Kälte der Kette, als Viktor sie straffzog. Sie führte über meinen Rücken, zwischen meinen Pobacken hindurch, geradewegs zu meiner Scham. Ich zuckte zusammen, als die eisigen Kettenglieder sich zwischen meine Labien drückten und meine Klitoris berührten. Das Halsband wurde dabei wieder eng und es setzte ein leicht beklemmendes Gefühl ein. Er ließ mich seine Macht spüren.

In langsamem Rhythmus zog Viktor an der Kette, ließ sie wieder locker und zog erneut daran. Im selben trägen, erregenden Takt konnte ich seine Lippen spüren, wie sie mit meinen spielten.

„Wie ich es genieße, dich so in der Hand zu haben", flüsterte er zwischen zwei Küssen. „Wie ich die Kontrolle über dich genieße. Es liegt an mir zu entscheiden, wie du atmest, wohin du gehst. Keine Alleingänge mehr. Und gleichzeitig höre ich dein erregtes Atmen, wenn die Kette, die dich auf der einen Seite so einschränkt, dich zugleich stimuliert. Ich höre jedes kleine Seufzen, das dir unbewusst entfährt. Lass mich deine Nässe fühlen!"

Seine Hand glitt von meinem Po zwischen meine Beine und fuhr den Verlauf der Kettenglieder nach.

„So, wie ich es mir vorgestellt habe. Du bist klatschnass. Und nicht nur das. Auch wenn ich es nicht sehe, so kann ich deinen Zustand fühlen. Deine Labien sind heiß vor Erregung. Dick angeschwollen. Auch deine Klitoris ist groß und reckt sich meinem Finger entgegen. Spürst du, wie ich dich unter Kontrolle habe, meine Hübsche?"

Er hatte recht, das Gefühl war unbeschreiblich. Niemals hätte ich mir eingestanden, dass eine solche Behandlung bei mir so viel Lust auslösen konnte. Wobei ich nicht unterscheiden konnte, ob mein Hirn – also der Gedanke, ihm die Kontrolle zu geben – oder mein Körper mehr zu meiner Lust beitrug. Gerne hätte ich ihn jetzt noch weiter mit meiner Lust spielen lassen, genoss ich doch die Erregung, die sich zwischen meinen Beinen gebildet hatte. Mit jeder Bewegung der Kettenglieder schob sich das Metall fest zwischen meine Labien und rieb an meiner empfindlichen Perle. Und obwohl der Stahl mittlerweile nicht mehr kalt war, fühlte ich zumindest noch die Härte des Materials an meiner weichen Haut. Ich genoss diesen Moment der Verletzlichkeit unter seiner Kontrolle. Gerne hätte ich an dieser

Stelle weitergemacht, aber Viktor hatte andere Pläne und holte mich damit aus meinen devoten Träumen.

„Komm, Alisa, wir gehen wieder hinunter. Jetzt kommt der Höhepunkt des Abends. Da möchte ich ungern fehlen."

„Ich kann doch nicht mit der Kette am Hals in die Öffentlichkeit. Das traue ich mich nicht, Viktor. Das ist mir total peinlich. Ich verspreche dir auch, nicht mehr wegzulaufen. Bitte … du kannst die Kette ja wieder dranmachen, wenn wir allein sind. Es tut mir leid, dass ich vorhin nicht gefolgt habe."

„Ich habe es dir bereits erklärt, und ich werde dazu jetzt nichts mehr sagen. Dass es jetzt für dich peinlich wird, ist Teil der Strafe für dich und Teil des Spaßes für mich. Du wirst sicher von allen Seiten bewundert werden. Wie du weißt, genieße ich genau diese Situationen, dich aus dem Konzept zu bringen. Also los geht's."

Er zog ungeduldig an der Kette, die immer noch zwischen meinen Beinen verlief, und ich versuchte ihm möglichst elegant zu folgen. Wie würden jetzt die anderen im Raum reagieren? Kurz wollte ich zu einem weiteren Protest ansetzen, da traf mich sein strenger Blick, der mir klarmachte, dass jede Erwiderung in dieser Sache sinnlos war.

Viktor ging entspannt und selbstsicher voraus, so als wäre es das Normalste von der Welt, seine Begleitung an einer Kette hinter sich herlaufen zu lassen. Und ich fühlte mich wie ein Anhängsel. Im wahrsten Sinne des Wortes.

Ich hatte belustigte oder abschätzige Blicke erwartet, als wir den Saal wieder betraten, aber was ich befürchtet hatte, traf, wie so oft, gar nicht zu. Viktor hatte das vorhergesehen und mich nur in dem Glauben gelassen, um mit meiner Angst zu spielen. Mistkerl! Die anderen waren viel zu sehr mit sich selbst beschäftigt oder mein Anblick war für sie nicht spektakulär. Bei jedem Schritt klirrte die Kette zwischen meinen Beinen, die jetzt locker herunterhing, und ich spürte das Gewicht der Kettenglieder an meinem Halsband. Nicht unangenehm, aber so, dass ich ihre Anwesenheit nicht vergessen konnte.

Viktor setzte sich in einen der bequemen Clubsessel, die im Raum verteilt standen. Er blickte mich an und zeigte mit seinem Finger zu seinen Füßen. Die Geste war eindeutig. Dort sollte also mein Platz sein. Auf dem Boden vor seinen Füßen.

„Liebe Gäste, nachdem wir uns nun alle wieder hier im Saal eingefunden haben, können wir zum erregenden Höhepunkt der heutigen Veranstaltung kommen. Unsere allseits beliebte Tombola. Wie ihr bereits aus den Vorjahren wisst, werden dabei allerdings keine Häkeldeckchen oder sonstiger Plunder verlost, sondern unsere wundervollen Begleitungen sind unsere wertvollen Geschenke. Und die werden wir auch in diesem Jahr lustvoll unter uns aufteilen.“

Ein Raunen ging durch den Saal. „Endlich wird es interessant!“, hörte ich aus einer Ecke des Raumes eine tiefe Stimme rufen.

„Ruhe! Bereits auf der Einladung zu dieser ganz besonderen Feier haben wir den Herren jeweils eine Nummer mitgeteilt. Eine Kugel mit dieser Nummer befindet sich dort vorne in dem großen Kristallpokal. Jede Sub darf sich heute also ihre Männer für die nächsten Stunden selbst aussuchen – gewissermaßen.“

Ein kleines Lachen ging durch die Gruppe der Männer. Aussuchen! Darunter stellte ich mir aber etwas anderes vor. Außerdem hatte er von Männern gesprochen! Plural! Ich hatte das ganz genau gehört. Männer. Wie sollte ich mir das vorstellen? Entsetzt zupfte ich an Viktors Arm. Das konnte er doch nicht zulassen! Genervt wehrte er meine Hand ab und zog einmal kräftig an der Kette, sodass das Halsband mich schnell daran erinnerte, dass ich still sein sollte.

„Damit die Sache interessanter wird, weiß keiner der Anwesenden, wem welche Nummer zugeordnet wurde. Der Herr einer jeden Sub wird diese noch in die Gästezimmer bringen und vorbereiten. Ich erinnere alle Herren nochmal an den Verhaltenskodex, der unserer Gruppe zugrunde liegt. Jede Sub hat im Vorfeld einen Fragebogen ausgefüllt, mit Vorlieben, Tabus und dem Safewort. Bitte studieren Sie diesen gründlich, bevor Sie sich einer fremden Sub nähern. Wir sind ein Gentelmen's Club – mehr muss ich sicherlich nicht sagen."

Endlich drehte sich Viktor zu mir um. „Wenn ich mich recht erinnern kann, steht auf deinem Fragebogen ‚MMF' ganz vorne unter der Rubrik ‚möchte ich gerne ausprobieren'. Ich habe gedacht, das wäre doch ein passendes Weihnachtsgeschenk für dich."

Wer kommt denn auf so eine Idee! Eine Mann-Mann-Frau-Kombination als Geschenk. Stimmt schon, ich wollte das unbedingt einmal ausprobieren. Gelesen hatte ich schon so viel davon, aber bisher hatte ich mich noch nicht an so etwas herangewagt. Allerdings hatte ich an Viktor und einen zweiten Mann aus seinem Bekanntenkreis gedacht. Privat, in gewohnter Umgebung.

Viktor legte den Kopf etwas schräg und strahlte mich voller Begeisterung an. „Also los, auf zu einer neuen Erfahrung. Ich weiß zwar nicht, wer die nächsten Stunden mit dir verbringen wird und mit wem ich die nächsten Stunden verbringen werde, aber ich bin mir sicher, das wird eine ziemlich geile Sache."

Mir stockte der Atem. Daran hatte ich gar nicht gedacht. Nicht nur ich würde mich mit zwei Männern vergnügen – oder besser zwei Männer sich mit mir –, sondern auch Viktor. Mit einer anderen Frau. Ich blickte in die Runde der Subs, die mittlerweile verteilt im Raum saßen. Einige blickten neugierig umher, sondierten offenbar das Angebot der Herren und malten sich aus, wer ihre Kandidaten sein könnten. Ein unangenehmes Gefühl kam in mir hoch. Dabei war Eifersucht in dieser Umgebung absolut unpassend.

Meine Augen schweiften weiter durch den Raum, als mich ein eiskalter Blick durchbohrte. Automatisch senkte ich meine Lieder. Raven! Ich wollte ihn nicht anschauen, aber meine verdammte Neugier zwang mich sofort wieder den Kopf zu heben. Er starrte mich immer noch an und grinste sein unangenehmes Wolfsgrinsen. Um Gottes Willen, nur das nicht. Hoffentlich zog ich nicht ausgerechnet die Nummer des Widerlings. Sein Gesicht war hart und seine Augen waren leer, was nicht zum Grinsen seines Mundes passte. Irgendetwas stimmte nicht mit diesem Typ.

Ein Zug an meinem Halsband richtete meine Aufmerksamkeit wieder auf den Redner und den Pokal. „Darf ich die Damen bitten?"

Zuerst schritt eine dunkelhaarige Schönheit nach vorne. Sie griff in den Glaspokal, der auf einem polierten Mahagonitischchen stand. Die Lostrommel erinnerte am ehesten an eine große Bowleschüssel. Nacheinander holte sie zwei nummerierte Kugeln heraus.

„Drei und sechzehn", sagte sie laut und selbstbewusst und strahlte dabei so über das ganze Gesicht, dass man hätte annehmen können, sie hätte gerade den Hauptpreis gewonnen. Ich dagegen fühlte mich total zwiespältig. Es kam zwar etwas auf mich zu, wovon ich insgeheim schon lange geträumt hatte, aber die Art und Weise verunsicherte mich doch eher. Als hätte er meine Gedanken gehört, griff Viktor nach meiner Hand und drückte sie aufmunternd.

„Komm, Alisa, jetzt du."

Ich hatte gehofft, er würde doch noch kurzfristig die Kette lösen, aber er tat nichts dergleichen. Ich erhob mich, die Kettenglieder klirrten leicht hinter meinem Rücken, fast wie eine Schleppe. Da das Glasgefäß doch ein paar Meter entfernt stand, erhob sich auch Viktor aus seinem Sessel und folgte mir nach vorne, die Kette fest in der Hand.

„Na da ist aber einer neuerdings anhänglich", hörte ich eine belustigte Stimme aus der Gruppe der Herren.

Mir stieg augenblicklich die Hitze in den Kopf. Tapfer schritt ich vorwärts und vermied den Blick nach links und rechts. Konzentrierte mich auf meine Aufgabe.

Als ich beim Glaspokal zu stehen kam, drehte ich mich um und blickte kurz in die Gruppe der Damen und Herren. Dann folgten meine Augen den schweren Kettengliedern von meinem Hals bis zu Viktors Hand und wanderten weiter zu seinem aufmerksamen Gesicht. Unsere Blicke trafen sich kurz und er nickte mir aufmunternd zu. Dann realisierte ich es: Ich war nicht allein. Nein, ich wurde gehalten. Viktor hielt mich. Zwar nicht auf die übliche Weise, aber wir waren miteinander verbunden. Real über die Kette, aber auch in Gedanken – das sah ich an seinen Augen. Dieses warme Gefühl der Nähe breitete sich schnell in mir aus. Und es fühlte sich gut an. Gehalten werden, vertrauen, Kontrolle abgeben. Dinge geschehen lassen. Plötzlich genoss ich die Situation hier im Saal und alles, was mit dieser bizarren Veranstaltung zusammenhing. Weil ich hier bei ihm sein durfte. Ob er ähnlich fühlte?

„Fünf" und „dreiundzwanzig" waren die Zahlen, die ich laut vorlas. Schnell glitt mein Blick über die Augen der Umstehenden. Wer war es? Wer würde es sein? Wessen Hände würde ich bald auf mir spüren? Grob? Zart? Welche Stimme ganz nahe bei mir hören?

Ich sah müde Blicke, aufmerksame Blicke, erhitzte Gesichter, Aufregung, Teilnahmslosigkeit. Ein Sammelsurium an Gemütszuständen. Nichts verriet mir, was ich erwarten durfte.

Schon war die nächste Sub auf dem Weg zum Pokal. „Ich bringe dich jetzt nach oben und bereite dich vor", flüsterte er.

Bereits im Gehen versuchte ich mehr Informationen aus ihm herauszuholen. „Weißt du, wer es sein wird? Weißt du, welche Nummer Raven hat? Ist er dabei? Bitte sag mir, dass er nicht dabei ist. Das würde mich beruhigen."

„Alisa, ich weiß es nicht. Und auch wenn ich es wüsste, könnte ich dir nichts garantieren, da Raven nie fair spielt – ich glaube dieses Modul besitzt er nicht. Er könnte mit jedem Herrn hier tauschen. Es ist zwar nicht erlaubt, aber Raven hat sich noch nie abhalten lassen, wenn er etwas wollte. Aber du solltest dir jetzt nicht so viele Gedanken machen. Du sollst die nächsten Stunden doch genießen. Lass es geschehen, Alisa. Schalte endlich mal dein Hirn ab. Dein altes Problem. Ich bin für dein Wohlergehen verantwortlich. Ich bin heute Abend dein Dom. Komm!"

Er zog mich sanft die Treppe nach oben und öffnete die Tür zu unserem Gästezimmer. Vor wenigen Stunden waren wir hier angekommen. Unschuldig stand unsere Reisetasche auf dem antiken Schränkchen und wirkte auf mich wie ein Relikt aus einem ganz anderen Leben. Die weiße, gestärkte Damastbettwäsche hatte ihre Unschuld verloren und das

Bett, das dominant in der Mitte des Zimmers stand, war Sinnbild für die Situation. Gebaut war es beinahe wie ein Himmelbett aus Viktorianischer Zeit. Vier starke, beinahe deckenhohe quadratische Pfosten an allen vier Ecken waren oben durch Querbalken verbunden. Stünde das Bett nicht in diesem Zimmer, in diesem Haus, hätte man wohl keinen Gedanken daran verschwendet, ob es noch für etwas anderes nütze sein könnte, als darin zu schlafen.

„Streck deine Hände vor. Ich werde dir jetzt Lederfesseln an Armen und Beinen anlegen."

Ich wagte nicht, zu fragen, was er vorhatte. Zumindest diese Lektion hatte ich mittlerweile, dank seiner Arbeit mit mir, gelernt. Ich streckte ihm wortlos meine Arme entgegen und wartete – ganz Sub – ab. Nur ein leichtes Zittern meiner Hände verriet meinen Gemütszustand. Er kommentierte das Zittern nicht. Ich konnte mir vorstellen, dass er meinen Zustand genoss.

Weich schmiegte sich das schwarze Leder um meine Gelenke. Er zog die Riemen fest. Nicht unangenehm eng. Gerade richtig. Er wusste, was er tat, hatte es sicherlich schon oft getan und würde es vielleicht in wenigen Minuten bei einer anderen Frau noch einmal tun. Nicht dran denken!

„Die Kette an deinem Halsband ist lang genug, dass du überall im Zimmer hinkommst, wo du hinkommen sollst. Ich werde sie hier neben dem Bett an dem dafür vorgesehenen Haken befestigen. Ich sichere sie mit einem kleinen Schloss, zu dem nur ich den Schlüssel habe. Damit kann ich garantieren, dass du hier im Zimmer bleibst und nicht in einen der anderen Räume gebracht wirst."

Wo sollten die mich schon hinbringen? Keine Ahnung, was es in diesem seltsamen Haus für Optionen gab. Aber besser ich fragte nicht. Ich war ja sicher. In diesem Moment empfand ich Viktors Vorsichtsmaßnahmen sogar sehr beruhigend.

Das Zimmer war schwach beleuchtet – gut genug, dass ich Viktor bei seinen Vorbereitungen gut beobachten konnte.

Die hohen Bettpfosten und der Querbalken am Fußteil des Himmelbettes waren so konstruiert, dass eine Hälfte durch ein Scharnier an einem der Pfosten in den Raum gedreht werden konnte. Die Konstruktion erinnerte jetzt nicht mehr an den Teil eines Bettes, sondern an ein Schaukelgestell oder eine Reckstange.

Dort konnte man einen Stab, wie man ihn von einem Gartentor kennt, mit dem Fuß in eine im Boden eingelassene Vertiefung einrasten lassen. Unglaublich, was für gutgetarnte Spielereien sich in diesem Haus finden ließen.

„Stell dich mit dem Rücken dort zur Tür zwischen die beiden Pfosten."

Unter dem Holm stehend, entdeckte ich viele kleine Ösen, die in gleichmäßigen Abständen an den Hölzern angebracht waren. Es funktionierte wie ein Andreaskreuz, mit dem Vorteil, dass es dem Partner ermöglichte, die Sub von vorne und von hinten zu bespielen.

Viktor öffnete eine Schublade eines kleinen Schränkchens und entnahm ihm verschiedenlange Ketten, die er zuerst mit einem Karabinerhaken an den Handfesseln befestigte und dann jeweils an Ösen am Querbalken. Er korrigierte die Länge der beiden Seiten so lange, bis meine Arme gleichmäßig angehoben waren. Die Ketten waren nicht straffgezogen, sondern gaben mir noch eine gewisse Bewegungsfreiheit.

„Ich werde dich jetzt ausziehen. Du sollst überall gut zugänglich und berührbar sein." Viktor blickte mir in die

Augen „Was fühlst du, Alisa? Sprich es aus, ich möchte es wissen."

„Ich bin grade nicht so sicher, was ich fühlen soll. Ich bin etwas verunsichert, weil ich nicht weiß, was auf mich zukommt, aber gleichzeitig mag ich das Gefühl, hier zu stehen, überraschenderweise."

„Das ist gut. Ein bisschen Unsicherheit darf schon sein. War vielleicht doch die richtige Entscheidung, dich mitzunehmen." Er grinste mich mit seinem speziellen Lächeln an, das mir sofort die Knie weich werden ließ, und meine Unsicherheit nahm augenblicklich ab.

Er ging vor mir in die Hocke, schob die Strapshalter aus ihrer Befestigung und rollte Stück für Stück den ersten Strumpf nach unten.

Kleine Küsse begleiteten alle paar Zentimeter sein Tun. Ich schloss die Augen und genoss seine liebkosenden Lippen. Dann folgte der zweite Strumpf nach demselben Vorgehen. Als seine Lippen die weiche Innenseite meiner Oberschenkel verwöhnten, stöhnte ich auf.

„Das gefällt dir wohl? Ich liebe den Geruch, der gerade hier in meine Nase kommt. Du duftest wunderbar."

Ich stellte die Beine, die ich noch frei bewegen konnte, ein wenig weiter auseinander, um noch besser genießen zu können, aber leider stoppte er seine Küsse in diesem Moment. „Zieh deine Pumps aus!", hörte ich ihn mit belegter Stimme flüstern. Er kniete hinter mir und hielt mich fest, sodass ich aus dem ersten Schuh schlüpfen und er den Strumpf von meinen Fußspitzen zupfen konnte. Als ich die nackte Fußsohle auf den Boden stellte, strafften sich die Ketten an meinen Armen ein wenig mehr.

Er richtete sich auf und stellte sich hinter mich. Sanft spürte ich seine Hände auf meinem Rücken, sie strichen weiter zu meiner Corsage, deren Hakenverschluss sie gekonnt lösten. Haken für Haken arbeiteten sie sich über meinen Rücken. Hielten kurz inne, streichelten über meine Wirbelsäule, bis nach dem letzten Haken das Kleidungsstück an mir herunterrutschte.

Jetzt war ich nackt – ein Höschen gehörte am heutigen Tag sowieso nicht zu meiner Garderobe.

„Stell die Beine weiter auseinander, damit sich deine Schamlippen schön öffnen und du gut zu betrachten bist, wenn später die beiden Herren zu dir kommen. Du möchtest doch einen guten Eindruck machen. Deine Hingabe wird auch immer deinem Herrn zugerechnet, vergiss das nicht."

Ich schluckte. Ich stellte also meine Beine etwas weiter auseinander. Allerdings spürte ich jetzt schon einen erheblichen Zug an meinen Handgelenken, der sich bis in die Schultergelenke fortsetzte. Müsste ich die Beine noch weiter auseinanderstellen, würde ich den Boden unter den Füßen verlieren. So war ich froh, dass Viktor zufrieden war.

Er befestigte jetzt die Karabiner an den Fesseln der Knöchelgelenke, daran die Kette und diese dann an den Pfosten.

„Wie du da stehst, sieht wunderbar aus. Ich genieße es, dich zu betrachten. Ich würde jetzt zu gerne meine Finger in dir versenken. Würde deine aufkommende Nässe spüren, deinen Geruch genießen, wenn du immer erregter wirst, dich beobachten, wenn die Haut deines Halses und dein Dekolletee rot werden als Zeichen deiner Lust." Er schwieg kurz. „Aber ich werde dich jetzt verlassen. Vorher verbinde ich dir noch die Augen."

„Wo wirst du währenddessen sein?" Die Frage, bei welcher Frau er seine Lust stillen würde, konnte ich mir gerade noch verkneifen. Aber in meinen Gedanken stellte ich es mir vor. So viel Masochismus gönnte ich mir dann schon.

Er überging meinen Einwurf, wie so oft, wenn ich etwas fragte, was er nicht beantworten wollte. Stattdessen holte er aus der Schublade einen schwarzen Seidenschal. Vorsichtig legte er ihn mir über die Augen und band ihn mit einem doppelten Knoten hinter meinem Kopf zu. Nun war ich des Sehsinns beraubt und auf meine Ohren angewiesen. Ich zerrte ein wenig an den Ketten, um meinen Bewegungsspielraum abzuschätzen. Und stellte fest, dass er gleich Null war.

„Jetzt bist du bereit und ich wünsche dir viel Spaß und ein unvergessliches Erlebnis. Ich warte zur Sicherheit noch vor der Tür, bis die beiden Männer da sind. Du kannst dich ganz sicher fühlen und dich fallenlassen.

„Wann kommst du wieder zu mir?", fragte ich noch schnell, aber da hörte ich schon, wie seine Schritte zur Tür gingen, die Tür geöffnet und wieder geschlossen wurde. Dann war ich allein. Allein mit meiner Aufregung. Und wieder kam dieser Gedanke: Lass es nicht Raven sein, dessen Nummer ich vorhin gezogen habe.

Ich versuchte meinen Stand etwas zu verlagern. Waren es zwar erst wenige Minuten, spürte ich doch jetzt schon, wie die Position auf Dauer unangenehm werden konnte. Die Arme wurden nicht mehr so richtig mit Blut versorgt, was meine Hände kalt werden ließ. Gott sei Dank drückten die Lederfesseln nicht. Ich hatte die Augen unter der Augenbinde geschlossen und horchte in die Stille.

Auf dem Gang waren Stimmen zu hören. Nach deren Klang verschiedene Männer, die sich nicht weit von meinem Zimmer unterhielten. Der eine lachte laut, die anderen fielen in sein Gelächter ein. Erkennen konnte ich keine der Stimmen. Schritte näherten sich, andere entfernten sich. Ich hörte das Öffnen der Zimmertür – diese schien ein wenig zu klemmen und wurde deshalb mit einem Ruck geöffnet. Ich hob meinen Kopf und drehte ihn so weit wie möglich zur Tür, obwohl ich durch meine Augenbinde nichts sehen konnte. Ledersohlen betraten das Zimmer. Die Tür wurde geschlossen, ein Schlüssel im Schloss gedreht. Ich hörte das Knarzen des Parketts bei jedem Schritt. Eine Person blieb links von mir stehen, die zweite ging nach rechts weiter. Keiner sprach. Ich hätte mir gewünscht, ihre Stimmen zu hören. Ich hätte zwar auch dann nicht gewusst, wer es war, kannte ich doch die Herren auf dieser seltsamen Weihnachtsfeier nicht, aber ich hätte vielleicht eine bestimmte Person ausschließen können.

Die Männer waren stehengeblieben. Ich spürte ihre Anwesenheit in der Nähe. Alles war ganz still. Nur unser Atem war zu hören. Sahen sie mich an? Was dachten sie? Hatten sie meinen Anblick so erwartet? Gefiel ihnen, was sie sahen?

„Ist sie nicht wunderschön? Sie steht hier in Erwartung unserer Hände, die alles mit ihr machen könnten. Die sanft sein können oder grob. Und alles würde sie hingebungsvoll ertragen. Warum? Weil sie es genießt. Die Ungewissheit, die Überraschung, die Vorfreude, die Kontrolle abzugeben und sich in unsere kundigen Hände zu begeben, die Lust und vielleicht Erfüllung versprechen."

Das war nicht Raven – o Gott, war ich erleichtert! Aber wer war der andere Mann? Von ihm hatte ich noch nichts gehört. Würde er jetzt ebenfalls sprechen?

Der Mann, dessen Stimme ich bereits kannte, fuhr fort: „Ich habe dich heute Abend schon lange beobachtet und ich habe bemerkt, dass dir das Gehorchen schwerfällt. Ich werde das nicht akzeptieren. Hast du das verstanden? Wenn ich eine Anweisung gebe, erwarte ich, dass du mit „Ja, Sir!" antwortest. Wenn ich etwas frage, erwarte ich eine kurze und klare Antwort mit der entsprechenden Ansprache. Wenn du nicht gehorchst, wenn du zögerst oder diskutierst, wirst du sofort die Konsequenzen spüren. Ich erziehe meine Subs gerecht, aber konsequent. Hast du das verstanden, Alisa?"

„Ja, Sir!", antwortete ich schnell und leise.

„Genau so stelle ich mir das vor. Gut gemacht."

Du meine Güte, da musste ich aufpassen. Viktor war bei sowas meist nicht so streng, es lag ihm einfach nicht so, jeden Kleinkram zu rügen. Aber bei diesem Mann wehte offenbar ein anderer Wind.

Ich hörte, wie beide Personen einen Schritt auf mich zu machten.

„Du siehst so einladend aus. Dein Körper in dieser aufrechten Position. Deine Brüste betteln nach Aufmerksamkeit, deine Schamlippen sind leicht geöffnet und deine Klitoris schaut mich schon an."

Ich zuckte kurz vor Überraschung, als ich seine Hand an meinem Hals spürte. Er legte sie fest auf meine Kehle und drückte zu. Zwar schränkte die Geste meine Atmung nicht ein, aber sie wirkte wie eine Drohung. Noch ein wenig fester drückte er meinen Hals, als er seine Lippen auf meine legte. Mit dieser dominanten Geste nahm er mich in Besitz.

Und ich kannte ihn nicht, wusste nicht, wer er war oder wie er aussah. Dass er mich ungeniert betrachten und berühren konnte, ich aber nichts als eine Stimme von ihm hatte, verlieh der Situation einen ganz besonderen Kick.

Seine Hand ließ von meiner Kehle ab und bewegte sich zu meiner Brust.

„Deine Nippel strecken sich mir entgegen. Das ist schön. Sie können offenbar gar nicht mehr erwarten, von mir bemerkt zu werden."

Er rieb mit seiner Handfläche erst über die eine Brustwarze, nahm sie zwischen Daumen und Zeigefinger und zwirbelte sie leicht, bis sie richtig hart war. Dann nahm er die andere Hand und wiederholte dies an der anderen Brust. Ich genoss seine Berührungen. Sie hatten genau die richtige Intensität.

„Meine Finger werde ich gleich an anderer Stelle brauchen, so werde ich jetzt eine Nippelklemme anbringen. Hast du das schon einmal gespürt?"

Ich hörte das Öffnen und Schließen einer Schublade. Wieder etwas, was es sicher nur in diesem Haus gab. Eine Schublade für „Spielsachen dieser Art".

„Ja, Sir. Hab ich."

„Das ist gut, doch diese ist etwas anders konstruiert als die üblichen Klemmen, eher wie Schraubzwingen. Ich kann sie feiner justieren. Ich liebe es nämlich, deine Gesichtszüge zu sehen und deine Reaktionen, wenn ich diese kleine Schraube Stück für Stück ein wenig fester anziehe."

Etwas Kaltes stülpte sich über meine Brustwarze und ich zuckte unwillkürlich zusammen und zerrte an meinen Ketten.

„Bleib ruhig stehen!", sprach er leise mit einem scharfen Tonfall und bevor ich mich recht versah, klatschte seine Handfläche auf meine Scham. Ich zuckte vor Überraschung, nicht vor Schmerz, und zerrte damit an meinen Fesseln. Meine Schultern bekamen diese Bewegung schmerzhaft zu spüren. Ich unterdrückte ein Fluchen und versuchte ruhig zu stehen. Dieser Mann war wirklich streng.

Langsam spürte ich einen kleinen Druck an meiner linken Brust und dann auch an meiner rechten.

„Die Klemmen sind jetzt so angebracht, dass sie halten, aber noch keinen Schmerz hervorrufen. Ich werde langsam weiterdrehen und dich dabei beobachten."

Ich biss vorsichtshalber die Zähne zusammen. Auf einen Schmerz zu warten war noch schlimmer, als wenn er überraschend kam. Eigentlich schmerzte bereits die Erwartung des Schmerzes. Und das wusste er und spielte mit meiner Angst.

Seine Finger drehten wohl an einer kleinen Schraube, denn ich konnte eine entsprechende Bewegung seiner Hand über meiner Haut wahrnehmen. Langsam nahm der Druck zu. Zwischendurch wechselte er die Brust, damit beide Klemmen ungefähr gleich fest saßen.

Es begann unangenehm zu werden. Ich spürte, wie meine Nippel immer ein bisschen mehr geklemmt wurden, und dieser Schmerz führte direkt von meiner Brust in meinen Unterleib. Er drehte links, bis ich die Luft anhielt. Dann machte er eine Pause, bis der Schmerz sich eingependelt hatte. Dann drehte er rechts. Als auch dieser Schmerz wieder nachließ, begann er wieder mit links. Immer nur eine ganz geringe Schraubendrehung. Aber er setzte damit ständig neue Schmerzimpulse. Er drehte das Schräubchen noch ein wenig und ich kniff die Augen unter meiner Augenbinde zusammen. Das war jetzt schon richtig heftig. Noch eine Umdrehung an beiden Seiten. Ich hielt die Luft an und biss die Zähne zusammen, um den Schmerz besser aushalten zu können. Er hatte meinen Körper und dessen Reaktionen beobachtet und richtig gedeutet. Er stoppte.

„So ist es schön. Die Verzierung steht dir. Findest du nicht auch?" Das war offenbar eine Frage, die an den Mann hinter mir gerichtet war, denn plötzlich spürte ich dessen Hände, die unter meinen Armen hindurch zu meinen Brüsten griffen. Fest massierte er diese und bewegte dabei die Klemmen, was neue Schmerzimpulse durch meinen Körper jagte. Schon ohne seine Berührung war der Schmerz gewaltig gewesen, aber durch die Stimulation meiner Brüste wurde deren Durchblutung angeregt, was ihre Empfindlichkeit erhöhte. Obwohl ich versuchte still zu sein, entkamen mir kleine Stöhnlaute. Aber als er die Klemmen mit dem Zeigefinger anschnippte, konnte ich nicht mehr an mich halten, schrie laut auf und versuchte mich wegzudrehen, um dem Schmerz zu entkommen, was durch meine Fixierung absolut unmöglich war.

Sofort hatte ich wieder eine Hand an meiner Kehle.

„Wenn du nicht ruhig stehst und still bist, drehe ich die Klemme noch ein wenig. Soll ich das tun?"

„Nein, Sir, bitte nicht", brachte ich abgehackt heraus. Da spürte ich schon seine Finger an der kleinen Schraube und machte mich auf einen weiteren Schmerzensschub gefasst. Ich spannte meine Muskeln an und wartete. Aber etwas Unerwartetes geschah – er dreht die Schrauben auf, statt zu.

„Du sollst doch genießen, Alisa." Ich hörte das Lächeln in seiner Stimme. Augenblicklich entspannte sich mein Körper. Das war wirklich gemein, so mit mir zu spielen. Auch wenn ich es nicht sehen konnte, so konnte ich mir doch vorstellen, wie die beiden Herren jetzt vor sich hin grinsten.

Die Hände des Mannes hinter mir begannen meinen Bauch zu streicheln, meine Hüften, dann wieder sehr vorsichtig meine Brüste, ließen aber meine Scham aus. Die sanften Bewegungen erregten mich und mir entfuhr ein tiefer Seufzer. Der Druck der Klemmen an meinen Brüsten war jetzt auch genau so, dass er meine Lust steigerte und nicht schmerzhaft war. Ich lehnte meinen Kopf an meinen Arm, schloss die Augen und ließ mich in meine Empfindungen fallen. Es war wunderbar, wie mich die Berührungen immer weiter meine Lust spüren ließen. Zu gerne wäre ich jetzt zwischen meinen Beinen berührt worden oder hätte meine Beine geschlossen, um so meine Gefühle zu intensivieren. Aber auch gerade daran, es nicht zu können, fand ich Gefallen.

„Ich glaube, sie hat genug für den Anfang." Wieder sprach der Mann, dessen Stimme ich schon kannte. Mittlerweile war ich mir ziemlich sicher, dass der Mann in meinem Rücken nicht Raven war. Oder wollte er mich nur in Sicherheit wiegen? Aber wer war es dann? Weshalb redete er nicht?

„Ich werde dich jetzt losmachen. Deine Augenbinde bleibt bis auf weiteres auf deinem Kopf, hast du verstanden?"

„Ja, Sir", antwortete ich und war dankbar, als meine Arme Stück für Stück nach unten gelassen wurden und ich auch wieder meine Beine schließen konnte. Nur kurz ließen sie mir Zeit, um mich wieder zu sammeln.

„Auf die Knie!" Ein Zug an meinem Halsband unterstrich den Befehl spürbar. „Mach deinen Mund auf. Möchte doch jetzt erleben, wie gut du dich revanchieren kannst."

Vorsichtig ließ ich mich auf meine Knie nieder, tastete mit den Händen nach dem Mann vor mir, erreichte seine Gürtelschnalle, öffnete sie, danach den Knopf und Reißverschluss seiner Anzugshose. Sofort sprang mir sein harter Schwanz entgegen. Meine Hand strich über seinen Schaft, spürte die Diskrepanz zwischen der weichen Haut an dieser

Stelle und der darunterliegenden Härte. Als meine Hand ihn berührte, hörte ich, wie sich sein Atem beschleunigte. Zufrieden mit dieser Reaktion, strich ich seine Länge weiter entlang und ließ meine Zunge spielerisch um seine Eichel gleiten. Wieder bewegte ich sanft meine Hände auf und ab und stülpte meine Lippen etwas über seine Penisspitze. Gerne hätte ich dieses kleine Gefühl der Macht, für seine Lust direkt verantwortlich zu sein, noch weiter genossen, da packte er meine Haare in meinem Nacken und drückte meinen Mund fest auf seine Härte. Die Machtverhältnisse waren wieder geklärt. Ich spürte, wie sein Penis in meinem Mund sofort noch härter und größer wurde. Er war so tief in mir, dass ich Schwierigkeiten hatte zu atmen. Seine Hand drückte unnachgiebig auf meinen Hinterkopf und langsam setzte Panik bei mir ein. Sein hartes Organ verschloss meine Luftröhre, sodass ich nicht Luft holen konnte. Ich begann zu zappeln und nach wenigen Sekunden lockerte er seinen Griff und ich zog sofort meinen Kopf zurück und holte tief Luft. Meine Augen tränten und zäher Speichel hatte sich in meinem Mund gesammelt.

„Versuch nicht noch einmal die Verhältnisse umzudrehen, Alisa!"

Wieder drückte er meinen Kopf auf seinen Schwanz. Allerdings nicht so weit, dass er wieder meinen Atem kontrolliert hätte. Willig ließ ich zu, dass er mich führte. Mit diesem Dom war wirklich nicht zu spaßen. Wehmütig dachte ich an Viktor. Welche Frau wohl gerade von ihm verwöhnt wurde?

„Das war sehr schön, Alisa. Ich genieße deine Hingabe, wenn du es selbst zulässt. Genug vorerst. Ich werde dich jetzt zum Bett führen."

Mit kleinen Schritten bewegte ich mich mit seiner Unterstützung in die Richtung, in der ich das Bett vermutete. Ich tastete über die Matratze und kniete mich zögernd darauf. Ich krabbelte in die Mitte und war überrascht, dort bereits eine Person vorzufinden. Der Mann ohne Stimme saß am Kopfende.

„Lehne dich an ihn." Ich drehte mich um, sodass ich zwischen seinen Beinen halb lag, halb saß. Mit der Kette an meinem Halsband war diese Aktion nicht so einfach, aber ich schaffte es, ohne mich zu verknoten. Ich bemerkte, dass der Mann mittlerweile nackt war, denn ich spürte seine Haut auf meiner, als ich mich zurücklehnte. Er legte die Arme um mich, kontrollierte den Sitz der kleinen Zwingen und drehte an den kleinen Schrauben, die sich wohl etwas gelöst hatten. Ein kleiner Kuss an meinem Hals sollte mich wohl über den neuerlichen Schmerz trösten. Er roch gut. Er roch viel zu gut. Aber er sprach nicht.

Er fasste mit seinen Händen meine Oberschenkel und drückte sie auseinander. Behutsam streichelte er mit seinen großen, kräftigen Händen die Innenseite meiner Schenkel. Das fühlte sich wunderbar an, nur sparte er immer noch meine Scham aus. Dieses Nichtbeachten des Bereichs zwischen meinen Beinen fand ich langsam gemein. Der gesamte Körper wurde von den Herren verwöhnt, nur der Bereich, an dem ich gerne mehr gespürt hätte, ließen sie konsequent aus.

Die Matratze senkte sich, der andere Mann hatte nun auch auf dem Bett Platz genommen.

Zuerst spürte ich, wie er auf meine Klitoris blies. Ich zuckte ein wenig zusammen, so überraschend war das Gefühl. Dann fuhr seine Zunge vorsichtig über diese empfindliche Stelle. Eine Berührung sanft wie ein Schmetterlingsflügel sammelte meine Aufmerksamkeit zwischen meinen Beinen. Ich konnte ein erregtes Zittern nicht verhindern. Dann blies er wieder. Huch, war das kalt. Da er vorher meine Klitoris befeuchtet hatte, fühlte es sich nun eisig an. Schnell wärmte er die Stelle wieder mit seiner Zunge auf. Ein kehliger Laut des Genusses kam aus meinem Mund. Ich spürte seine Zunge, die sanft an meiner Perle spielte, die kleinen Schamlippen entlangfuhr, an meinem Eingang kurz pausierte und dann wieder den Weg in die Gegenrichtung antrat. Ich war dankbar dafür, dass meine Knie auseinandergehalten wurden, so konnte ich mich ganz der Stimulation hingeben. Seine Zunge umkreiste meine Klitoris, blies wieder kurz, wärmte sie wieder mit der Zunge. Ganz intensiv war dieses Wechselspiel von warm und kalt. Ich spürte, wie meine Säfte flossen. Da spürte ich plötzlich seine Zähne, die vorsichtig an dieser empfindlichen Stelle nagten.

Ich zuckte zusammen, doch der Mann in meinem Rücken sorgte dafür, dass ich die Beine nicht schließen konnte, um mich zu schützen. Doch da war seine Zunge schon wieder auf dem Weg, ihre Runden zu drehen. Um die Klitoris, zwischen den kleinen und großen Schamlippen entlang, spielte er in meinem Eingang, probierte von der Flüssigkeit, die sich mittlerweile dort gebildet hatte, kehrte zurück zu den kleinen Labien. Stimulierte diese mit der rauen Seite der Zunge. Und mit jeder Runde wurde meine Erregung stärker und ich war auf dem Weg in einen ungeahnten Rausch. Mein Kopf schaltete ab. Ich ließ mich in die Arme des Mannes hinter mir fallen, genoss die Berührungen des anderen.

„Denk daran, dass du nicht kommen darfst, bevor du nicht unsere Erlaubnis hast."

Ich versuchte zu antworten, aber mein Kopf konnte einfach keinen Satz bilden.

„Alisa? Hast du das verstanden?"

Von weit weg nahm ich seine Worte wahr, immer noch nicht in der Lage zu antworten. Ich war gefangen in meinen Empfindungen. Da durchzuckte mich ein kurzer Schmerz.

Ich schrie auf und war sofort wieder im Hier und Jetzt.

„Ich habe dir angekündigt, jede Nachlässigkeit deinerseits sofort zu ahnden. Das nächste Mal werde ich nicht nur an deine Klitoris schnipsen, sondern dir dort eine Klemme setzen, wenn du nicht so antwortest, wie ich es erwarte. Ich gehe davon aus, dass du das gutheißt, weil es dir zeigt, dass mir deine Antwort wichtig ist."

„Ja, Sir. Entschuldigung." Eine Klemme an dieser Stelle? Das wollte ich mir noch nicht mal vorstellen. Viktor würde so etwas nicht machen. Hoffte ich – oder vielleicht doch? Ich ahnte schon, dass er mich bisher oftmals geschont hatte.

Der Mann hinter mir hatte sich in die ganze Unterhaltung nicht eingemischt, gab mir nur jetzt wieder einen kleinen Kuss auf meine Schulter.

„Knie dich aufs Bett, nahe der Bettkante. Vierfüßlerstand, die Beine etwas gespreizt. Den Po in meine Richtung."

Die Matratze bewegte sich und ich hörte, wie auf der anderen Seite des Zimmers ein Sessel über das Parkett geschoben wurde.

Kaum hatte ich die geforderte Position eingenommen, spürte ich seinen erigierten Penis an meinem Eingang und ohne auf mich Rücksicht zu nehmen trieb er ihn in mich, dehnte mich auf und füllte mich ganz tief aus. Überrumpelt von der Heftigkeit seiner Bewegung, musste ich das Betttuch unter meinen Händen greifen, um nicht nach vorne umgeworfen zu werden. Kaum hatte er sich wieder zurückgezogen, stieß er erneut zu. Sein Unterleib klatschte an meinen Po. Seine beträchtliche Länge schien perfekt zu meinem Unterleib zu passen. Auch wenn die Stöße im ersten Moment grob wirkten, trafen sie gezielt jene Stellen, die mich bereits nach wenigen Bewegungen kurz vor einen Orgasmus brachten. Das fühlte sich verdammt gut an.

Plötzlich hatte ich Hände an meinem Kopf, die mir die Augenbinde abnahmen. Sie strichen das Haar aus meinem verschwitzten Gesicht. Ich hob meinen Kopf, zwinkerte etwas, bis sich meine Augen an das Licht gewöhnt hatten, und konnte mir gegenüber einen Sessel sehen. Und darin saß – Viktor! Er war der zweite Mann. Er war die ganze Zeit an meiner Seite gewesen! Mein Herz klopfte sofort noch etwas schneller. Er war bei mir, nicht bei einer anderen Frau! Er hatte ein Spiel mit mir gespielt, wie er es liebte: mich im Unklaren lassen und mein Vertrauen testen. Dieser wunderbare Schuft!

„Schau mir in die Augen, Alisa!", sagte Viktor. „Ich möchte, dass du Blickkontakt hältst. Ich genieße deinen Anblick. Wie deine Brüste im Takt, in dem du von ihm genommen wirst, wippen, dein Seufzen und Stöhnen, wenn er tief in dich eindringt und deine Erregung weiter vorantreibt. Wie jedes Mal, wenn er einen empfindlichen Punkt tief in dir trifft, deine Pupillen nach oben rutschen und du kaum noch die Augen aufhalten kannst, weil du ganz bei dir bist. Aber ich möchte dich sehen – deine Lust, deine Gefühle."

Es war eine schwierige Aufgabe, die er da von mir forderte. Den Blickkontakt zu halten, während ich von hinten gestoßen wurde, steigerte meine Erregung immer weiter. Aber er hatte recht. Ich wollte ihn sehen, wie er im Sessel saß und mich betrachtete. Sein Penis stand stramm zwischen seinen Beinen und seine Hand strich sanft über seinen Schaft. Seine Gesichtszüge waren angespannt, es musste ihm sehr viel Kontrolle kosten, sich auf meine und nicht auf seine Lust zu konzentrieren. Warum war er es nicht, der mich zum Orgasmus brachte? Warum überließ er mich einem anderen Dom? Ich hätte gewünscht, dass er der Mann hinter mir wäre. Und warum wollte er noch immer keinen Orgasmus mit mir teilen? Zu viele Fragen für diese Situation.

Nun wollte ich den Moment genießen. Zwei Männer, die sich um meine Lust kümmerten. Der eine körperlich, indem er meine Lust durch seine Stöße immer weiter vorantrieb, und der andere, der mir durch seinen Blick zu verstehen gab, wie geil es ihn machte, mich zu beobachten. Seinen ganz privaten Porno.

Der Mann hinter mir wurde immer schneller und trieb mich unausweichlich einem verbotenen Orgasmus entgegen. Jedesmal, wenn er in mich stieß, glitt er über genau diesen magischen Punkt, der nicht unter meiner Kontrolle stand. Ich konnte nicht mehr. Zu oft war ich an diesem Tag schon kurz vor einem Orgasmus gewesen, hatte mich immer wieder zurückhalten müssen. Mein Blick war auf Viktors Gesicht fixiert. Unsere Augen ineinander verhakt. Ich schwitzte und stöhnte. Der Mann hinter mir hielt mich an meinen Hüften und donnerte zielstrebig und gleichmäßig in meinen Unterleib. Ich spürte, wie der Orgasmus sich ankündigte. Wie er sich aus meinem Unterleib in jeden Bereich meines Körpers ausbreitete.

„Viktor! Bitte! Darf ich kommen?", schrie ich ihm mit letzter Kraft entgegen. Meine Arme zitterten bereits vor Anstrengung.

„Komm, Alisa, aber halte den Blickkontakt."

Mit einer großen Willensanstrengung hob ich meinen Kopf, um ihm zu zeigen, dass ich seiner Aufforderung nachkam und gehorchte.

In diesem Moment riss der Mann hinter mir die beiden Klemmen von meinen Brustwarzen, das Blut schoss wieder ein, ein unglaublicher Schmerz durchzuckte mich, der gleichzeitig mit dem Orgasmus über mich fegte und das Gefühl weiter verstärkte. Ich konnte kaum noch den Kopf halten, meine Augen wollten sich schließen, mein Geist wollte wegsegeln aus der Realität, aber Viktors Blick hielt mich gefangen. Er ließ mich nicht los. Eine weitere Welle der Kontraktion überkam mich, als ich spürte, wie der Schwanz in mir zuckte.

Dann gaben meine Arme nach und ich sank völlig erschöpft auf die Laken.

Bevor ich die Augen schloss, um mich zu erholen, blickte ich noch einmal zu dem Mann im Sessel. Er hatte aufgehört sich zu berühren. Seine Augen lagen auf mir und er lächelte mich an. Doch sein Blick war verändert. Eine liebevolle Nachdenklichkeit konnte ich aus seinen Gesichtszügen lesen und seine Lippen formten ein stilles „Alisa".

Mittlerweile war die nächste Kerze erloschen. Viktor ließ das Heftchen sinken und schaute mich an.

„Meine Reaktion auf deine Geschichte ist nicht zu übersehen. Ich glaube, du darfst dir heute noch etwas wünschen, Alisa. Und wenn ich über die Geschichte so nachdenke, dann weiß ich auch, was das sein wird. Möchtest du, dass ich dich festbinde, oder schaffst du es so, deine Schenkel gespreizt zu halten?"

Mein Vergehen

Das Symbol meines Email-Programmes, das eine neue Nachricht von Viktor anzeigte, ploppte am Bildschirmrand auf. Hektisch sah ich auf die Uhr. Das konnte doch nicht wahr sein! Wo war die Zeit hin? Seit Stunden saß ich über der Ausarbeitung eines Forschungsantrages, den mein Chef unbedingt bis Ende des Monats auf dem Tisch haben wollte. Ich ahnte bereits den Inhalt der Email, als ich zu lesen begann:

Hallo Alisa,

wenn ich mich nicht täusche, hatte ich dich gebeten, mich heute bis 19 Uhr anzurufen, um einen Termin für unser nächstes Treffen abzusprechen. Natürlich kam diese „Bitte" keinem Wunsch, sondern einer Anordnung gleich. Ich gehe davon aus, dass du einen triftigen Grund für deine Vergesslichkeit hast. Aber was auch immer dazu geführt hat, dass ich nichts von dir gehört habe – du wirst dir darüber Gedanken machen, was es bedeutet, sich über meine Regeln hinwegzusetzen.

Bis ich über weitere Konsequenzen entscheide, wirst du zum Thema Regelverstöße und Vergehen eine Geschichte über deine Vorstellungen dazu schreiben. Du hast drei Tage Zeit.

Viktor

Wenn es etwas gab, was Viktor nicht leiden konnte, dann war es die Nichteinhaltung von Regeln, die ihm wichtig waren. Und ein Mangel an Verlässlichkeit. Ich schloss das Word-Dokument mit meinem Forschungsantrag und öffnete ein neues, begann meine Gedanken auf Reisen zu schicken und schrieb darauf los.

Mein Vergehen

Heute war alles anders. Wenn ich normalerweise diese Straße hinunterlief, dann klackerten meine Absätze aufgeregt und voller Vorfreude. Der Nachhall kleiner schneller Schritte wurde dann vom Pflaster des Gehsteigs zurückgeworfen.

Es war noch immer kalt draußen, die Weihnachtstage und die skurrilste Weihnachtsfeier meines Lebens lagen zwar mittlerweile im vergangenen Jahr, aber der Winter hatte die Landschaft noch immer fest im Griff. Viktor hatte mich gebeten, mein Auto heute nicht direkt vor der Garage zu parken, sondern einen Parkplatz am Straßenrand zu suchen. Natürlich hatte ich nicht gewagt nach dem Warum zu fragen. Das stand mir nicht zu. Das hatte ich mittlerweile gelernt. Ich hatte Viktor vor ein paar Monaten über eine Freundin kennengelernt. Ich wollte lernen meine devote Seite auszuleben, aber darüber hinaus keine Beziehung eingehen. Mittlerweile hatte ich bereits einiges von den Pflichten und Aufgaben einer Sub verstanden, war aber noch weit davon entfernt, die Rolle verinnerlicht zu haben. All das war doch schwieriger, als ich zuerst angenommen hatte. Viktor war kein allzu strenger Dom, er hatte Regeln für mich aufgestellt, die ich befolgen musste. Ansonsten war er aber empathisch und achtete meine Grenzen. Ließ mir die Zeit, zu lernen und an mir selbst zu arbeiten. Diese Eigenschaften und natürlich seine unaufgesetzte, natürliche Dominanz, gepaart mit seinem maskulinen Aussehen, ließen mich immer öfter daran zweifeln, ob ich meine eigene Vorstellung von „nur Freunde" auf Dauer würde halten können. Aber was Viktor zu dieser Sache dachte, wusste ich nicht. Er ließ sich auf kein Gespräch ein, genauso wenig erzählte er über sein Privatleben. Es hatte wohl in der Vergangenheit eine feste Sub und Partnerin gegeben, aber wer das war und warum er darüber nicht sprach, hatte ich bisher nicht herausgefunden.

Heute waren meine Schritte langsam. Fast gebremst. Der Weg bis zu Viktors Haustüre erschien mir viel zu kurz, um mich zu sammeln. Widerstrebend bog ich um die Ecke und ging die letzten Schritte des Wegs bis zu seiner Haustüre hinauf. Ich griff in die Tasche, zog seinen Schlüsselbund heraus und betrachtete den Anhänger mit dem V wie Viktor, der am Schlüsselring baumelte. Wie lange noch würde ich ihn besitzen? Noch war es schon ziemlich dunkel, wenn ich am späten Nachmittag zu ihm ging. Aber in wenigen Wochen, wenn der Frühling die Menschen wieder auf die Straßen schickte, um ihre Gärten vom Winter zu befreien, würde es um diese Uhrzeit hell sein. Und jeder würde sehen, wenn ich zu ihm käme und auf Knien um Einlass bitten müsste, da ich dann vielleicht keinen Schlüssel mehr besäße.

Ich hatte einen Fehler gemacht. Aber wie würde ich jetzt damit umgehen? Ich war mir nicht sicher. Die Verpflichtung einer Sub war es, dem Dom eine Verfehlung unverzüglich mitzuteilen. Dieser würde dann aufgrund der Schwere des Vergehens über die Konsequenzen entscheiden. Wie würde Viktor reagieren? Vielleicht würde alles gar nicht so schlimm, versuchte ich mich zu beruhigen. Vielleicht nahm er es gar nicht so ernst. Eher unwahrscheinlich. Oder sollte ich es vielleicht verschweigen? Nein, das kam nicht infrage. Außerdem würde er es merken.

Ich steckte den Schlüssel ins Türschloss und sperrte auf. Neben der Haustür unter einem kleinen Dach standen Papiertüten des Lieferdienstes. Viktor ging nicht selbst einkaufen. Keine Zeit, hatte er mir mal gesagt. Ich griff die Tüten mit einer Hand und schob mit dem Fuß die Haustüre auf. Mit der anderen Hand drückte ich auf den Lichtschalter innen neben der Türe, der eine warme Beleuchtung aus kleinen Tisch- und Stehlampen, verteilt auf Anrichte und Konsolentischen im gesamten Untergeschoss, anschaltete. Mein erster Gang führte mich in die Küche, die direkt an die große Diele anschloss. Ich hob die Tüten auf die Arbeitsplatte und begann mechanisch die verderblichen Lebensmittel in den Kühlschrank zu räumen. Was hatte er denn da alles bestellt? Das reichte ja für eine kleine Mannschaft. War etwas geplant? Ausgerechnet heute. Schnell ließ ich meinen Mantel über die Schultern gleiten und hängte ihn über die Stuhllehne des Küchenstuhls.

Mich hier im Haus zu bewegen, beruhigte meine Nerven etwas. Ich hatte hier schon einige wunderschöne, intensive Stunden erlebt. Das große Wohnzimmer, das auf der anderen Seite des Eingangsbereiches lag, war unser Spielbereich. Die Zimmer im ersten Stock kannte ich nicht. Sie waren tabu beziehungsweise privat, wie sich Viktor ausgedrückt hatte. Das hatte mir einen kleinen Stich ins Herz versetzt. Offenbar noch zu privat für mich. Leider.

Ich seufzte leise, konnte ich doch den Ausgang dieses Abends so gar nicht einschätzen. Ich straffte den Rücken und machte mich daran, die restlichen Getränke, die sich noch in den Beuteln des Lieferdienstes befanden, aufzuräumen. Wein, Sekt, Whiskey, alles von ziemlich guter Qualität, so wie ich das einschätzen konnte – das war nicht sein gewöhnlicher Einkauf an einem Freitag. Vorsichtshalber holte ich schnell noch mein Handy aus der Manteltasche und kontrollierte seine Nachricht, in der er mir geschrieben hatte, was alles im Vorfeld zu erledigen war. Wenn er zur Türe hereinkam, war er Dom und wollte sich nicht mit lästigem Küchenkram beschäftigen. Ich wollte sichergehen, alles ordentlich erledigt zu haben, gerade heute wollte ich ihn nicht zusätzlich herausfordern.

In diesem Moment erreichte mich eine weitere Nachricht von ihm: „Ich werde in zehn Minuten bei dir sein. Ich gehe davon aus, dass du alle Aufgaben erledigt hast. Für heute Abend habe ich mir eine Überraschung ausgedacht. Alles weitere später. Ich erwarte dich in deiner zugedachten Position mit deinem Bericht der letzten Woche!"

O nein! Ich starrte auf die helle Schrift meines Handydisplays. Ich hatte es befürchtet. Aber vielleicht war das ja gar nicht schlecht? Wenn er Programm für heute Abend hatte, dann blieb vielleicht gar keine Zeit, sich aufzuregen. Schon besserte sich meine Laune und ein kleines Lächeln breitete sich auf meinem Gesicht aus. Schnell klapperte ich mit meinen hohen Absätzen ins Gästebad, das auch im Erdgeschoss lag, und zupfte an meinem schwarzen Kleid herum. Griff in meinen Ausschnitt, rutschte den BH zurecht und zog die halterlosen Strümpfe straff. Hier sollte es nichts auszusetzen geben. Dann kam das Makeup an die Reihe. Nochmal die Lippen aufeinanderpressen und an den Augenwinkeln verschmierten Lidschatten korrigieren. Er mochte ein aufwändiges Abendmakeup. Ich hatte mir extra von einer befreundeten Visagistin zeigen lassen, wie man Smokey Eyes richtig schminkt. Vielleicht half es ja, wenn sonst alles perfekt war. Was für eine Überraschung er sich wohl ausgedacht hatte?

Alles saß an seinem Platz. Jetzt nichts wie ins Wohnzimmer und meine Begrüßungsposition einnehmen. Das mild beleuchtete Wohnzimmer, mit seinem flauschigen Teppich und dem zurückhaltenden Stilmix aus modernen Möbeln und antiken Einzelstücken, hatte mich von Anfang an fasziniert, sah es doch aus wie in einem Wohnjournal, ohne ungemütlich zu wirken. In der einen Ecke befand sich ein offener Kamin, den ich normalerweise immer anschüren sollte. Heute stand das nicht auf meiner Liste. Komisch. Trotzdem kniete ich mich auf den Teppich davor. Hier war mein Platz. Hier sollte ich ihn begrüßen. Ich kniete mich hin, so wie er es mir gezeigt hatte, setzte mich auf meine Unterschenkel, spreizte meine Beine etwas, legte meine Hände auf die Knie und senkte meinen Kopf. Normalerweise wurde mein Atem in dieser Haltung nach ein paar Minuten ruhiger und entspannter und ich stimmte mich auf ihn ein. Heute funktionierte das nicht.

Ich hörte den Schlüssel im Schloss. Die Türe ging auf, die Türe wurde geschlossen. Den Geräuschen zufolge zog er seinen Mantel aus und hängte ihn an die Garderobe. Meine Handflächen waren schweißnass, leider nicht vor Vorfreude.

Ich wagte nicht, den Kopf zu heben.

„Hallo, Alisa! Meine Schöne. Ich freue mich, dich zu sehen", hörte ich seine Stimme, deren Timbre mich jedes Mal erzittern ließ. Wie allein die ruhige, tiefe und selbstsichere Stimme eines Mannes, mich mit wenigen Worten ganz tief in meine persönliche devote Zone katapultierte. Mir einen Schauer über den Rücken schickte. Schon war das Gefälle hergestellt. Der Dom war anwesend.

„Hallo, Viktor. Ich freue mich auch, dich zu sehen", antwortete ich mit leicht zitternder Stimme.

„Alles in Ordnung bei dir? Ich habe heute eine ganz besondere Überraschung für dich. Ich habe da etwas organisiert, was dir bestimmt viel Spaß bereiten wird. Ich bin gespannt, was du sagen wirst", erwiderte Viktor, ohne auf seine vorausgehende Frage eine Antwort abzuwarten. Noch immer hielt ich demütig den Kopf gesenkt, wusste ich doch nicht, wie ich reagieren sollte. Unruhig verlagerte ich mein Gewicht ein wenig vom linken auf den rechten Schenkel, blieb aber ansonsten in meiner Position, die nicht nur meine Demut vor dem Dom ausdrückte, sondern auch zu meiner Gemütsverfassung passte. Ich schwieg und auch Viktor stoppte seinen Redeschwall.

„Was ist los, Alisa? Du benimmst dich ungewöhnlich."

Ich biss mir auf die Lippe, was er zwar nicht sehen konnte, aber er nahm trotzdem meine Verunsicherung wahr. So gut kannte er mich. Ich schwieg weiter.

„Alisa, spielen wir jetzt wieder das Spielchen: Du schweigst und ich soll raten, was du denkst? Ich mag das nicht, das weißt du. Ich mag das im realen Leben nicht und in dieser Konstellation schon gar nicht. Du kennst die Regeln. Wir sind hier nicht in einer Quizshow. Wenn du mir etwas zu sagen hast, dann raus damit. Es ist eine deiner Pflichten mir gegenüber, alles, was dich bedrückt, zu Beginn unserer Spielzeit zu sagen. Ich muss mich darauf verlassen können. Vertrauen gegen Vertrauen. Ich habe die Verantwortung für dich, solange du hier bist. Aber das kann ich nur erfüllen, wenn ich weiß, was vorgeht. Verstehst du das?"

Er war vor mich getreten, beugte sich zu mir hinunter und hob sanft mein Kinn mit seinem Zeigefinger an, um mir ins Gesicht schauen zu können. Diese kleine, liebevolle Geste voller Güte und Sorge. Meine Augenwinkel füllten sich augenblicklich mit Tränen, ich konnte gar nichts dagegen tun. Jetzt nur nicht losheulen. So schlimm wird es schon nicht werden. Trotzdem spürte ich, wie mein Mund zuckte.

„Okay, du brauchst jetzt offenbar etwas anderes als meine Fürsorge, sonst entwickelt sich die Situation unkontrolliert." Er hatte sich wieder aufgerichtet und stand jetzt direkt vor mir.

„Hände auf den Rücken, Stirn auf den Boden und Hintern präsentieren. Zieh dein Kleid hinauf, damit dein Po freiliegt. Beine gespreizt, damit deine Scham geöffnet ist", kam sein messerscharfer Befehl. Er hatte den richtigen Ton getroffen. Meine Gedanken konzentrierten sich auf seine Worte und ich reagierte sofort, ließ mich nach vorne fallen und nahm die gewünschte Position ein.

„Gib ordentlich Antwort, dass du bereit bist."

„Ich bin bereit, Viktor."

„So, und nun frage ich dich noch einmal. Gibt es etwas, was du mir sagen musst? Hast du gegen eine Regel verstoßen, die ich dir auferlegt habe? Antworte!"

Ich schluckte meine Tränen hinunter. Jetzt musste ich antworten. Jetzt war er Dom und ich Sub. Jetzt hatte ich keine Wahl. Er wollte es hören, er würde es hören.

„Ja, ich habe gegen eine Regel verstoßen", presste ich heraus, bevor Viktor annehmen konnte, dass ich weiterhin schweigen würde.

Jetzt war es er, der schwieg. Es war ganz ruhig im Haus. Ich schluckte noch einmal. Meine Stirn lag auf dem Teppichboden. Ich konnte also sein Gesicht nicht sehen, aber ich wusste wie es aussah: emotionslos abwartend. Ich hätte gehofft, er würde fragen, damit ich seine Stimme hören und einschätzen konnte, wie seine Stimmungslage war. Eher sauer oder eher enttäuscht? Aber er sprach nicht. Ich musste also von mir aus die richtigen Worte finden.

„Ich habe gegen das Keuschheitsgebot verstoßen", schleuderte ich das Geständnis heraus, bevor mich ein weiteres Mal der Mut verließ. „Ich weiß, meine Orgasmen gehören dir. Und ich weiß, ich habe nicht das Recht, selbst darüber zu entscheiden, wann ich einen Orgasmus haben darf. Das war Teil der Abmachung und ich habe sie gebrochen." Ich schloss die Augen, ich hatte es gesagt. Und jetzt?

Er schwieg immer noch und stand reglos vor mir. Ich hasste dieses Schweigen und er wusste, dass er mich damit mehr strafte, als wenn er losgepoltert hätte.

„Damit wird sich der Verlauf des Abends drastisch ändern", sagte er ruhig und kalt. Mehr nicht.

Noch immer kniete ich auf dem Teppichboden im Wohnzimmer in dieser demütigen Haltung. Er ging um mich herum, besah mich von allen Seiten, wie ein Objekt. Er berührte mich nicht. Wie gerne hätte ich jetzt seine Hände auf mir gehabt, nur um ihn zu spüren. Die Wärme der Haut seiner Finger, die mir zeigten, dass alles gut war. Aber es war nicht gut. Ich hatte seine Regeln gebrochen. Ich wusste es und ich wusste auch, dass er reagieren würde, musste. Und ich wollte es so.

In diesem Moment hörte ich die Türklingel. Ich zuckte zusammen. Aus den Augenwinkeln konnte ich, da die Wohnzimmertüre offenstand, die Haustüre erahnen und natürlich konnte man ungehindert von der Haustüre bis ins Wohnzimmer sehen. Dorthin, wo ich mit nacktem Hintern Richtung Diele und mit gespreizten Beinen und demütig gesenktem Kopf kauerte.

„Wage nicht, dich wegzubewegen. Du bleibst genau so knien, wie du es verdient hast. Egal wer dort vorne steht", zischte Viktor, bevor er sich auf den Weg zum Eingang machte.

Wer hatte geklingelt? Er schien nicht sonderlich überrascht zu sein. War das die angekündigte Überraschung? Oder einfach nur ein Paketbote? Oh, nein, bitte nicht. Ich war mir sicher, der Anblick, der sich ihm bot, würde ihn zumindest überraschen, vielleicht sogar schockieren. Und ich? Ich fühlte mich allein schon bei dem Gedanken tief gedemütigt. Meine Bestrafung begann. Was würde weiter folgen? Ich wusste es nicht und konnte es auch nicht einschätzen. In so einer Situation war ich mit Viktor vorher noch nicht gewesen. Hatte es nur bei anderen Subs und ihren Doms mitbekommen. Ich legte den Kopf etwas zur Seite, um vielleicht mehr als einen Blick erhaschen zu können, aber mein Körper war im Weg. Ich konnte nur bewegte Schatten erkennen. Ich hörte Stimmen. Viktor sprach mit jemandem. Es blieb mir nichts anderes übrig, als zu warten. Ich schloss die Augen und gab mich der Situation hin, die ja doch nicht zu ändern war, egal wer jetzt in Viktors Haus kam. Zuerst hörte ich nur Viktor sprechen, zwar konnte ich den Inhalt seiner Worte nicht verstehen, aber seine Stimme war mir vertraut. Ich hörte Schuhe mit hohen Absätzen über den Fliesenboden im Eingangsbereich klackern. Eine Frau? Eine tiefe Stimme antwortete Viktors Worten. Die Frau sagte nichts, von ihr hörte ich nur das Schuhgeklacker. Die Schritte kamen näher. Wie wollte Viktor irgendwelchen Gästen erklären, dass eine Frau mit nacktem Po in seinem Wohnzimmer kniete? Aber offenbar machte er sich darüber wenig Gedanken.

„Hallo, Alisa", sagte die weibliche Stimme. Noch traute ich mich nicht, nach oben zu sehen. „Erinnerst du dich noch an mich? Ich bin's, Julia. Wir hatten auf der Weihnachtsfeier sehr intensiv und innig miteinander zu tun gehabt. Ich bin die Sub von Thomas. Wir wollten zu viert heute Nacht in einen Club. Aber du hast Mist gebaut, hab ich gehört? Die Männer haben sich gerade darüber unterhalten. Dadurch wurden unseren Abendpläne zerschossen, befürchte ich."

Julia! Ach das war die Überraschung! Viktor hatte die beiden eingeladen. Und ausgerechnet heute musste ich so einen dummen Fehler machen. Natürlich konnte er mich nicht auch noch mit einem Clubbesuch belohnen. Und jetzt? Gingen die beiden allein oder nahmen sie vielleicht sogar Viktor mit? Sofort spürte ich wieder diesen Stich im Herzen, als ich mir Viktor mit einer anderen Frau im Club vorstellte. Obwohl er natürlich jedes Recht dazu gehabt hätte.

„Antworte mir lieber nicht, du hast sicher Sprechverbot. Ich denke, das ist sicherer in deiner Position. Keine Ahnung, was sich die Jungs jetzt ausdenken. Sie stehen immer noch draußen und beratschlagen. Soll ich mal vorsichtig schauen, ob ich herausfinde, was auf dich zukommt?"

Ich hatte den Kopf in ihre Richtung gedreht und sah sie an. Sie hatte sich richtig schick gemacht. Ein enges, schwarzes Kleid, das ihre Rundungen sehr gut betonte. Das Kleid war hochgeschlossen und schlicht. Aber gerade das hob hervor, was sie um den Hals trug. Ein breites, silberglänzendes Metallhalsband mit einem großen stabilen Ring auf der Vorderseite. Thomas' Halsband. Ihre Kennzeichnung als seine Sub. Ich schluckte, als ich es sah. Ich konnte gar nicht mehr reagieren, da standen plötzlich die beiden Herren in der Türe zum Wohnzimmer.

„Was sind das hier für konspirative Gespräche von Sub zu Sub?", fragte Thomas und zog Julia in seinen Arm. „Süße, wir haben uns überlegt, wie wir mit Alisas Verhalten umgehen werden. Sie hat gegen ihr stricktes Keuschheitsgebot verstoßen. Bisher hat Viktor das eine oder andere kleinere Vergehen bewusst übersehen, da Alisa ja noch am Anfang ihrer Ausbildung ist. Aber hier stimme ich mit ihm völlig überein, dass an dieser Stelle eine erzieherische Maßnahme dringend nötig ist. Da Viktor allerdings erst kurz vor unserer Ankunft von dieser Angelegenheit gehört hat, wissen wir noch nichts Genaues und werden uns jetzt erst mal ihre Version anhören, um dann eine passende Strafe zu wählen. Ich habe Viktor angeboten, dass du uns dabei zur Hand gehen wirst."

Ich lauschte angespannt dem Gespräch. Was konnte Julia dabei tun? Das klang zumindest nicht danach, dass ich glimpflich aus der Sache herauskommen würde, wie ich es gehofft hatte.

„Du wirst Alisa dabei behilflich sein, sich bis auf die Unterwäsche zu entkleiden", gab Viktor die erste Anweisung. „Da drüben in der Schublade neben dem Kamin findest du Lederfesseln und Seile. Du wirst ihr Handfesseln anlegen und sie über die Rückenlehne des großen Sessels gebeugt festbinden. Dann hat sie die Möglichkeit, ihre Version der Geschichte zu erklären. Möchtest du solange einen Whiskey, Thomas? Ich habe etwas Feines da, was dir sicherlich schmecken wird. Lassen wir die Damen erst mal ihre Aufgabe erledigen."

Julia bot mir ihre Hand an, um mir beim Aufstehen zu helfen. „Komm, wir machen uns sofort an die Arbeit. Wenn wir rumtrödeln, wird das bestimmt nicht besser. Bin gespannt, was sich unsere Doms einfallen lassen. Ich hole die Utensilien aus der Schublade und du ziehst dich schon mal aus und beugst dich über den Sessel. Der hat ja die perfekte Höhe für diese Zwecke. Man könnte annehmen, er wurde deswegen angeschafft."

„Wenn ich dir sage, dass ich nicht das erste Mal über diese Lehne fixiert werde, bist du dann entsetzt?"

Julia lachte leise. „Entsetzt? Nein, ich bin neidisch. Bei uns steht nur ein Glastisch in der richtigen Höhe – und was soll ich dir sagen. Verdammt kalt, das Ding."

Wir lächelten uns verschwörerisch an – und blickten uns dann vorsichtig zu den Herren um. Zum Glück genossen sie ihren Drink außer Hörweite. Ich hatte mich mittlerweile bis auf Höschen und BH ausgezogen, genau so, wie Viktor es vorgegeben hatte. Julia legte mir die weichen Lederfesseln auf meine Handgelenke und verschloss die Riemen. Dann trat ich hinter den großen Clubsessel, beugte mich nach vorne und legte die Handgelenke auf der Sitzfläche ab. Nur ganz kurz war das Leder kalt auf meiner Haut, schnell nahm es meine Körperwärme an. Ein schwacher Geruch nach Leder kam mir in die Nase. Meine Gedanken flogen zum letzten Mal, als Viktor mich hier fixiert hatte. Ich spürte sofort Nässe zwischen meinen Beinen, so sehr erregte mich bereits die Erinnerung an seine Spiele. Diesmal, war ich mir sicher, würde es anders sein.

Julia holte zwei Seile, die sie an den Ösen der Fesseln befestigte. Sie schnürte die andere Seite des Seils an die Sesselbeine und zog sie so stramm, dass meine Arme ausgestreckt fixiert waren. Meine Beine konnte ich noch frei bewegen. Allerdings war der Bewegungsspielraum durch meine Positionierung erheblich eingeschränkt. Meine Hüfte lag auf der Lehne auf und mein Po war in die Luft gereckt.

„Wird es so gehen, Alisa? Ich weiß ja nicht, wie lange du hier stehen wirst oder was dich erwartet."

„Was sie erwartet, werden wir gleich entscheiden", sagte Viktor, der mit Thomas mittlerweile wieder bei uns Damen angekommen war.

„Los, erzähle uns jetzt allen, was passiert ist, dass es dir nicht möglich war, eine Vorgabe einzuhalten, von der du wusstest, wie wichtig sie für mich ist."

Ja, er hatte recht. Und jetzt verlangte er von mir, dass ich vor Julia und Thomas, die ich kaum kannte, meine Geschichte erzählte. Beinahe nackt und in dieser Körperhaltung. War das die Bestrafung, die er für angemessen für dieses Vergehen hielt?

„Es tut mir leid. Ich wollte das auch gar nicht. Es ist einfach so passiert", begann ich mein Geständnis. „Ich war den ganzen Tag schon so erregt. Ich weiß gar nicht so recht, warum. Mein letzter Orgasmus war zwar schon zwei Wochen her, aber mittlerweile habe ich das ganz gut im Griff, mich dann abzulenken. Aber gestern hat das nicht funktioniert." Ich begann etwas hin und her zu tänzeln. Jetzt kam der wirklich unangenehme Teil.

„Sprich weiter!", kam Viktors strenge Aufforderung.

„Als ich von der Arbeit aus dem Labor heimgekommen bin, habe ich mir, wie oft am Abend, ein Bad eingelassen. Ich habe mich zur Entspannung hineingelegt und wie von selbst glitten meine Hände über meinen Körper. Ich habe gedacht, ich hätte es im Griff, rechtzeitig zu stoppen."

„Und warum hat es dann nicht geklappt? Ich hatte dir doch gesagt, was in so einer Situation zu unternehmen ist.

Du hast für diesen Zweck extra ein Halsband mit Handfesseln, die du selbst anlegen kannst. Ich habe die Ketten, mit denen das Halsband und die Fesseln verbunden sind, in der Länge extra so gewählt, dass du dich damit nicht mehr berühren kannst. Warum hast du die nicht angezogen?"

„Es war so schön warm in der Wanne. Ich wollte nicht extra aufstehen, und ich dachte ja wirklich, es im Griff zu haben. Dann habe ich mir noch die Haare gewaschen und den restlichen Schaum mit der Handbrause abgeduscht. Und dann ist es passiert. Mein Körper wollte einfach. Ich habe den Duschkopf zwischen meine Beine gehalten und den Wasserstrahl auf meine Klitoris gerichtet. Es hat sich so toll angefühlt. Der warme, kräftige Strahl, der auf meine sowieso schon geschwollenen Lippen traf. Ich habe immer weiter gemacht, obwohl mir durch den Kopf ging, dass das gefährlich wird. Ich habe die Augen geschlossen und die Stimulation genossen. Immer weiter habe ich mich in meine Fantasiewelt zurückgezogen und es hingenommen, wie die Erregung immer mehr die Oberhand gewann. Dann habe ich noch meine andere Hand dazugenommen. Hab damit den Wasserstrahl unterbrochen und die Hand wieder aus dem Strahl gezogen. Dieser Wechsel der Intensität ließ meine Lust dann noch weiter ansteigen. Und dann wollte ich auch nicht mehr bremsen. Hab meine Finger durch meine Spalte gleiten lassen, meine Beine weiter gespreizt und hab losgelassen. Und dann kam der Orgasmus ganz schnell. Ich wusste, dass es ein Fehler war, aber so richtig bewusst wurde es mir eigentlich erst hinterher. Vorher habe ich nur an meine Lust gedacht."

Es war still im Wohnzimmer, als ich meine Beichte beendet hatte. Noch einmal trat ich von einem Bein auf das andere. Aufgrund meiner Position konnte ich nicht in ihre Gesichter sehen. Es blieb nur, auf das Urteil zu warten.

„So in der Richtung habe ich mir das schon gedacht. So wie ich das sehe, hast du die Gefahr in Kauf genommen, deiner Verpflichtung zur Keuschheit nicht gerecht werden zu können. Es gibt also keine strafmildernden Umstände wie zum Beispiel Halbschlaf oder etwas ähnliches. Es klingt für mich einfach so, als sei es dir in letzter Konsequenz egal gewesen. Und das enttäuscht mich sehr. Ich hatte gedacht, wir seien schon weiter in deiner Erziehung. Bevor wir hier fortfahren, eine klare Frage an dich. Möchtest du das Spiel beenden? Dann binde ich dich jetzt los und du kannst gehen. Oder Konsequenzen. Wähle!"

O weh! Das war nicht, was ich erwartet hatte. Nein, ich wollte das Spiel nicht beenden. Keine Sekunde wollte ich das. Ich wollte hier sein und ich wollte bei Viktor sein. Ich wollte, dass er stolz auf mich ist, und ich wollte, dass er mich irgendwann als seine Sub bezeichnet und mir sein Halsband umlegt, wie bei Julia und Thomas. Aber mein Verhalten führte mich immer weiter von meinem Ziel weg. Zwei Schritte vor, drei zurück, so kam es mir vor. Ich wollte doch endlich in den ersten Stock, in seine privaten Räume und vielleicht dann auch in sein Schlafzimmer. All das ging mir in dieser Sekunde durch den Kopf und meine Antwort stand fest.

„Konsequenzen. Ich bitte dich, mich zu bestrafen, Viktor!"

„Okay, du hast gewählt. Dann soll es so sein."

Ich bildete mir ein, dass Viktors Stimme erleichtert klang. Ich hoffte zumindest, dass es ihn geschmerzt hätte, wenn ich gegangen wäre. Ich würde das, was jetzt auf mich zukam, dankbar ertragen. Das nahm ich mir vor.

„Der Abend war ganz anders geplant, wie ich bereits erwähnt habe. Thomas und ich haben uns spontan einen anderen Ablauf ausdenken müssen. Julia, du bist dabei gefordert. Zuallererst müssen wir uns um Alisas Bestrafung kümmern. Und das wirst du übernehmen, Julia."

„Ich?", schrie Julia entsetzt auf. „Das kann ich nicht. Ich kann doch keine andere Sub bestrafen! Das könnt ihr nicht machen. Sie ist doch sozusagen eine Schwester. Die kann ich doch nicht bestrafen. Bitte nicht!"

„Ich habe nicht mitbekommen, dass wir dich gefragt haben", fuhr Thomas scharf dazwischen. „Und wenn ich nochmal so eine freche Antwort von dir bekomme, dann stelle ich dich, nachdem du deine Aufgabe erledigt hast, an ihre Stelle. Alisa hat eine Strafe verdient, und du wirst das wunderbar machen. Wir wollen es nicht übertreiben, da sie überhaupt nicht auf Schmerzen steht und das auch nicht gewohnt ist. Es werden wohl drei Schläge pro Pobacke, mit einer Gerte ausgeführt, ausreichend sein. Damit es etwas spannender wird, haben wir uns folgende Regeln ausgedacht: Wenn der Schlag zu schwach ist, wird es dafür zwei Ersatzschläge geben. Also sei nicht zu zaghaft aus einer mitleidigen Schwesternschaft heraus. Wenn Alisa allerdings dem Schlag ausweicht – ein bisschen zappeln darf sie –, wird der Schlag ebenfalls doppelt wiederholt. Ich finde, das ist mehr als fair."

Ich konnte an Thomas' Stimme hören, wie fein die beiden Herren diese Idee fanden. Ich dagegen war entsetzt. Ich stand wirklich nicht auf Schläge und das wusste Viktor sehr gut. Ich empfand es als sehr demütigend, mich von einem Mann schlagen zu lassen. Die wenigen Male, bei denen Viktor mich bisher mit der Hand geschlagen hatte, hatte es trotzdem einen mir unverständlichen Reiz auf meine Libido ausgeübt. Manchmal verstand ich mich selber nicht. Mein Kopf und mein Unterleib sprachen oft verschiedene Sprachen. Aber jetzt sollte es ja eine Strafe sein. Also sagte ich nichts dazu und hoffte, dass Julia die Sache souverän und schnell über die Bühne bringen würde, damit der Abend dann einigermaßen normal weitergehen konnte. Vielleicht konnten wir ja danach doch noch in den Club.

„Hast du schon einmal mit einer Gerte zugeschlagen?", fragte Viktor Julia. „Ich habe das mal auf einem Kissen ausprobiert", gab sie zu. „Ich wollte wissen, wie sich so eine Gerte in der Hand anfühlt."

„Meine Sub überrascht mich immer wieder", lachte Thomas und gab, dem Geräusch nach zu urteilen, Julia einen Kuss. „Dann muss ich mir ja keine Sorgen um Alisa machen, vielleicht eher Gedanken, was du während meiner Abwesenheit mit meinen Spielsachen treibst. Aber das werde ich zu einem anderen Zeitpunkt in Erfahrung bringen."

Ich drehte den Kopf so, dass ich sehen konnte, was hinter mir geschah. Viktor war hinter mich getreten und zog mir mein Höschen aus. Er massierte meine Pobacken und zwickte sie etwas, um sie anzuwärmen. Dann beugte er sich zu meinem Kopf und strich mir mit einer liebevollen Geste die Haare aus dem Gesicht. Es war die erste Zuneigungsbezeugung an diesem Abend und ich genoss sie, als hätte er mich in die Arme geschlossen und mich geküsst.

„Es kann losgehen. Wie ich sehe, hat Julia schon die Gerte gefunden. Möchtest du zur Probe einen Schlag auf ein Kissen machen? Damit du die Wucht einschätzen kannst?"

Ich hörte, wie Julia mit der Gerte durch die Luft wedelte, und das Geräusch half nicht gerade, um meine Nerven zu beruhigen. Konnten die nicht einfach anfangen? Mussten die meine Nerven auch noch mit Wartezeit belasten?

„Ich probiere es einmal aus", sagte Julia und ich hörte ihrer Stimme an, wie angespannt sie war.

Ich lauschte, obwohl ich es nicht wollte. Ach, wäre es doch schon vorbei. Ich zog ein wenig an dem Strick, der meine Hände stramm befestigt hielt, und versuchte mich so hinzustellen, dass ich fest stand. Wollte ich doch später nicht den Anschein erwecken, auszuweichen. Ich hatte mir fest vorgenommen, meine Strafe ohne Klagen zu überstehen.

In diesem Moment hörte ich ein kräftiges Zischen durch die Luft und dann einen dumpfen Aufschlag auf einem Kissen. Ich zuckte zusammen, obwohl mich der Schlag ja gar nicht getroffen hatte. Ohne es vermeiden zu können, tänzelte ich zur Seite, als wollte ich ausweichen. Wenn es jetzt ernst gewesen wäre, hätte Viktor den Schlag sicherlich wiederholen lassen. Ich musste mich besser konzentrieren. Dem Geräusch nach zu urteilen hatte Julia ziemlich kräftig zugeschlagen. Ich spürte meinen Po, ohne dass ich überhaupt getroffen wurde. Und ich spürte noch etwas. Erregung. Ich spürte, wie mein Schoß nass geworden war. Warum machte mich diese Situation an? Eines dieser Rätsel, die in der gesamten Spielerei mit Viktor lagen.

„Der Schlag war gut so. Genau so machst du es jetzt bei Alisa. Sie zählt laut mit. Wenn ein Schlag zu beanstanden ist, werden wir Einspruch einlegen. Ich möchte, dass du abwechselnd schlägst. Einmal links, einmal rechts. Bereit?"

„Wollt ihr das nicht doch lieber selber machen?", kam ein letzter Versuch von Julia, sich doch noch zu drücken.

„Überziehe es nicht, mein Schatz!"

Es war ein kleiner resignierter Seufzer zu hören.

Ich spürte, wie die Gerte zum besseren Zielen sanft meinen Po berührte. Mach es nicht so spannend! Ich ballte die Hände zu Fäusten, kniff meine Augen zusammen, biss die Zähne aufeinander und hielt die Luft an. Ich wartete. Da hörte ich das verräterisch zischende Geräusch und kurz danach traf mich ihr Schlag. Ich stöhnte kurz auf. Ein kurzer beißender Schmerz hatte meine linke Pobacke getroffen. Nein, geschont hatte Julia mich nicht. Das stand fest. Ich atmete aus.

„Eins", zählte ich und war froh, dass kein Einwand von den Herren kam. Julia wechselte die Seite, zielte und schlug wieder zu. Auch hier dieser kurze heftige Schmerz auf einer kleinen Fläche. Das war ganz anders, als wenn Viktor mit seiner Hand zuschlug, auch weil es dann etwas von Nähe hatte. Innigkeit.

„Zwei."

Wieder wechselte Julia zur linken Seite. Die Stelle, die sie vorhin getroffen hatte, brannte immer noch etwas und dann traf sie ausgerechnet genau denselben Punkt. Hätte sie nicht den Schlag danebenplatzieren können? Viktor wäre das sicher nicht passiert. Zumindest nicht unbeabsichtigt. Es brannte, weil die Stelle ja bereits empfindlich durch den ersten Treffer war. Scharf sog ich die Luft ein. Nein, das war wahrlich kein Spaß.

„Drei."

„Alisa, pass auf, du hast diesmal schon ziemlich rumgezuckt. Es hätte nicht viel gefehlt und ich hätte den Schlag nicht gelten lassen. Nimm dich zusammen."

„Es tut mir leid, Viktor. Aber ich gebe mein Bestes."

Julia hatte währenddessen die Seite gewechselt.

„Das Zielen ist schwieriger, als ich gedacht habe", murmelte sie und holte konzentriert zum nächsten Schlag aus.

Offenbar war sie bemüht, diesmal nicht dieselbe Stelle zu treffen, jedoch kam die Gerte dadurch nicht auf meinem Po auf und rutschte seitlich ab.

„Vier", sagte ich hoffnungsvoll.

„Ich glaube, das wiederholt Julia mit zwei Schlägen auf die gleiche Seite."

Ich spannte meine Pomuskeln an, um den Schmerz besser ertragen zu können. Da trafen mich schnell hintereinander zwei kräftige Hiebe. Ich schrie kurz auf, hatte ich doch nicht mit dieser Intensität gerechnet. Ob sie mitlitt?

Bis Julia wieder die Seite gewechselt hatte, konnte ich mich kurz fassen. Ich spürte die Hitze, die mittlerweile meinen ganzen Po erfasst hatte, nicht nur an den Stellen, die getroffen worden waren. Ich stellte mich wieder mit leicht gespreizten Beinen hin und ertrug das nächste Auftreffen der Gerte, den nächsten brennenden Schmerzmoment. Aber da war nicht nur der beißende Schmerz auf meiner Haut. Ich spürte auch, wie sich die Hitze auf meiner Scham ausbreitete und mich erregte. Wie meine Labien anschwollen und sich Nässe dazwischen bildete. Lust bei Erduldung der Strafe. So widersinnig waren Viktors Spiele – und so intensiv.

„Fünf."

Ein letztes Mal wurde gewechselt und Julia setzte zum Schlag auf die rechte Pobacke an. Sie traf sie genau in die Mitte. Wieder entfuhr mir ein Stöhnen. Diese Pobacke war doch schon etwas heftiger mitgenommen als die andere.

„Sechs", zählte ich erleichtert, überzeugt, meine Strafe überstanden zu haben.

Viktor trat hinter mich und fuhr zart mit seiner Hand über meinen malträtierten Po.

„Schön sieht das aus. Das sollte ich zu meinem Vergnügen viel öfter machen. Das habe ich dir zuliebe bisher zu sehr vernachlässigt."

Entsetzt wand ich den Kopf zu ihm, seinem Gesichtsausdruck war zu entnehmen, dass er es absolut ernst meinte. Er musste sich ein Grinsen über meine aufgerissenen Augen sichtlich verkneifen.

Seine Finger glitten über meine heiße Haut und plötzlich waren sie zwischen meinen Beinen. Seine Hand glitt träge durch meine Spalte und stimulierte so meine Schamlippen. Ich genoss seine Berührungen, deutete ich sie doch als eine Belohnung dafür, dass ich meine Strafe geduldig ertragen hatte.

Mein Körper war immer noch festgebunden und ich stand beinahe nackt hier mitten im Raum. Mein Po brannte und diese Hitze breitete sich in meinem gesamten Unterleib aus. Seine Finger glitten durch meine Nässe, fuhren meine Schamlippen entlang und umkreisten meine Perle gerade so stark, dass ich mich gegen seine Hand drücken wollte, um mehr zu spüren. Ich stellte meine Füße etwas weiter auseinander, damit ich seine Stimulation noch intensiver spüren konnte. Meine Augen waren geschlossen und in der Stille hörte ich meinen beschleunigten Atem. Daran, wie widerstandslos seine Finger in mir spielten, erkannte ich, wie nass ich war. Konnte es sein, dass die Schläge nicht nur Strafe gewesen waren? Ich ließ mein Becken vor und zurück gleiten, um mich an seinem Finger weiter aufzugeilen. Obwohl ich ja erst am Tag zuvor einen Orgasmus gehabt hatte, war ich bereits wieder allzu bereit dafür. Dass noch zwei Menschen im Zimmer waren, störte mich nicht, ein wenig trug das sogar noch zu meiner Lust bei und ich genoss, dass alles wieder gut war. Dachte ich – doch plötzlich war seine Hand verschwunden. Ohne weitere Erklärung.

„Gut gemacht, Julia. Ich weiß, dass das Schlagen nicht so einfach für dich war. Dafür werde ich dich später noch belohnen", sprach Thomas und küsste seine Sub liebevoll auf den Mund. Sie kuschelte sich an seine Brust und genoss sein Lob.

Viktor war nach vorne getreten und knotete die Seile von den Sesselbeinen los. Er behielt die Seile, die an der anderen Seite immer noch an meinen Handfesseln befestigt waren, weiterhin in der Hand.

„Komm hier rüber zum großen Esstisch. Mit dem hast du ja auch schon Bekanntschaft gemacht. Leg dich mit dem Rücken auf den Tisch. Die Arme über den Kopf. Ich werde deine Arme mit den Seilen so am Tischbein befestigen, dass du sie bis in Taillenhöhe nach unten bewegen kannst. Dir selbst zwischen die Beine zu fassen, wird unmöglich sein."

Was sollte ich jetzt hier auf dem Tisch? Ich blickte ihm in die Augen, seine Gesichtszüge waren streng und neutral. Lieber gehorchen und nicht fragen. Also stellte ich mich mit dem Rücken zum Tisch auf die Zehenspitzen und schob meinen Po auf die Platte, legte mich mit dem Rücken auf den massiven Holztisch.

„Rutsch ein wenig hinauf, damit du deine Füße auf der Platte aufstellen kannst."

Er zog die gefesselten Hände über meinen Kopf und knotete die Enden um das Tischbein hinter mir. Ich probierte meinen Aktionsspielraum aus, und wie er schon angekündigt hatte, konnte ich meine Arme bis in Nabelhöhe bewegen. Aber warum war das relevant?

„Stell deine Beine weit auseinander und zeig uns deine Spalte. Schön geöffnet sollst du sein. Wir möchten alles sehen. Präsentiere dich."

Mich nackt vor anderen Menschen zu bewegen, war mir immer noch peinlich. Aber in den letzten Monaten hatte ich schon einiges dazugelernt. Gerade auf der Weihnachtsfeier hatte ich meine Grenzen erweitert und gelernt, meine anerzogene Scham zugunsten meiner Lust abzubauen. Trotzdem war es mir unangenehm und ich brauchte ein paar Sekunden, bis ich mich überwunden hatte und gehorchte. Thomas nippte entspannt an seinem Drink und erfreute sich wohl am Anblick, den ich ihm bot. Viktor und Thomas, das war ein eingespieltes Team, wahrscheinlich waren sie schon lange befreundet, so unbefangen wie die beiden miteinander umgingen. Beide waren auch vom Typ ähnlich, stets gut gekleidet, bevorzugten beide dunkle Anzüge mit weißen Hemden, waren im Umgang stets höflich, wenn sie nicht gerade Befehle gaben, und besaßen beide diese wunderbare natürliche Dominanz, die nur aus echtem Selbstbewusstsein entstand. Natürlich waren sie trainiert, ohne übertrieben muskulös zu sein, und hatten in einer Unterhaltung auf Augenhöhe viel Humor. Aber im Moment konnte von Augenhöhe wenig die Rede sein.

Als ich durch meine Beine sah, trafen sich unsere Blicke. Er setzte das Glas wieder an seine Lippen und nahm einen Schluck. Trotzdem konnte ich ein verschmitztes Lächeln in seinem Gesicht erkennen. Er setzte das Glas wieder ab und drehte den verbliebenen Inhalt im Glas im Kreis.

„Das geht besser, Alisa. Zeig mir mehr", sagte Thomas.

Ich schluckte und versuchte meine Beine noch ein wenig weiter zu spreizen. Meine nassen Schamlippen lösten sich voneinander und öffneten damit einen ungehinderten Blick auf alles.

„So ist es gut", lobte Thomas. „Jetzt bleib so. Julia, ich möchte, dass du dich bereit machst, ich werde dich dann ficken. Du wirst jetzt dein Höschen ausziehen und auf mich warten. Du wirst dich berühren, da ich mir nicht viel Zeit nehmen werde, um dich anzuheizen. Dafür war die Vorstellung hier bereits zu gut. Und ich werde nicht lange brauchen. Aber vielleicht möchte sich Viktor ja später noch an meiner Sub bedienen?"

Bitte nicht, ich wollte nicht, dass Viktor eine andere Frau nahm. War er ja bei mir schon extrem zurückhaltend. Er hatte sich noch nie einen Orgasmus bei mir geholt. Das würde er nur bei seiner Sub machen, war seine Erklärung. Das müsse sie sich erst verdienen. Aber vielleicht war das ja bei fremden Subs anders. Ich spürte sofort ein Sehnen zwischen meinen Beinen. Dort wollte ich ihn haben. Wollte ihn spüren, wie er seinen harten Schwanz in mich trieb und mich und sich zur Erfüllung stieß.

Julia verschwand in die andere Ecke des Zimmers, nach einem kurzen „Ja, Herr" bereits ganz tief in ihrer devoten Rolle angekommen.

Viktor hatte zu all dem nichts gesagt. Er war am heutigen Abend außerordentlich schweigsam. Er trat an den Tisch zwischen meine Beine und betrachtete meine Scham.

„Lass die Beine so."

Dann holte er aus seiner Jackentasche einen kleinen Massagestab, den er direkt auf meiner Klitoris ansetzte. Als er das Ding anschaltete, schrie ich vor Schreck auf, war die Kraft der Vibration dieses kleinen Gerätes doch unerwartet stark. Augenblicklich versuchte ich meine empfindliche

Stelle zu schützen. Zuerst mit meinen Händen und nachdem ich merkte, dass ich das aufgrund der Fesselung nicht konnte, indem ich mein Becken wegdrehte und die Beine zusammenpresste. Schnell hatte Viktor das Gerät wieder weggenommen und ich stellte die Beine wieder ordentlich weit auseinander. Und wieder drückte er den Stab auf meine Perle und wieder wiederholte sich meine Reaktion.

„Du kannst es nicht. Das ist enttäuschend. Dann werde ich nachhelfen, damit du es lernst. Es wird nur von dir abhängen", sagte er streng.

Diese kleine Vibration hatte mich heiß gemacht und seine Worte taten ihr Übriges. Mein Inneres zog sich zusammen, ich hätte jetzt so gerne etwas in mir gespürt. Nein, das war nicht ganz richtig. Ich hätte zu gerne Viktor gespürt.

Dieser zog zwei kleine Gegenstände aus seiner Jacketttasche. Kleine Hölzchen. Ungefähr in der Form eines Zahnstochers. Nur etwas kürzer und an den Enden nicht angespitzt.

Er griff zwischen meine Beine, spreizte mein großen Schamlippen weit auseinander und klemmte ein Hölzchen innen so dazwischen, dass die Labien aufgespreizt wurden. Ich stöhnte vor Lust auf, als ich bemerkte, dass das Holz direkt wie eine Brücke auf den kleinen Schamlippen auflag und sie so stimulierte. Das zweite Hölzchen brachte er etwas weiter oben in Höhe der Klitoris an. Auch hier zog er die Schamlippen erst so weit wie möglich auseinander. Drückte die eine Seite des Stäbchens in mein Fleisch und zog dann die andere Lippe so weit auf, dass er das Hölzchen fest positionieren konnte und es nicht mehr herausrutschen konnte. Zumindest nicht ohne die Hände zu benutzen. Was jetzt auch meine Fesselung erklärte. Ich bemerkte den

Druck der Stäbchen an der Innenseite meiner Schamlippen. Es tat nicht weh, aber es war gut zu spüren.

„Jetzt solltest du dir überlegen, ob du noch einmal wegzuckst. Probiere es ruhig aus. Aber du kannst dir nur selbst wehtun. Die Stäbchen sind so lang, dass du, wenn du die Beine extrem gespreizt lässt, kaum Druck spüren wirst. Versuchst du aber die Beine zu schließen, oder dich zu drehen oder nach oben zu rutschen, wirst du dir unweigerlich die Holzspießchen selbst in deine Schamlippen stechen. Wie ich schon sagte, es liegt an dir."

Das erste Mal an diesem Tag sah ich ihn lächeln. Man sah ihm an, dass es ihm Spaß bereitete, in mein entsetztes Gesicht zu sehen. Ich hatte die Beine jetzt schon einige Minuten weit auseinandergepresst und merkte, dass diese Haltung auf Dauer anstrengend war. Aber sobald meine Muskeln ein wenig nachließen, spürte ich das Stechen in meinen empfindlichen Schamlippen. Gleichzeitig machte mich die Stimulation, der leichte Schmerz, die Berührung der kleinen Schamlippen und meiner Klitoris ungeheuer an. Zu gerne hätte ich mich bewegt. Aber der Schmerz, der dann folgte, war enorm und es hing wirklich nur an mir. Das war das Hinterhältige an dieser Fesselung. Kein Klagen oder Betteln hätte etwas gebracht, da ich allein es war, die durch ihr Verhalten das Ausmaß der Schmerzen in der Hand hatte.

„Mensch Viktor, das ist echt genial. Ein wunderbarer Anblick. Das werde ich im Auge behalten, wenn ich jetzt gleich meine Süße hart nehmen werde. Sie liebt das, das weiß ich, und sie hat sich wirklich eine Belohnung verdient, so gut wie sie Alisas Hintern bearbeitet hat. Komm her zu mir, Julia. Zuerst möchte ich, dass du mich noch etwas mit deinem Mund verwöhnst. Auf die Knie und bemühe dich. Noch ist dir dein Orgasmus nicht sicher."

Ich konnte durch meine Beine die ganze Szenerie beobachten. Julia ließ sich elegant vor Thomas auf die Knie sinken. Dabei zog sie ihr Kleid so hoch, dass man sehen konnte, dass sie darunter bereits nackt war. Sie blickte kurz in Thomas' Gesicht und streichelte dann vorsichtig mit ihren Händen seine Hose, unter der sich bereits sein harter Schwanz abbildete. Sanft ließ sie ihre Hand über den Stoff gleiten und zeichnete so die Form nach. Dann legte sie ihre Hände auf den Bund seiner Hose und öffnete gekonnt die Knöpfe und den Reißverschluss. Ich konnte meinen Blick nicht von ihr wenden, so sinnlich tat sie ihre Aufgabe. Sie griff in seine Hose und holte den dicken Penis hervor. Unterwäsche trug Thomas nicht. Sie zog den Schwanz so weit zu sich herunter, dass sie sanft die Spitze mit ihrer Zunge berühren konnte. Thomas blickte mit geschlossenen Augen zur Decke. Ich hörte seinen beschleunigten Atem. Man konnte an seinen Gesichtszügen erkennen, wie sehr er genoss. Und auch Julia sah man an, wie sie es liebte, dies für ihn zu tun.

Nur einen Moment hatte ich nicht an die Hölzchen gedacht, wollte meine Beine schließen, um mich selbst zu stimulieren, machte doch der Anblick der beiden mich unglaublich geil. Aber der stechende Schmerz, den ich in diesem unbedachten Moment verursachte, ließ mich zusammenzucken. Ach wie wäre dieses Sehnen zwischen meinen Beinen doch besser erträglich, wenn ich mich berühren oder zumindest meine Beine schließen könnte.

Julia umkreiste mit ihrer Zunge seinen Schaft und stülpte vorsichtig ihre Lippen darüber. Thomas' Atem ging kräftig und er begann mit kurzen Hüftbewegungen in ihren Mund zu stoßen.

„Steh auf und beug dich hier über die Lehne. Heb dein Kleid hoch und präsentiere deinen Hintern", forderte er.

Julia sprang auf und stellte sich in die von ihm geforderte Position. Kurz blickte sie über ihre Schulter und lächelte Thomas an.

„Welche Belohnung möchtest du?", fragte Thomas sie.

„Herr, ich möchte als Belohnung von Ihnen zum Orgasmus gefickt werden."

Warum war ich nur hier auf diesem scheiß Tisch? Mit so viel Lust zwischen den Beinen. Warum hatte ich gestern einfach nicht nachgedacht! Ich hätte mir so viel ersparen können. Ich hätte jetzt dasselbe wie Julia von Viktor bekommen können. Stattdessen musste ich zuschauen. Konnte nichts machen. Hatte mich selbst in diese Lage gebracht. Viktor saß in einem Sessel und beobachtete interessiert – mich und die beiden.

Ich wurde durch einen lustvollen Schrei aus meinen Gedanken geholt. Thomas hatte seinen harten Schwanz auf einmal tief in Julias Scham gebohrt und zog ihn immer wieder zurück und schob ihn wieder in sie. Nach ihrem Gesichtsausdruck – einem hingebungsvollen Lächeln – machte er genau das, was sie sich gewünscht hatte. Genau so wollte sie von ihrem Herrn benutzt werden. Er hatte ihre Haare fest um seine Faust gewickelt, damit sie nicht eine Minute das Gefühl haben konnte, dass er sie nicht im Griff hatte. Sie genoss seine Führung.

Viktor sah, in seinem Sessel sitzend, den beiden zu. Seine Gesichtsmuskulatur war angespannt. Was er wohl dachte? Ob es nach diesem Abend wieder so wie vorher sein würde? Ich hatte nie gedacht, dass er mein Geständnis so rigoros bestrafen würde. Hatte ich ihn falsch eingeschätzt? Bisher war es immer mein Vertrauen, an dem er arbeitete. Aber jetzt würde ich sein Vertrauen zurückgewinnen müssen.

„Herr, darf ich kommen?", hörte ich in diesem Moment Julia zwischen ihren schnellen Atemzügen herauspressen. „Bitte, Thomas!"

Er antwortete nicht gleich. Ich sah an Julias Gesicht, wie sie litt, sich unter Kontrolle zu halten und keinesfalls ohne Erlaubnis einen Orgasmus zu bekommen. Sie hatte die Augen geschlossen und zusammengepresst. Ein innerer Kampf spiegelte sich in ihren Gesichtszügen wider.

Ich riss meine Arme herunter. Ich wollte dieses Hölzchen loswerden. Ich wollte mich berühren. Ich musste diese Hitze irgendwo hinbringen. Mein Saft der Lust lief nutzlos aus mir heraus. Ich wollte Stimulation, wollte spüren. Aber es ging nicht. Die Seile hielten meine Hände auf Nabelhöhe. Weiter runter kam ich nicht. Ich versuchte in meiner Verzweiflung mit dem Po höher zu rutschen und so meine Hände näher in Richtung Scham zu bringen. Aber dazu musste ich meine Beine bewegen. Und das ließ die Fixierung durch das Stäbchen nicht zu. Sobald ich auch nur die kleinste Bewegung machte, spürte ich das Stechen in meiner Schamlippe. Das war gemein. Ich versuchte die Ellbogen neben meinem Körper auf dem Tisch aufzustützen und mich so nach oben zu ziehen. Aber auch das führte zu einer Veränderung der Beinhaltung und damit zum gleichen schmerzhaften Ergebnis. Ich würde mir selbst Schmerzen zufügen. Also gab ich es auf. Allerdings hatten diese unnützen Versuche dazu geführt, dass das Hölzchen auf meine Klitoris Druck ausübte. Es war schlimmer als vorher.

„Komm!", schrie Thomas, trieb seinen Schwanz noch einmal in sie und verharrte dort. Augenblicklich erstarrte Julia. Ihr gesamter Körper verkrampfte sich, aber ich hörte keinen Ton. Ihr Mund war leicht geöffnet, sie hielt die Luft an, genoss das Gefühl, dass durch ihren Körper jagte. Noch einmal drückte Thomas seinen Penis tief in sie hinein und erzeugte eine neue Welle der Lust, die durch ihren Körper schoss. Noch zwei, drei Mal wiederholte er das, bis sich langsam ihre Muskeln entspannten und sie ermattet über der Lehne zusammensank. Thomas ließ ihre Haare los, zog sich aus ihr zurück, ordnete seine Kleidung, beugte sich über sie und küsste sie liebevoll auf den Hals.

„Du bist wunderbar. Ich liebe dich, meine wunderbare Sub."

Viktor war aufgestanden und kam zu mir herüber.

„Schade, Alisa. Sehr schade." Mehr sagte er nicht.

„Was meinst du damit?", versuchte ich eine Antwort aus ihm herauszuholen.

„Ich hatte wirklich gedacht, wir wären schon weiter. Ich werde mir überlegen, wie wir in Zukunft mit solchen Situationen umgehen. Ich werde mir dazu Gedanken machen und dir in den nächsten Tagen mitteilen, was ich entschieden habe zu ändern. Zuerst mal werde ich dir einige Privilegien streichen. Zumindest so viel kann ich schon sagen. Bis auf weiteres wirst du, sobald du nachhause kommst, deine Handfesseln und dein Halsband tragen. Du wirst mir jeden Tag ein Foto davon schicken. Solange du nicht in der Lage bist, angemessen mit deiner Lust umzugehen, brauchst du diese Unterstützung. Außerdem wirst du damit ständig daran erinnert, was von dir erwartet wird.

Keinen Moment soll das aus deinen Gedanken verschwinden."

Ich spürte einen Kloß in meinem Hals und als ich ihn ansah, hatte ich ein ziemlich schlechtes Gewissen. Aber gleichzeitig machte mich der Gedanke unglaublich an, jeden Tag auf sein Geheiß hin meine Fesseln zu tragen. Gott, das würde so geil sein. Sofort spürte ich bei dieser Vorstellung, wie sich mein Unterleib zusammenzog. Viktor sah es mir wohl an, denn er streckte seinen Finger aus und strich einmal sanft durch meine Spalte. Schnippte leicht gegen eines der Hölzchen, was diese in eine minimale Schwingung versetzte und mich beinahe veranlasste, meine Beine zu schließen. Stattdessen entfuhr meinem Mund ein tiefer Stöhnlaut.

„Du kannst offenbar zurzeit nicht genug bekommen, oder?", fragte mich Viktor und ich konnte das erste kleine Grinsen des heutigen Tages auf seinem Gesicht sehen.

„Dann soll es so sein", sprach er weiter und zog den kleinen Vibrator von vorhin aus seiner Tasche. „Dann wollen wir doch mal sehen, was du aushältst."

Gerade noch wollte ich nachfragen, da drückte er mir schon das surrende Teil auf meine Klitoris. Entsetzt schrie ich auf. Das war unter normalen Umständen ja schon kaum auszuhalten, aber mit diesem Spreizholz zwischen meinen Labien war es fast unerträglich. Nicht nur, dass ich ihm diesen empfindlichen Teil völlig frei zugänglich zur Verfügung stellte, nein, ich musste auch noch tierisch aufpassen, nicht meine Beine zum Schutz zuzuklappen. Wäre ich mit Seilen so fixiert worden, hätte ich zumindest gegen die Fesselung kämpfen können und mich dann ergeben. Aber so musste ich mich weiter konzentrieren, um auf keinen Fall dem Impuls, die Beine zu schließen, nachzugeben.

Ungeachtet meines Schreies, beließ Viktor das Teil auf meiner Perle. Schon nach wenigen Sekunden drohte mich ein Orgasmus zu überkommen. Und ich wusste, danach würde es schlimm werden. Ich ahnte bereits, dass er die Prozedur sicherlich nicht sofort beenden würde. Mit aller Kraft wehrte ich mich gegen den aufsteigenden Orgasmus. In meiner Not versuchte ich irgendwie der Stimulation zu entkommen. Ich riss an meinen Handfesseln, obwohl ich wusste, dass ich nicht bis zwischen meine Beine kam. Ich versuchte mein Becken zu drehen, auch ohne Erfolg. Außer dem, dass ich ein Stechen zwischen meinen Beinen provozierte. Ich dachte an meine Arbeit im Labor, um mich abzulenken. Versuchte mir chemische Verbindungen ins Gedächtnis zu rufen, zählte Telefonnummern auf, aber vergebens. Nur verzögert um wenige Sekunden rauschte ein unglaublicher Orgasmus über mich hinweg. Doch ich konnte die Entladung nicht genießen, denn wie ich schon vermutet hatte, ließ Viktor den kleinen Folterknecht an Ort und Stelle. Und jetzt bereits begann es unangenehm zu werden. Ich hörte, dass das Surren weiterging.

„Viktor, bitte tu das Ding weg", bettelte ich.

„Ich denke du bist so geil. Dann wirst du es doch genießen, kommen zu können. Du darfst jetzt so oft du möchtest. Keine Einschränkung. Tu dir keinen Zwang an."

Ich hatte bisher mit seiner sadistischen Ader noch nie Erfahrung sammeln müssen, aber nach seiner Stimme zu urteilen, hatte er gerade absolut kein schlechtes Gewissen.

Zu weiteren Worten war ich nicht mehr fähig, zog sich doch schon wieder mein Unterleib rhythmisch zusammen. Aber diesmal konnte man nicht mehr von Lust sprechen. Meine Nervenenden waren überreizt und wussten nicht mehr, wie sie noch differenzierte Signale an mein Gehirn senden sollten. Aber es gab kein Entrinnen. Es war eine schmerzhafte Entladung. Mein Hirn und meine Gedanken wollten wegsegeln, aber ich musste unbedingt meine Beine auseinanderhalten. Sobald meine Muskeln ein wenig nachließen, spürte ich sofort die Spitze in meiner Haut.

Unbeeindruckt surrte es weiter. Mittlerweile war es ein höllischer Schmerz dort zwischen meinen Beinen.

„Bitte hör auf", schluchzte ich matt.

„Du wirst doch nicht schon aufgeben. Ein bisschen was geht noch", hörte ich seine Worte wie hinter einem Schleier. Da kam es wieder, dieses Orgasmusgefühl. Aber ich wollte nicht mehr. Ich konnte nicht mehr. Die Tränen liefen mir aus den Augenwinkeln. Sollte ich mein Safewort benutzen? Nein. Ich wollte es für ihn ertragen. Meine Klitoris war total überreizt. Was vor wenigen Minuten noch meine Sehnsucht gewesen war, dort berührt zu werden, war reinem Schmerz gewichen. Wieder unternahm ich einen sinnlosen Versuch, mit meinen Händen zu dem Stäbchen zu gelangen. Zehn Zentimeter entfernt. Unüberwindbar.

Die Vibration war nicht nur an meiner empfindlichen Stelle zu spüren, sondern sie zog sich durch mein ganzes Inneres und erzeugte dort das Zuviel. Ein weiterer Orgasmus kam, aber ich konnte mich nicht mehr wehren. Ich sagte auch nichts mehr, ich heulte nur noch. Lass es einfach enden.

In diesem Moment schaltete Viktor das Gerät ab. Endlich. Ich drehte erschöpft den Kopf zur Seite und versuchte ihn anzusehen, aber er wich meinem Blick aus und ging zu Julia und Thomas, der seine Gefährtin liebevoll im Arm hatte.

„Kommt, wir gehen rüber in die Küche, ich habe ein paar gute Sachen für ein Abendessen besorgt. Lass uns noch ein bisschen zusammensitzen, wenn schon der Abend so ganz anders verlaufen ist als geplant."

„Und was machen wir mit Alisa?", fragte Julia besorgt.

„Der geben wir noch ein wenig Zeit zum Nachdenken", antwortete Viktor.

In dem Moment war ich ganz froh, nichts tun zu müssen. Ich hörte, wie die drei in der Küche verschwanden. Sie unterhielten sich. Der Inhalt war nicht zu verstehen, aber hoffentlich ging es nicht um mich.

Nach ein paar Minuten hatte ich mich von der Tortur erholt. Dann schalteten sich die Gedanken wieder ein. Die konnten mich doch nicht einfach so liegen lassen. Das passte gar nicht zu meinem fürsorglichen Viktor. Ein anderer Gedanke schlich sich in meine Gedanken: Vielleicht war ich ihm ja plötzlich egal? Ich wollte nicht, dass ich ihm egal war. Der Gedanke fraß sich durch mein Hirn. Was hatte er gesagt? Vorhin. Wie ließ sich das interpretieren? Meine Verunsicherung wuchs, je länger ich hier lag und mit meinen Gedanken allein war.

Ich hörte ein Geräusch an der Türe und drehte meinen Kopf zum Lichtstrahl, der aus dem Eingangsbereich ins Wohnzimmer schien.

„Ich bin's. Julia. Die Doms haben gesagt, ich darf jetzt deine Arme losbinden. Ich soll aber nicht mit dir reden. Aber ich schnattere ja immer zu viel. Das weißt du ja mittlerweile. Alles soweit okay bei dir?"

„Hat Viktor etwas, was mich betrifft, angesprochen?", fragte ich unsicher.

„Uh, dazu sag ich jetzt besser nichts. Da halt ich mich raus. Das müsst ihr schon selbst klären. Heb mal die Hände, damit ich besser an den Knoten komme. So, jetzt müsste es gehen. Ich denke, mit dem Rest kommst du selbst zurecht.

Ich muss gleich wieder weg. Würde auffallen, wenn ich zu lange fehle."

Und schon drehte sie sich wieder zur Türe.

„Ach so, ich soll noch was von Viktor ausrichten. Ich hab den Sinn zwar nicht ganz verstanden, aber ich denke, du weißt, was er meint. Ich soll dir sagen, wenn du gehst, sollst du seinen – ich soll das betonen – seinen Haustürschlüssel vorne auf das Schränkchen legen und dann die Türe hinter dir zuziehen."

Scheiße – mehr gab es dazu nicht zu sagen. Seinen Schlüssel zurückzugeben bedeutete – ich wollte es mir gar nicht vorstellen –, ich würde beim nächsten Treffen kniend vor der Türe warten und um Einlass bitten müssen. In diesem Moment kam mir dieser Gedanke wundervoll vor. Denn es würde bedeuten, dass es ein nächstes Mal gab.

Aber würde ich es aushalten – wenn man mich von der Straße sehen konnte?

Ich schob diesen Gedanken zur Seite, zuerst griff ich mit meiner Hand zwischen meine Beine, entfernte die Holzstäbchen. Kurz drehte ich sie zwischen den Fingern. So klein und so gemein.

Ich setzte mich auf, rutschte vom Tisch und zog mich rasch an. Aus der Küche hörte ich ihre Stimmen. Ich konnte gehen. Keiner würde mich verabschieden.

Ich schlüpfte in meine Kleidung, zog meine Schuhe an und lief in die Diele. Die erste Träne sammelte sich in meinem Auge. Tapfer zwinkerte ich sie weg. Auf das Schränkchen neben der Türe hatten sie meinen Mantel gelegt, den ich überstreifte. Daneben stand die Schale, in die ich den Schlüssel zu legen hatte. Noch immer war mein Blick verschwommen, als ich auf das „V" des Anhängers starrte und mit dem Daumen über das glatte Metall fuhr. Wie glücklich war ich gewesen, als er ihn mir überreicht hatte. Damals hatte ich mir geschworen, ihm keinen Grund zu liefern, ihn mir wieder abzunehmen. Ein metallischer Ton war zu hören, als ich den Schlüssel in die Edelstahlschale legte. Ich atmete tief ein, nahm meine Handtasche und öffnete die Haustüre.

Eisige Luft traf mich wie ein Schlag ins Gesicht. So fühlte sich die Realität an. Kalt. Dort wollte ich nicht sein, ich wollte im Haus sein. Bei Thomas und Julia und natürlich bei Viktor. Ich wollte ihn spüren, seine Hand auf mir, selbst wenn sie mich züchtigte. Aber selbst das hatte er dieses Mal einem Dritten überlassen. Das allein war schon demütigend. Es war nicht mein Dom, der mich gestraft hatte, er hatte es erledigen lassen. Noch klarer hätte er es mir nicht vor Augen führen können: Ich war nicht seine Sub, trug nicht sein Halsband, würde es vielleicht nie tragen.

Bevor ich die Tür hinter mir zuzog, blickte ich nochmal in die Diele, um mich zu vergewissern, ob vielleicht doch noch jemand …? Nein, ich hörte ihre Stimmen aus der Küche. Schon wieder verschwamm mein Blick. Ich zog die Nase hoch. Eine feuchte Spur führte von meinem Auge bis zu meinem Mund. Ich schmeckte die salzige Flüssigkeit auf meiner Zunge, als sich das Bächlein seinen Weg zwischen meine Lippen bahnte. Ich wollte tief einatmen, doch die Trauer saß mir im Hals und ließ mich nur japsen. Ich wischte mir Augen und Gesicht trocken. Scheiß auf das schöne Augenmakeup! Dann knöpfte ich den Mantel zu. Mit einem leisen Klick schloss sich die Türe hinter mir.

Ich ging die zwei Eingangsstufen hinunter und öffnete meine Handtasche, um meinen Autoschlüssel herauszuholen. Gerade wollte ich hineingreifen, da bemerkte ich etwas, das vor ein paar Stunden garantiert noch nicht darin gewesen war.

Erstaunt blieb ich stehen und drehte mich ein bisschen, damit der Schein der Straßenlaterne den Inhalt der Tasche besser sichtbar machte.

Alles hätte ich mir vorstellen können, nur das nicht! Ich griff hinein und holte eine tiefrote, fast schwarze Rose heraus.

Ein Lächeln breitete sich auf meinem Gesicht aus und mein Herz tat einen Satz. Viktor!

Noch vom Büro aus hatte ich die Mail mit meiner Geschichte, an der ich die letzten drei Tage geschrieben hatte, an Viktor geschickt.

Mittlerweile war ich zuhause angekommen und hatte sofort den Computer hochgefahren, um reagieren zu können, sollte seine Antwort eintreffen. Ich wollte nicht noch einmal wegen einer verspäteten Reaktion gerügt werden. Nun saß ich angespannt vor dem Computer und wartete. Ich hypnotisierte die rechte untere Ecke meines Bildschirms. Leider war daneben auch noch die Anzeige der Uhr. Wie zäh die Zeit verstrich. Ich hätte natürlich auch am Forschungsantrag weiterschreiben können, der jetzt seit drei Tagen unbearbeitet in meiner Cloud rumhing, aber ich hätte mich sowieso nicht auf das Thema einlassen können. Das würde ich nächste Woche meinem Chef erklären müssen. Aber man muss eben manchmal Prioritäten setzen. Ich war angespannt, wie Viktor auf meine Geschichte reagierte. Und was dann geschehen würde. Würde er sich bedanken und mir einen schönen Abend wünschen? Das hoffte ich doch nicht. Ziel meines Textes war es doch, ihn in Spiellaune zu bringen. Ich böses, böses Mädchen! Ich grinste in mich hinein. Und dann? Was würde er fordern?

Endlich Bewegung in der Ecke des Bildschirms. Eine Antwort war eingetroffen.

Ein Klick und ich las: „Mach dich bereit. Ich bin in dreißig Minuten bei dir. Ich hole dich ab. Und Alisa – ich werde dein Makeup ruinieren. Aber nicht durch Tränen der Trauer, sondern der Lust.“

Ich sprang auf und raste ins Bad. Das Spiel begann!

Was du entscheidest

ag mal, Alisa, wie geht das mit dir und Viktor eigentlich weiter?", fragte meine beste Freundin, als wir an einem Samstagnachmittag nach einer ausgiebigen Shoppingtour in einem Café Rast machten.

Wir hatten uns beide eine große Tasse heiße Schokolade mit Sahne bestellt und löffelten jetzt bedächtig die leckere Mischung aus Sahne und Kakao.

„Tja, das wüsste ich auch gerne. Aber ich weiß nicht so recht, wie ich das Thema ansprechen soll. Wahrscheinlich ist er zufrieden, wie es ist."

Ich schnappte mir den kleinen Keks, der auf der Untertasse lag, tunkte ihn in mein Getränk und biss vorsichtig in das leicht aufgeweichte Plätzchen. Viktor hasste es, wenn ich das tat. Er hatte mir deshalb sogar schon mal eine Strafe angedroht. Aber was er nicht sah …

„Viktor braucht einen Wink mit dem Zaunpfahl, das ist sicher", sagte meine Freundin, während ich noch das süße Gebäck genoss.

„Wie soll ich das anstellen? Ich möchte ihn nicht überfallen. Das kommt nicht gut. Und was sollte ich auch sagen?"

„Schreibst du ihm nicht hin und wieder so Geschichten? Du hast mir doch davon erzählt, dass er dir immer wieder Aufgaben stellt."

Ich schob den Rest des Kekses in meinen Mund, kaute und dachte nach.

„Die Idee ist gar nicht dumm. Die ist sogar genial! Ich schreibe ihm eine Geschichte, in der ich ihm mitteile, was in mir vorgeht. Natürlich nicht Wort für Wort, aber die grobe Richtung. Danach wird er sicher das Gespräch mit mir suchen. Das macht er eigentlich immer."

Ich rührte gedankenverloren in meiner Tasse herum. In meinem Kopf begann sich schon eine Idee für meine Story zu bilden.

„Ich sehe schon, das war's jetzt mit unserem Nachmittag. Die Autorin ist schon beim Plotten. Aber das ist nicht schlimm, ich muss sowieso nachhause. Schön war der Tag mit dir. Und du hast ein Projekt für die nächsten Tage. Gut, dass du eine Woche Urlaub hast. Ich bin gespannt, was du dir ausdenkst und ob es den erwünschten Erfolg hat. Ich wünsche es dir!"

Sie stand auf, umarmte mich und ließ mich mit meiner Geschichte im Kopf allein.

Freitag

Unter dem nach vorne gesunkenen Blütenkopf seiner Rose lag verwelkt und beinahe schwarz ein Blütenblatt auf meinem Schreibtisch.

Ich starrte schon seit einer halben Stunde völlig abwesend auf meinen Bildschirm, der neben der Vase stand. Der Forschungsantrag war immer noch unbearbeitet. Warum meldete er sich nicht? Hatte ich seine Rose falsch gedeutet? War sie vielleicht doch ein Abschiedsgeschenk gewesen? Immer wieder wälzte ich die verschiedenen Optionen in meinem Hirn hin und her. Zuerst dachte ich, er habe vielleicht nur so streng gehandelt, weil ihn Thomas dazu angestachelt hatte, später war ich mir sicher, dass er mir nur seine Macht demonstrieren wollte, beweisen, dass ich mir nie zu sicher sein könne, wie er reagieren würde. Dann kam mir der Gedanke, er habe mir vielleicht vorher nur etwas vorgespielt und er sei doch eher ein Dom der gemeinen Sorte. Diesen Gedanken verwarf ich aber sofort wieder. Das konnte nicht sein, das durfte nicht sein. Aber warum war er nach meiner Verfehlung vor zwei Wochen nur so grausam zu mir gewesen? Okay, dass ich eine Strafe verdient hatte, verstand ich. Schließlich hatte ich gegen das Keuschheitsgebot einer Sub verstoßen, eine für ihn wichtige Regel. Dass er mich aber nach der Bestrafung durch Julia mehr oder weniger hatte vor die Tür setzten lassen, das fand ich dann doch heftig. Julia – wenn ich nur ihre Telefonnummer hätte, vielleicht hätten sie oder Thomas, ihr Dom, vermitteln können.

Ein weiteres Blatt fiel auf den Schreibtisch. Morgen würde ich die Rose wegwerfen müssen. Und dann? War es das dann auch mit meiner Freundschaft zu Viktor? Die Zeilen auf meinem Bildschirm verschwammen vor meinen Augen und ich zog die Nase hoch. Seit diesem Freitagabend, an dem das alles passiert war, hatte ich mich nicht mehr berührt. Hätte es auch gar nicht gekonnt. Wie er mir noch aufgetragen hatte, bevor er mich vor die Tür setzen ließ, trug ich jeden Abend, wenn ich vom Labor nachhause kam, das Halsband. Vorne hatte es einen Ring, an dem zwei Ketten mit Handfesseln angebracht waren. Die Länge der Kette war so eingestellt, dass ich zwar alles im Haushalt erledigen konnte – wenn auch mit ein wenig Mühe –, aber nicht in der Lage war, mich selbst zu berühren. Wie sicherlich beabsichtigt, hatte diese Vorrichtung eher anregende Wirkung auf meine Libido. Ständig wurde ich so daran erinnert, dass meine Orgasmen nicht mir gehörten, sondern von seiner Genehmigung abhingen. Und auch wenn ich im Moment keinen Kontakt zu ihm hatte, hielt ich mich an diese Vereinbarung.

Ich stand auf und ging in die Küche, um mir ein Glas Wein einzuschenken. Ich war dazu übergegangen, die wichtigsten Geschirrteile nicht in den Oberschrank zu räumen, war es mit den Fesseln doch sehr mühselig, Gläser und Teller wieder herunterzuholen. Ich hätte ja schummeln können, aber ich wollte mir selbst beweisen, dass ich das durchzog. Ich wollte es so. Warum eigentlich? Auch das war mir mehr als bewusst geworden in den letzten Tagen. Ich wollte Viktor! Nicht nur als Freund, sondern so richtig als meinen Dom und vielleicht noch mehr. So wie bei Julia und Thomas. Der Gedanke hatte sich schon seit einiger Zeit immer mal wieder in meine Gedanken geschlichen, aber erst jetzt, wo ich mir nicht mehr sicher sein konnte, ob ich ihn jemals wiedersehen würde, war mir klar geworden, dass es nicht so weiterlaufen konnte. Ich wollte keine unverbindlichen Spielchen mehr. Ich musste die Sache endgültig klären. Er würde sich entscheiden müssen: Wollte er mich als Sub oder nicht? Ich würde etwas unternehmen. Jetzt. Aber was? Anrufen würde ich ihn nicht – die Gefahr, dass er nicht abhob, war mir zu groß.

Als meine Gedanken zur Ruhe kamen, blieb dieser eine Satz in meinem Kopf hängen: Wenn du mit dieser Ungewissheit nicht länger leben willst, dann werde endlich aktiv und fahr zu ihm!

Ich ließ mein mühsam eingeschenktes Glas Wein in der Küche stehen und sauste ins Schlafzimmer. Das Wichtigste bei einem solchen Vorhaben: Was ziehe ich an? Ich wusste schon, was ihm gefiel. War eigentlich ziemlich einfach. Schwarz und sexy, aber nicht billig. Überzeugt, das Richtige zu tun, entledigte ich mich schnell meiner Fesseln. Mit den Dingern hätte es mir doch zu lange gedauert und ich war ja beschäftigt und deshalb nicht gefährdet, auf dumme Ideen zu kommen. Geduscht hatte ich bereits vor einer Stunde, direkt nachdem ich heimgekommen war. So musste ich jetzt nur noch die passende Garderobe zusammensuchen, mich schminken – und dann? Ja, was wollte ich eigentlich? Ich konnte doch nicht einfach vor seiner Türe auftauchen, klingeln und hoffen, dass dann alles wie früher sein würde?

Ich war noch nie ohne eine Verabredung zu ihm gegangen. Auch nicht, als ich noch seinen Schlüssel hatte. Der Gedanke an seinen Haustürschlüssel, den er an diesem verhängnisvollen Abend auch zurückgefordert hatte, ließ neue Tränen in meine Augen treten. Die konnte ich jetzt gar nicht brauchen, so verheult wollte ich nicht vor ihm stehen. Welcher Mann mochte schon weinende Frauen?

Nachdem ich meine schönste Unterwäsche, schwarze Strümpfe und ein schwarzes Kleid angezogen hatte, schlüpfte ich in die höchsten Schuhe, die gerade noch zum Autofahren geeignet waren, griff meine Handtasche und verließ die Wohnung. Ein Mantel war nicht nötig, die ersten Frühlingssonnenstrahlen wärmten schon kräftig.

Einen Plan hatte ich nicht, als ich in die Straße einbog, in der Viktor wohnte. Vielleicht war er ja auch gar nicht zuhause. Ich würde einfach klingeln und hoffen, dass er mir die Tür öffnete und mich dann freudestrahlend in den Arm nahm und mir seine Liebe gestand. Alisa, wach auf! Tagträumerin!

Da es noch hell war, sah ich, dass sein Auto vor der Garage parkte, er war also höchstwahrscheinlich zuhause. Durch die letzten Sonnenstrahlen eines perfekten Frühlingstages angelockt, waren einige Spaziergänger unterwegs und in den Gärten der Nachbarschaft wurde gekehrt und gewerkelt. Interessiert hoben sich die Köpfe, als ich am Straßenrand parkte und ausstieg. Ich versuchte mir nichts von meiner Unsicherheit anmerken zu lassen und ging erhobenen Hauptes auf Viktors Haustüre zu.

Unschlüssig blieb ich auf der obersten Stufe stehen. Vielleicht genügte es ja schon, ihm physisch näher zu kommen, auch wenn er gar nicht wusste, dass ich hier war. Ich hätte ja auch einfach im Auto sitzen bleiben und nur ein bisschen seine Nähe hinter den Mauern genießen können. Noch gab es die Möglichkeit umzudrehen und keiner hätte etwas gemerkt oder gewusst. Das Geräusch eines Straßenbesens, der in gleichmäßigen Bewegungen über den Gehsteig schrubbte, stoppte abrupt. Es fiel mir erst auf, als das

Geräusch plötzlich fehlte. Selbst das ganz leise Knirschen einer Heckenschere bestimmt drei Gärten weiter konnte diese unangenehme Stille nicht ausfüllen. Vorsichtig drehte ich mich ein wenig um, gerade so viel, dass ich hinter mich blicken konnte, ohne mich ertappt zu fühlen. Ein Mann mit lockeren Jeans, die vielleicht vor zehn Jahren einmal modern gewesen waren, stand, auf den Stiel seines Besens gestützt, auf dem Bürgersteig vor Viktors Haus. Sein Gesicht konnte ich auf die Entfernung nicht erkennen, aber nach seiner Körperhaltung zu urteilen war er auf mich aufmerksam geworden. Man achtete aufeinander in dieser Nachbarschaft und er wollte mir sicherlich zu verstehen geben, dass er mich sehr wohl gesehen hatte, wie ich da so vor der Tür stand und nicht klingelte und auch nicht aufsperrte. Wie auch, ohne Schlüssel.

Ich musste etwas tun, wenn ich nicht riskieren wollte, dass der selbsternannte Wachmann aktiv wurde.

Mit zitterndem Finger drückte ich auf den Klingelknopf. Dumpf hörte man den Ton eines Gongs durch die geschlossene Haustüre. Mist! Jetzt war es zu spät. Ich hatte mich doch wirklich von diesem Aufseher unter Druck setzten lassen!

Ich lauschte. Hinter der Türe war nichts zu hören. Nochmal würde ich nicht klingeln. Dann war das eben Schicksal und ich konnte wieder nachhause fahren. Das Problem hatte ich zwar nicht gelöst, aber ich hatte auch kein neues dazubekommen, denn ich wusste immer noch nicht, was ich Viktor sagen würde, stünde er gleich vor mir.

Im Haus wurde eine Türe geschlossen. Er war also doch da. Wollte ich noch abhauen, musste ich jetzt losrennen. Aber ich blieb wie angewurzelt stehen, denn ich hörte etwas, was mir den Magen zusammenzog. Scheiße! War ich mir sicher, dass das, was ich durch die geschlossene Tür vernahm, wirklich Realität war? Wie konnte das sein? Vor allem: Wer konnte das sein? Die Geräusche, die ich hörte, konnten unmöglich von Viktor stammen. Denn ich hörte klackernde Damenschuhe – hohe! Eine Frau wusste, wie Highheels auf einem Fliesenboden klangen. Aber das war nicht das einzige Problem an den Geräuschen. Die Absätze kamen nämlich nicht aus dem Wohnzimmer oder aus der Küche, nein, ich konnte eindeutig hören, dass da jemand mit hohen Schuhen langsam und vorsichtig eine Treppe herunterstieg, von oben aus seinen privaten Räumen kam, aus der Etage, in der sein Schlafzimmer lag. Diese Etage, die ich noch nie betreten hatte. Das ist privat, hatte er zu mir gesagt. Nur seine Frau oder Sub würde er in diesen Bereich vorlassen. Nur sie hätte das Recht, in seinem Zimmer zu schlafen, in seinem Bett. Und jetzt kamen diese Schritte genau von dort die Treppe herab. Wer war es, der da offenbar auf dem Weg war, um auf das Klingeln zu öffnen? Um seine Haustüre zu öffnen. War ich so schnell ersetzt worden? Durch eine Sub, die sich an Regeln besser halten konnte, die ihm eher das bieten konnte, was er sich wünschte? Die sich zu ihm bekannte und nicht so rumeierte, von wegen nur Freundschaft. All das ging innerhalb von wenigen Sekunden durch meinen Kopf, aber bevor ich aus all dem Konsequenzen ziehen und Reißaus nehmen konnte, wurde die Haustüre schwungvoll geöffnet.

Ich konnte mich nicht rühren. Jegliche Energie war aus meinem Körper verschwunden, die es gebraucht hätte, auch nur einen Muskel zu bewegen. Selbst meine Augen waren nicht in der Lage, ihre Richtung zu ändern, und so starrte ich sie nur an. Sie stand einfach nur da. Die schönste Frau, die ich jemals auf der Welt gesehen hatte, das musste ich neidlos anerkennen. Lange blonde Haare, eine wunderschöne weibliche Figur mit langen Beinen. Dieser Traumkörper steckte in einem schwarzen Hosenanzug, unter dem sie offenbar keine Bluse trug. Um den Hals hatte sie einen schmalen, eleganten goldenen Reif, der, obwohl er auch als reines Schmuckstück hätte durchgehen können, für den wissenden Blick sofort als Halsband einer Sub zu erkennen war.

Dieser Engel lächelte mich dazu auch noch so freundlich und offen an, dass ich das Kotzen hätte kriegen können. Schlecht war es mir ja sowieso schon.

„Ja bitte?", fragte sie freundlich.

„Wer sind Sie?", fragte ich zurück. Ich starrte sie immer noch an.

„Das könnte ich wissen wollen, schließlich haben Sie ja hier geklingelt."

Ich schluckte. Ja, wer war ich eigentlich? Und noch wichtiger, wer war ich für Viktor? Als was sollte ich mich vorstellen? Hallo, ich bin Alisa. Viktors verstoßene Spielgefährtin. Die dumme Kuh, die sich nicht an Regeln halten kann und eigentlich gar keinen Plan hat, was sie hier will.

„Ich bin Alisa", kam es aus meinem Mund. Dann war wieder Schweigen.

„Oh, ich verstehe", sagte der Engel, hob leicht den Kopf und musterte mich von oben bis unten. Augenblicklich kam ich mir klein, pummelig, pickelig, ungewaschen, naiv und saublöd vor. Sie zog eine Augenbraue hoch und strich sich das lange Haar aus der Stirn.

„Und was willst du hier?", fragte sie mich. Sie schien nicht so verwundert mich zu sehen, wie umgekehrt. Und offenbar konnte sie mit meinem Namen etwas anfangen. Zumindest war sie vom Sie zum Du gewechselt. Hatte

Viktor über mich erzählt? Hatten sie sich über ihre vergangenen Affären unterhalten und sich dabei herrlich amüsiert?

„Ich wollte zu Viktor", brachte ich endlich unsicher heraus und im gleichen Moment spürte ich, wie sich wieder mal diese fiesen Tränen in meinen Augen bildeten.

„Zu Viktor? So? War das dein Plan? Dann war er schlecht. Ich bin übrigens Katharina. Aber ich bin mir sicher, du hast noch nie meinen Namen gehört, oder täusche ich mich?"

Ich schüttelte nur leicht den Kopf. Katharina? Nein, Viktor hatte diesen Namen wirklich noch nie erwähnt, aber er hatte mir sowieso wenig über sein bisheriges Privatleben erzählt. Es gab also eine Katharina in seinem Leben und die lebte im ersten Stock und öffnete seine Haustüre, wenn er nicht gehen konnte. Warum auch immer er sie nicht öffnen konnte. Vor meinen Augen hatte ich natürlich sofort eine bestimmte Szene aus dem ersten Stock.

„Schätzchen, Viktor hat mir von deiner Aktion vor zwei Wochen erzählt. Keine Details, keine Sorge. So genau wollte ich es nun auch nicht wissen. Wir hatten anderes zu tun."

Sie griff nach ihrer Handtasche, die auf dem Schränkchen neben dem Eingang stand, kramte darin herum, wohl um zu kontrollieren, ob sie alles eingesteckt hatte.

„Ich war auf dem Weg nach draußen, als ich die Klingel gehört habe", sprach sie weiter, trat auf die Eingangsstufen hinaus und zog die Türe hinter sich zu. Ich dachte schon, sie würde ohne ein weiteres Wort an mir vorbeischweben und nur einen Kometenschweif aus teurem Parfum hinter sich herziehen, ohne ein weiteres Wort zu sprechen.

„Eigentlich habe ich mich da nicht weiter einmischen wollen, aber so von Sub zu Sub: Wenn du ihn für dich gewinnen willst, dann wirst du mehr tun müssen als hier einfach planlos zu klingeln. Und sei dir gewiss, es geht schon lange nicht mehr um dein Vergehen. Das war dumm von dir, aber keine Katastrophe. Du hast deine Strafe bekommen und damit ist es für einen guten Dom, wie Viktor einer ist, auch in Ordnung. Aber was eure Beziehung zueinander angeht, da musst du dir schon klar sein, was du möchtest. Du gehst einen Schritt vorwärts und zwei zurück, so wie ich das verstanden habe. So wird das nichts. Nicht mit ihm."

„Kennst du ihn denn gut?" Die Frage musste ich noch stellen, bevor sie verschwand. Ich wollte unbedingt erfahren, wie ich ihre Aussage zu bewerten hatte. Konkurrenz?

Sie lachte leise: „Ja, ich kenne ihn gut. Vielleicht besser, als ihm je gutgetan hat." Mit dieser Antwort, die alles und nichts bedeutete, ging sie endgültig die Stufen hinunter, grüßte freundlich den Nachbarn, den sie offenbar kannte und der immer noch aufmerksam auf dem Gehsteig stand, und lief, ohne sich noch einmal umzusehen, zu einem dunklen, teuren Auto, das am Straßenrand parkte.

Wie hatte sie das gemeint? Viktor musste mit ihr über mich gesprochen haben, aber offenbar nicht so, wie ich zuerst dachte. Es geht schon lange nicht mehr um dein Vergehen, hatte sie gesagt. Was sollte das heißen? Um was ging es dann? Und was sollte das heißen: Wenn ich ihn für mich gewinnen wollte?

Ich lief langsam in Richtung meines Autos und setzte mich hinein. Bevor ich irgendeine neue Aktion startete, brauchte ich wirklich einen Plan und musste wissen, was ich damit erreichen wollte.

Ich dachte an meinen Job. Wie machte ich es denn da? Da wurschtelte ich doch auch nicht einfach so vor mich hin. Da formulierte ich, wo ich hin wollte, und überlegte mir dann, wie ich das Ziel erreichen würde. Und dann verfolgte ich diesen Weg zielstrebig und gab auch nicht nach Rückschlägen auf. Warum sollte dieses Prinzip nicht auch hier funktionieren? Also gut – Zielformulierung.

Mir wurde klar, dass ich genau an diesem Punkt die ganze Zeit schon scheiterte. Ein Schritt vor, zwei zurück. Das traf es leider gut. Gestartet hatte ich diese ganze Verbindung zu Viktor eigentlich, weil ich besseren Sex haben wollte, aber keinen Bock auf die ganzen kaputten Typen hatte, die man auf einschlägigen Plattformen fand. Ich wollte damals auch keine Beziehung, wollte mich nicht binden. War mir alles zu anstrengend. Das hatte ich mir so schön vorgestellt. Funktionierte nur nicht mehr. Weil es halt nicht irgendein Typ war, sondern Viktor. Und ihn hatte ich näher an mich herangelassen, als ich zunächst wollte. Ist einfach so passiert mit seinem ewigen: Du musst Vertrauen haben. Mit seiner Fürsorge, seinem Achten meiner Persönlichkeit, seinem Austesten meiner Grenzen. Ich wollte mehr von ihm. Ich wollte ihm gehören, so pathetisch es klang. Ich wollte kein Date mehr sein, ich wollte seine Sub sein. Ich wollte für ihn leiden, ihm seine Wünsche erfüllen und damit mir selbst meinen größten Wunsch erfüllen. Ich wollte mich mit meiner Hingabe unter seine Kontrolle begeben, weil ich ihm vertraute. Weil ich ihn …

Das klang fürchterlich! Wie hatte ich diese Frauen immer verabscheut. Wollten tough im Job sein und dann warfen sie sich einem Mann zu Füßen. Wie passten denn Emanzipation und Submission zusammen? Gar nicht – zumindest war ich davon bis vor wenigen Wochen überzeugt gewesen. Aber vielleicht hatte ich mich auch getäuscht. Ich hatte in den letzten Wochen einige Subs kennengelernt. Die waren alle keine verschüchterten, lebensuntüchtigen Dummchen. Ganz im Gegenteil.

Ich stand mir selbst im Weg. Nein, meine Erziehung stand mir im Weg, mein Rollenverständnis – ich versuchte den gesellschaftlichen Erwartungen an eine Frau zu entsprechen. Und das machte mir Angst. Denn eine Beziehung wie die unsere passte nicht in dieses Bild. Deswegen immer wieder die zwei Schritte zurück, immer dann, wenn es ernst wurde. Wenn ich mich hätte erklären müssen. Und Viktor? Hatte ich jemals an ihn gedacht dabei? Was musste er fühlen? Ging es ihm ähnlich?

So wie ich Katharina verstanden hatte, forderte sie mich auf, mich zu positionieren. Ich hatte die Situation wohl nicht richtig eingeschätzt. Ich hatte gedacht, er hätte sich wegen der Sache vor zwei Wochen zurückgezogen, aber es ging wohl um etwas anderes oder um jemanden anderes.

Konnte ich dieses ewige Vor-und-zurück lassen? Mit allen Konsequenzen? Seine Sub zu sein würde mein Leben verändern. Wie genau, konnte ich nicht sagen. Andere Männer treffen, mit meinen Freundinnen eine Nacht durchmachen? War das dann noch drin? Wäre ich bereit, das alles zumindest nur in Absprache mit ihm zu machen und es mir auch verbieten zu lassen? War ich für so eine Beziehung bereit? Würde ich es je schaffen, vor Freunden und meiner Familie einzugestehen, dass ich der devote Part in einer BDSM-Beziehung war? Meine Mutter würde zur Furie, wüsste sie, dass ich mir von einem Mann den Hintern versohlen ließ. Konnte ich dazu stehen?

Meine Gedanken drehten sich im Kreis. Und wenn er gar nicht wollte? Ich war sicher nicht die perfekte Sub, würde es vielleicht nie sein. Würde er mich zurückweisen? War das der Grund für sein Verhalten? Ich würde es nicht herausfinden, wenn ich nicht aktiv würde. Das war mir klar.

Ich dachte an all die wunderschönen Stunden, die ich bei ihm verbracht hatte, an die Lust, die er in mir entfacht hatte. An dieses Gefühl, sicher und geborgen zu sein. Von ihm aufgefangen zu werden. Es war wie eine Sucht. Dieses Gefühl, wenn man es einmal zulassen konnte, mochte man es immer und immer wieder erleben.

Aber dazu musste ich mich jetzt entscheiden. Hier und jetzt. Auszusteigen und ihn darum zu bitten, seine Sub sein zu dürfen, oder das Auto zu starten, heimzufahren und alles, was mich an die letzten Monate erinnerte, in eine Kiste zu packen und zum Müll zu bringen. Die Zeit des Rumeierns war vorüber. Entscheide dich, Alisa!

Das Autoradio spielte einen Song, in dem es um Destiny – Schicksal – ging. Wie pathetisch kitschig. Ich grinste und hörte weiter auf den Text des Liedes. Er litt offenbar unter der Abwesenheit seiner Liebsten und mochte sofort an ihrer Seite sein. Okay – ich entschloss mich zu einem Deal mit mir selbst: Wenn das Lied so ausging, dass er sein Mädchen zurückbekam, würde ich aussteigen. Wenn der Text aber traurig endete, würde ich heimfahren. Gespannt lauschte ich zum dritten Mal dem Refrain und seiner Liebesklage. Nach der Melodie zu urteilen, war gleich Schluss. Ich konzentrierte mich auf den Text, um dem Radio mein Schicksal zu überlassen.

„… unterbrechen wir kurz für eine wichtige Verkehrsdurchsage."

Ich schlug mit der Handfläche auf das Lenkrad. Konnte nicht einfach mal was funktionieren? Dann eben so!

Ich stieg aus. Ich hatte mich entschieden. Schicksal. Ich würde das jetzt durchziehen. Wollte wissen, woran ich war, und wollte auch ihm zeigen, woran er war.

Der kehrende Nachbar war weitergezogen, ich konnte aber immer noch seinen Besen auf dem Gehsteig hören. Weg war er nicht, aber im Moment außer Sichtweite. Das erleichterte meine Aufgabe, so schwer sie trotzdem sein würde. Aber ob er in wenigen Minuten zurückkommen würde, auf dem Weg zu seinem Haus, konnte ich nicht wissen. Auch Fußgänger und Fahrradfahrer waren in den letzten Minuten an mir vorbeigekommen. Menschenleer war diese Straße nicht, aber das würde mich jetzt auch nicht mehr abhalten. Ich wusste, was getan werden musste. Es war zwar mittlerweile etwas dunkler geworden, aber nicht so sehr, dass ich ungesehen bis zu Viktors Tür laufen konnte.

Meine Handtasche und die Schlüssel konnte ich jetzt nicht brauchen. Ich öffnete den Kofferraum. Dort hatte ich immer einen Beutel mit Notfallklamotten. In diesen steckte ich meine Handtasche, unter die Jeans und das T-Shirt. Hier in der Straße kam sicherlich nichts weg. Dafür würden die Anwohner schon sorgen.

Ich ging schnell den Weg bis zu Viktors Hauseingang. Versuchte möglichst wenig auf mich aufmerksam zu machen. Auf der obersten Stufe angekommen drehte ich mich noch einmal um. Im Moment war niemand zu sehen, den mein Erscheinen hier wundern konnte. Trotzdem zögerte ich kurz, bevor ich mich auf meine Knie niederließ. So hatte er es damals gesagt: „Wenn du den Schlüssel nicht mehr hast, dann wirst du auf Knien um Einlass bitten müssen. Und ich werde dann entscheiden, ob ich ihn dir gewähre." Damals hatten mich seine Worte bestürzt und ich hatte mir vorgenommen, es nie dazu kommen zu lassen.

Die Treppen waren hart und ich spürte kleine Sandkörner auf der Haut meiner Knie. Hoffentlich machte ich mir nicht meine Strümpfe kaputt. Das würde sicher keinen guten Eindruck machen. Vorsichtig rutschte ich vorwärts, um zur Klingel zu kommen, die links von mir in die Hauswand eingelassen war. Das Fortbewegen auf den Knien war unangenehm und der Fußabstreifer mit seinen harten Borsten war noch schlimmer als der sandige Stein. In meinem Rücken hörte ich den Besen wieder näher kommen. War der nicht endlich mal fertig? Oder fegte er für die ganze Nachbarschaft? Ich spannte den Rücken, atmete einmal tief ein und wieder aus und streckte meine Hand zur Klingel aus. Bevor ich es mir noch anders überlegte, drückte ich schnell auf den Knopf und hörte den Gong im Inneren seines Hauses, wie vorhin. Jetzt hatte ich vollendete Tatsachen geschaffen. Ich zog meine Hand zurück und setzte mich so vor seine Türe, wie er es mir gezeigt hatte, dass eine wohlerzogene Sub zu warten habe: Die Knie leicht gespreizt, saß ich auf meinen Unterschenkeln und hatte meine Hände locker auf meine Oberschenkel gelegt, mit der Handfläche nach oben. Den Rücken gerade und den Blick gesenkt. So wollte ich ihn begrüßen. Ich lauschte, ob ich Geräusche aus dem Inneren des Hauses wahrnehmen konnte, aber alles blieb still. Dabei wusste ich doch, dass er daheim war. Meine Fantasien sprangen wieder an und ich stellte ihn mir vor, wie er gerade von Katharina verlassen im ersten Stock, in seinem Schlafzimmer … Nein, ich durfte hier nicht weiterdenken, würde ich doch sonst den Mut für mein Vorhaben verlieren. Ich hörte die Stimmen von Jugendlichen hinter mir, die sich etwas zuriefen. Panisch drehte ich mich um. Die würden mich doch jetzt hier nicht sehen? Kurz hielt ich die Luft an, aber die beiden rasten auf ihren Fahrrädern am Haus vorbei, ohne auch nur ihren Blick von der Straße zu nehmen. Puh! Glück gehabt. Ich fühlte mich so schon ziemlich am Ende. Zuschauer brauchte es dazu nicht auch noch.

Schnell drehte ich mich wieder zum Hauseingang. In diesem Moment hörte ich Schritte aus der Diele. Es kam jemand. Er war auf dem Weg zu mir. Schnell begab ich mich in meine Position und senkte die Augen zu meinen Handinnenflächen. Ich konnte die Flüssigkeit meiner Nervosität in den Linien meiner Handflächen sehen. Fast wie Glitzer, ging es mir durch den Kopf.

Die Schritte waren nun an der Türe angekommen. Ich hielt den Atem an. Ein Lichtstrahl, dann ein Lichtkegel, der über die Eingangsstufen und dann über meine Beine leuchtete, zeigten mir, dass die Türe geöffnet wurde. Dann bewegte sich ein Körper in den Lichtkegel und warf Schatten auf den Stein. Ich wagte nicht, meinen Blick zu heben oder etwas zu sagen. Meine Position war eindeutig. Er musste jetzt den ersten Schritt tun. Musste mir Einlass gewähren.

„Alisa?", sprach die Stimme. „Was tust du denn hier?"

„Ich bitte um Einlass, Herr. Ich hoffe darauf, dass du mir meine Verfehlung vergeben hast und ich wieder zu dir kommen darf."

In diesem Moment fuhr ein Auto auf der Straße vorbei. Sofort war meine Aufmerksamkeit bei dem Geräusch. In meiner Vorstellung sah ich den Wagen und die Blicke des Beifahrers, die an meiner knienden Gestalt und dem Mann vor mir hängenblieben. Er würde seine Augen nicht abwenden können, zu seltsam musste diese Situation für einen Unbeteiligten wirken. Das Geräusch entfernte sich allerdings sofort. Ich schloss kurz die Augen, um mich selbst wieder zu sammeln.

„Schön, dich zu sehen, meine Liebe. Ich bin überrascht, positiv überrascht."

Er freute sich, dass ich gekommen war, das klang gut. Zumindest war er nicht sauer oder entsetzt. Ich traute meiner Einschätzung, was Viktor betraf, nicht mehr so ganz.

„Du möchtest also eingelassen werden? Verstehe ich das richtig? Und dann? Was möchtest du dann? Hast du dir das überlegt?"

Ich war unsicher, was ich darauf antworten sollte. Ich konnte ja schlecht mit der Tür ins Haus fallen.

„Können wir das nicht innen besprechen?", versuchte ich es diplomatisch, wollte ich doch erst einmal aus dieser demütigenden Haltung auf seinen Eingangsstufen entkommen.

„Hmm. Ich weiß nicht so recht. Ich denke, nicht so schnell. Wenn du herein möchtest, musst du erst noch eine Aufgabe erfüllen."

Gott, er spielte mit mir! Ich hörte es an dem kleinen Grinsen in seiner Stimme. Gerne wollte ich seine Aufgabe erfüllen. Ich wagte allerdings nicht, ihn in diesem Moment anzublicken. Dabei hätte ich zu gerne gesehen, wie sich seine Spiellaune in seinen Augen spiegelte.

„Ich schließe jetzt die Türe wieder. Du ziehst dein Höschen aus, klingelst noch einmal und wenn ich öffne, überreichst du es mir. Dann sehen wir weiter."

Schon schloss er die Türe, ohne auf eine Antwort von mir zu warten. Der Lichtstrahl war verschwunden.

Was nun? Würde ich seine Aufgabe erfüllen? Und wie stellte er sich das vor? Ich konnte doch nicht mitten in der Öffentlichkeit mein Höschen ausziehen? Oder doch? Hatte ich nicht schon ganz andere Dinge in den letzten Wochen getan, die vorher fast undenkbar gewesen wären? Es war ein Test, ob ich es ernst meinte oder ob ich doch noch die Flucht ergriff. Aber nicht mit mir! Ich hatte mich entschieden. Also los, Alisa!

Vorsichtig drehte ich mich, immer noch auf meinen Unterschenkeln sitzend, um. Ich konnte niemanden sehen. Auch der Besenmann hatte offenbar seine Arbeit beendet. Es wurde auch langsam dunkel. Vorsichtig schob ich meine Hände unter mein Kleid und schälte meinen Slip vorsichtig über meinen Po. Der Teil war einfach. Aber jetzt musste ich entweder aufstehen, um herauszuschlüpfen, oder im Knien meine Füße herausziehen. Schneller würde die Variante eins gehen, unauffälliger die zweite Variante.

Ich drückte mich nach oben und zog das schwarze Spitzenhöschen über die Oberschenkel bis zu meinen Knien, dann hockte ich mich zurück auf die Unterschenkel und versuchte das Stück Stoff noch über meine Unterschenkel zu ziehen. Elegant war sicherlich anders. Aber ich hatte es geschafft. Schnell ordnete ich wieder mein Kleid und presste das Höschen so in eine meiner Hände, dass ich es Viktor überreichen konnte. Ich überlegte jetzt nicht mehr lange und drückte erneut auf die Klingel.

Aber nichts geschah. Er ließ mich warten. Bewusst. Meine Knie taten weh, da sich der grobe Fußabstreifer in meine Haut gegraben hatte. Ich hob meine Unterschenkel abwechselnd kurz an, um den Schmerz zu lindern. Wollte er, dass ich das Gefühl, ohne Höschen vor seiner Türe zu sitzen, noch etwas auskosten konnte? In diesem Moment ging die Beleuchtung über der Haustüre an und die Halogenstrahler setzten den gesamten Treppenbereich in helles Licht. Das konnte er doch nicht tun! Wollte er es mir noch schwerer machen? Jetzt war ich noch besser von der Straße aus sichtbar als vor einer Stunde. Kurz blickte ich nach oben – da erkannte ich, dass der Bewegungsmelder, der an der Hauswand angebracht war, auf mein Tun reagiert hatte. So dunkel war es schon. Es war also nicht Viktor gewesen, der mich zusätzlich beschämen wollte.

Ein Auto fuhr vor Viktors Haus vor. Erschreckt drehte ich mich um, konnte allerdings, da ich im Hellen saß, nichts erkennen. Ich hörte nur, dass das Auto diesmal nicht vorbeifuhr, sondern parkte. Eine Autotür wurde geöffnet, wieder geschlossen und dann hörte ich das Geräusch eines sich verschließenden Wagens. Das durfte doch nicht wahr sein! Kam jetzt etwa Besuch? Oder kam Katharina zurück? Beide Vorstellungen waren mir absolut peinlich. Was musste der Mensch, dessen Schritte ich jetzt den Weg zu Viktors Haus kommen hörte, denken? Den Schritten nach, war es wohl keine Frau. War das jetzt besser?

„Ja, wen haben wir denn hier sitzen?", sagte die Stimme, die ich sofort zuordnen konnte. Thomas! Okay, ich hätte es schlimmer treffen können. Er hatte bestimmt schon eigenartigere Dinge gesehen als eine auf dem Fußabstreifer kniende Frau.

„Was hast du angestellt, dass du vor Viktors Tür sitzt?"

„Nichts habe ich angestellt. Ich muss hier warten, bis er mich einlässt. Ich möchte gerne mit ihm reden. Und das war seine Bedingung."

Noch bevor Thomas antworten konnte, wurde die Türe geöffnet und Viktor stand vor uns.

Nachdem wir heute kein Date gehabt hatten, war er nicht wie sonst mit Hemd und Anzug bekleidet, sondern trug schwarze Jeans und ein schwarzes, schmal geschnittenes, langärmeliges T-Shirt. Die Ärmel hatte er lässig nach oben geschoben, was seine muskulösen, sehnigen Unterarme gut zur Geltung brachte. Augenblicklich verbot ich mir diese sehnsuchtsvollen Gedanken nach seinem Körper und seinen Berührungen.

„Ach, Thomas, du bist ja schon da."

„Ja, und ich habe eine Überraschung auf dem Fußabtreter gefunden. Soll sie hier draußen sitzen bleiben? Sie hat mir erzählt, dass sie mit dir reden möchte. Das wollen offenbar heute alle."

„Ich denke, ich habe ihr genug Zeit gegeben, darüber nachzudenken, was sie hier eigentlich möchte. Also, Alisa, komm rein."

Ich wollte mich gerade aufrichten und hinter Thomas hineingehen, da fuhr er mich an: „Ich habe nichts von aufstehen gesagt. Oder täusche ich mich?"

„Nein, Viktor, hast du nicht. Aber ich dachte …"

„Du sollst nicht denken, du sollst gehorchen. Das solltest du doch mittlerweile verstanden haben. Hast du meine Anweisung ausgeführt?"

„Natürlich, Viktor", antwortete ich schnell und übergab ihm mein Höschen und senkte vorsichtshalber den Blick.

Ich schluckte. Normalerweise liebte ich diesen dominanten Ton an ihm. Aber nur wenn ich wusste, dass er zum Spiel gehörte. Heute wusste ich das nicht so genau.

„Sehr gut. So mag ich das ", hörte ich seine Worte.

Das Höschen legte er auf das Schränkchen, das im Eingangsbereich stand und auf das ich schon meinen Schlüssel legen musste.

Ich begann möglichst elegant in die Diele zu krabbeln. Die Fliesen waren kalt, aber ich ignorierte das, genauso wie den Sand, der auf den Fliesen lag. Im Wohnzimmer war weicher Teppichboden, da würde es besser werden.

„Wusstest du, dass Alisa kommen würde?", fragte Thomas.

„Nein, sie ist ohne Verabredung vorhin vor meinem Haus aufgetaucht."

„Ui, das ist nicht gut. Weiß sie nicht, dass sich das nicht gehört? Was wirst du unternehmen?"

Nicht schon wieder eine Verfehlung! Ich hatte ja die letzte noch nicht ganz überstanden. Dabei hatte ich von dieser Regel noch nichts gewusst. Augenblicklich drehte sich mein Magen um. So wie Thomas das sagte, klang es schon wieder bestrafenswert. Julia, Thomas' Sub, hatte es bestimmt nicht leicht. Aber sie hatte erheblich mehr Erfahrung als ich.

Ich musste die beiden ziemlich erschrocken angesehen haben und wollte gerade zu einer Verteidigungsrede ansetzen, als ich das Grinsen in den Gesichtern der beiden Doms sah. Sie schienen eine wahre Freude an meinem Entsetzen zu haben.

„Ich möchte mal nicht so sein", sagte Viktor und lächelte entspannt zu mir herunter.

Die beiden konnten so gemein sein und ich war ihnen sofort auf den Leim gegangen. Ich sollte mir nicht zu sicher sein. Das war wohl die Botschaft.

„Komm, Alisa, steh auf. Jetzt ist es erst mal genug. Ich freue mich, dass du zu mir gekommen bist. Ich war mir nicht ganz sicher, wie du auf meinen Kontaktabbruch reagieren würdest. Umso glücklicher bin ich, dass du offenbar eine Entscheidung getroffen hast. Oder gibt es einen anderen Grund, warum du zu mir gekommen bist?"

Total verwundert von der Wendung der Situation, war ich im ersten Moment sprachlos. Er reichte mir seine Hand und half mir beim Aufstehen. Sofort zog er mich in eine Umarmung. Ganz fest legte er seine Arme um mich. Dann drückte er mich wieder ein wenig von sich weg und ließ seinen Blick über mein Gesicht gleiten.

„Also? Warum bist du hier?"

„Möchtet ihr das jetzt unbedingt in der Diele besprechen? Oder könnt ihr euch sowieso gleich nicht mehr zurückhalten?", hörte ich Thomas' Stimme hinter mir.

„Er hat recht. Lasst uns alle ins Wohnzimmer gehen."

Etwas überrascht war ich schon, dass Thomas offenbar keinen Grund sah, sich zu verabschieden oder uns zumindest ein privates Gespräch zu ermöglichen. Er schien Viktor wirklich sehr nahezustehen und hielt es für selbstverständlich, alles zu erfahren. Warum war er überhaupt da? Hatte er nicht gesagt, dass er mit ihm reden wollte? Das schien offenbar nicht so dringend zu sein.

„Mach es dir doch gemütlich, Alisa. Ich zünde noch den Kamin an, damit es etwas wärmer wird, und du, Thomas, holst du uns dreien bitte ein Glas Wein?", sagte er zu ihm gewandt. „Und du musst dich nicht beeilen, zurückzukommen."

Die Situation hatte sich innerhalb von Sekunden um hundertachtzig Grad gedreht.

„Setz dich doch."

Viktor kniete vor dem Kamin, warf ein paar wachsgetränkte Holzspäneknäulchen in den Kamin, darauf einige Äste und zwei nicht allzu große Holzscheite und zündete alles mit einem Streichholz an. Ich sah mich unsicher im Zimmer um. Normalerweise war mein Platz kniend vor dem Kamin. Jetzt wusste ich nicht, wohin mit mir.

„Steh nicht so rum, als seist du das erste Mal hier." Er deutete auf das Sofa und ich versuchte einen passenden Platz zu finden. Wo saß Viktor sonst? Da wollte ich mich nicht hinsetzen, wollte mir ja nicht sofort wieder eine Rüge einhandeln.

„Allein dir beim Denken zuzusehen, ist schon anstrengend. Setz dich einfach, wir sind nicht in einer Session. Du kannst nichts falsch machen. Außerdem bin ich nicht so ein Arsch, der aus allem immer gleich eine Aufgabe oder ein Problem macht. Das müsstest du wissen."

Damit hatte er an sich recht. Nach unserem letzten Treffen allerdings wusste ich nicht mehr, was ich denken sollte. Von ihm. Von mir. Von uns.

„Viktor, warum hast du dich nicht gemeldet? Ich hatte so darauf gehofft. Ich hätte so gerne über die Sache noch einmal gesprochen. Ich wollte einfach deine Reaktion verstehen. Ich war mit der Situation total überfordert. Warum warst du so hart zu mir? War das alles wirklich so schlimm? Gut, ich hatte gegen mein Keuschheitsgebot verstoßen, aber das war halt eine fucking Verfehlung. Nicht mehr. Du hast mich bestraft, und das nicht zu knapp, aber ich bin nicht in der Position zu beurteilen, ob du übertrieben hast. Wobei ich schon finde, dass es zu heftig war."

Viktor drehte mir den Rücken zu und schob mit einer Kaminschaufel irgendwelche Aschereste zur Seite, damit das Feuer besser brennen konnte. Mein Blick lag auf seinen Schultern, die sich zuckend bewegten. Weinte er?

Trotzdem sprach ich weiter.

„Aber dann, mich mehr oder weniger vor die Tür zu setzen, mir den Schlüssel abzunehmen und dich dann nicht mal melden. Das passt gar nicht zu dir. Das fand ich total gemein. Ich hätte zumindest erwartet, dass du mich anrufst. Warum hast du nicht versucht mich zu erreichen? Es hätte mir ja auch schlecht gehen können. Ein Dom kümmert sich um seine Sub. Das weiß ich. Das habe ich sonst immer bei dir gesehen. Warum?"

Immer noch blickte ich auf die zuckenden Schultern und eine leise Stimme in meinem Kopf begann zu zweifeln, ob das, was ich gerade von mir gab, passend war. In diesem Moment drehte sich Viktor um und brach in schallendes Gelächter aus. Der Mann heulte nicht, er lachte!

„Alisa, mach mal einen Punkt. Warum müsst ihr Frauen immer so viel auf einmal fragen. Ich weiß schon, warum ich es mag, dir das Quatschen zu verbieten oder dir einen Knebel zwischen die Lippen zu schieben."

Immer noch stand er am Kamin, hatte sich mit einem Unterarm auf das Kaminsims gelehnt und betrachtete mich eingehend.

„Pass auf. Alles konnte ich mir gar nicht merken, was du wissen möchtest. Aber das Wichtigste zuerst. Ich wusste, dass es dir gutgeht. Ich habe nämlich spionieren lassen. Hast du dich nicht gewundert, weil unsere gemeinsame Freundin Stella sich regelmäßig bei dir gemeldet hat? Ich hatte ihr grob erklärt, dass ich mich um dich sorge und mich aus beziehungstechnischen Gründen nicht selbst um dich kümmern kann. Sie hat nicht weiter nachgefragt, sondern gehandelt, so wie Stella eben ist. Wäre es dir wirklich schlecht gegangen, hätte sie Alarm geschlagen. Ich wusste, dass du zur Arbeit gehst, dass du einkaufen warst und dass du ansonsten zuhause warst. Stella hat mir erzählt, dass du über vieles nachdenken wolltest. Details hat sie nicht verraten. Wollte ich auch nicht wissen. Aber ich lasse dich doch nicht ziehen und kehre dir den Rücken zu! Wie du selbst gesagt hast, das würde gar nicht zu mir passen. Mir ist es immer wichtig zu wissen, wie es dir geht. Nachdem das geklärt ist – was wolltest du noch wissen?"

Ich starrte ihn an. Jetzt war ich aus dem Konzept gebracht. Meine perfekte Vorstellung vom nicht vertrauenswürdigen, uninteressierten, ignoranten Idioten-Dom, das Bild, das ich mir in meinem Frust so schön zusammengezimmert hatte, krachte mit viel Gepolter in sich zusammen. Als der Rauch sich verzogen hatte, sah ich ihn wieder so, wie ich ihn die Wochen zuvor erlebt hatte, und ich konnte gar nicht mehr richtig sauer sein.

Ich suchte die Reste meiner zurechtgelegten Gedanken zusammen und begann einen neuen Versuch mit den übrig gebliebenen Vorhaltungen.

„Okay, das ist schön zu wissen. Aber warum hast du dich nicht gemeldet?"

„Hätte ich das sollen?", fragte er mit einem so unschuldigen Tonfall, dass mein Groll schon wieder stieg.

„Ich hatte dir doch die Rose in deine Tasche gelegt. Hast du das nicht als Aufforderung empfunden, dich doch wieder bei mir zu melden?"

Ich hätte mich bei ihm melden sollen? Auf die Idee war ich in meiner Enttäuschung gar nicht gekommen.

„Außerdem … Hatten wir nicht ausgemacht, dass du mich kontaktierst, wenn du unsicher bist, etwas nicht verstehst oder sonst Fragen hast? War das nicht Grundlage unseres Deals von Anfang an? Vertrauen? Und da tue ich etwas, was für dich nicht verständlich ist, und anstatt auf mich zuzukommen, versteckst du dich zuhause und spinnst dir deine eigene Geschichte zusammen."

Jetzt, wo er das so formulierte, kam ich mir wie ein blödes, beleidigtes Huhn vor. Hatte er vielleicht genauso auf ein Zeichen von mir gewartet, wie ich von ihm? Das konnte doch nicht sein! Oder doch?

„Wie immer hat diese Geschichte zwei Seiten. Aber miteinander reden ist der Schlüssel. Ohne das geht es nicht. Eigentlich hatte ich angenommen, du hättest das verstanden."

„Aber dann hättest du dich ja auch bei mir melden können", trumpfte ich auf.

„Hätte ich können. Aber zum einen hast du die Regeln zum Anfang unseres Arrangements festgelegt. Keine Beziehung, keine Ansprüche. Und zum anderen hielt ich die Rose für ein eindeutiges Zeichen. Hat sich an deiner ursprünglichen Sichtweise etwas geändert?"

Diese Frage war gefährlich. Denn sie beinhaltete das ganze Problem. Er hatte recht. Ich hatte ganz klar formuliert, dass ich keine Einmischung in mein Privatleben wollte. Gelegentliche Treffs, ein Hineinschnuppern in die Welt des BDSM und nicht mehr. Und daran hatte er sich über all die Wochen gehalten.

Ich musste jetzt etwas sagen oder tun. Irgendetwas. Die Frage stand zwischen uns und musste beantwortet werden. Doch ich schwieg.

Viktor lachte auf, schüttelte seinen Kopf und drehte sich wieder zum Feuer. Er holte ein größeres Scheit vom Holzstapel, der neben dem Kamin aufgeschichtet war, und warf das Stück Holz mit ein bisschen zu viel Schwung ins Feuer. Die Glut spritzte nach allen Seiten weg. Er allerdings blieb einfach so stehen und starrte ins Feuer.

„Ach, Alisa, wie soll das weitergehen? Du weißt einfach nicht, was du willst. Du stehst dir selbst im Weg, da kann dir keiner helfen. Das hat doch alles keinen Sinn."

Das Gespräch entwickelte sich überhaupt nicht so, wie ich mir das vorgestellt hatte. In meiner Vorstellung hätte er die Tür geöffnet, mich knien sehen, hätte mich in die Arme genommen und alles wäre gut gewesen. Aber wir waren hier nicht in so einem blöden Roman, hier musste man sich auseinandersetzen.

„Was soll das heißen?", fragte ich vorsichtig und ich merkte, wie meine Augen feucht wurden. Das klang verdammt nach Abschied. Ich hatte die Situation völlig falsch eingeschätzt, ich blöde Kuh. Und jetzt heulte ich auch noch und machte mein Augenmakeup kaputt und meine Nase war sicher auch schon rot.

„Ach, ich weiß auch nicht, was das heißen soll", gab er mir eine kryptische Antwort. Für mich hörte sich das nach Schlussmachen-aber-ich-weiß-noch-nicht-wie an. Wieder schwiegen wir. Ich wusste auch nicht, was ich sagen sollte. Die Situation entglitt uns beiden zusehends. Ich hatte Angst, etwas Falsches zu sagen und damit alles zu beenden. Es war gespenstisch still im Zimmer. Das einzige, was man hörte, war das Knacken des Holzes und … Thomas! Der war ja auch noch da. Wo war der denn abgeblieben? Es konnte doch nicht so schwer sein, eine Flasche Wein zu öffnen. Ich beschloss nachzusehen, nur um irgendetwas zu tun. Viktor starrte sowieso nur in die Flammen. Ich stand auf und ging in die Küche.

„Was tust du denn so lange?", fragte ich, als ich ihn vor dem Kühlschrank stehen sah. Er hatte sich dort angelehnt und tippte an seinem Handy herum.

„Kann ich dir helfen mit dem Wein?", versuchte ich ein unverfängliches Gespräch. Thomas hob den Kopf.

„Na, sind die Turteltäubchen endlich fertig?" Als er mein verheultes Gesicht sah, stoppte er seine Worte. „Was ist los? Warum weinst du? Was ist passiert? Was hat er gemacht? Hat er dir wehgetan?"

Er zog mich sofort in seinen Arm und ich drückte meine mittlerweile nasse Backe an seine Brust. Ihm machte es offenbar nichts aus, sein Hemd mit Frauentränen nass zu machen. Ach, ich vergaß, das passierte einem Dom ja öfter mal. Das war jetzt nicht fair, aber ich hatte im Moment einfach eine Stinkwut und gleichzeitig war ich so unglaublich enttäuscht.

„Ich glaube, er möchte, dass ich gehe", brachte ich zwischen zwei Schluchzern heraus. „Ich denke, es ist alles aus." Ich wurde von meinen Tränen geschüttelt.

Er drückte mich etwas weg von seiner Brust, auf der, wie ich es befürchtet hatte, neben einem nassen Fleck auch noch der Abdruck meiner Wimpern zu sehen war. Er schaute mir ins Gesicht.

„Hat er das so gesagt? Hat er gesagt, dass du gehen sollst?", fragte er mich nachdrücklich. Seine Stimme war so streng, fast schon im Dom-Modus, dass meine Tränen kurz versiegten.

„Nein, aber er benimmt sich so. Ich komme nicht an ihn heran. Er reagiert plötzlich nicht mehr auf mich. Erst war noch alles okay. Ich dachte, wir können das mit wenigen Sätzen klären, und dann hat urplötzlich die Stimmung gedreht."

„Sag mir, Alisa, warum bist du hier? Was möchtest du von Viktor? Ist das hier so ein Spiel für dich? Ein Dom für gewisse Stunden? Wenn es so ist, dann ist es vielleicht doch besser, wenn du jetzt einfach gehst. Ich kümmere mich um Viktor. Und dann möchte ich aber nichts mehr von dir hören. Nie mehr. Wehe, du tauchst irgendwo in seinem Umfeld wieder auf."

Ich sah ihn entsetzt an und plötzlich kamen die Worte, die ich schon so lange in meinem Kopf hatte und nie gewagt hatte auszusprechen.

„Nein, Thomas, so ist das nicht. Ich möchte nicht gehen. Ich möchte hierbleiben. Bei Viktor. Ich möchte eine richtige Sub werden, ich möchte eine Beziehung mit ihm haben. Eine feste Beziehung als seine Sub. Ich weiß, dass das nicht einfach wird. Ich werde auf vieles verzichten müssen, aber dafür bin ich bereit. Ich bin bereit, gegenüber meinem privaten Umfeld die Wahrheit über meine Vorlieben zuzugeben. Ich werde dazu stehen, wenn man im Sommer rote Striemen auf meinen Oberschenkeln sieht oder Fesselmale auf meinen Handgelenken."

„Stopp – das solltest du vielleicht besser ihm sagen, nicht mir. Ich wollte nur sichergehen, dass ich mich nicht in dir getäuscht habe."

Er schob mich von sich weg, atmete tief ein und streckte den Rücken durch. „Also gut, dann werde ich diesem Idioten jetzt mal meine Meinung sagen. Du wirst nicht alles verstehen, aber tu mir den Gefallen und frag im Moment nicht nach. Ich bin mir sicher, irgendwann wird er dir alles erzählen. Nur jetzt ist nicht der richtige Zeitpunkt."

Ohne ein weiteres Wort ließ er mich stehen und eilte ins Wohnzimmer. Ich folgte ihm leise, blieb aber im Flur stehen und lugte nur vorsichtig ins Zimmer, als sich Thomas hinter Viktor aufbaute, der immer noch ins Feuer starrte. Er hatte sich nicht bewegt, seit ich gegangen war.

„Du gottverdammter Trottel!"

Ich erstarrte. Hätte ich doch alles Mögliche erwartet, nur nicht diese Ansage.

„Du bist wahrlich das größte Rindvieh, das ich je gesehen habe. Du machst es schon wieder. Warum?"

Viktor reagierte nicht. Er glotzte immer noch ins Feuer.

„Dreh dich wenigstens um, damit ich dir ins Gesicht sagen kann, was ich von dir halte."

Ich ging lieber noch einen Schritt zurück, damit ich sicher sein konnte, dass man mich nicht doch aus dem Wohnzimmer sehen konnte.

Was sollte das? Warum war Thomas so sauer und wovon sprach er? Was hatte Viktor wieder gemacht?

„Hör auf damit, bitte!" Thomas Stimme war jetzt sanft, fast liebevoll. Was lief da zwischen den beiden ab?

Thomas berührte ihn an der Schulter und sprach ruhig mit ihm. Leider konnte ich von meiner Position aus seine Worte nicht mehr hören. Ich hörte nur noch ein Murmeln und das Prasseln des Feuers. Viktor schüttelte den Kopf und Thomas sprach weiter. Klopfte ihm auf die Schulter, Viktor drehte den Kopf zur Tür und ich zog mich schnell noch ein Stückchen zurück. Leider merkte ich zu spät, dass ich durch die Tischlampe, die schräg hinter mir stand, einen perfekten Schatten meiner Silhouette auf den Teppich vor mir warf.

„Komm her, Alisa. Du musst dich nicht verstecken. Hört beide endlich auf mit diesem Versteckspiel. Das ist ja nicht auszuhalten. Einer schwieriger und verbockter als der andere. Gut, dass Onkel Thomas da war. Wie kann man sich nur so blöd anstellen? Beide wollen einander und dann steht ihr kurz vor einer Trennung, weil ihr beide Beziehungsängste habt oder wie man dieses Psychozeug nennt. Ich habe Viktor kurz gesagt, was du mir vorhin in der Küche sehr überzeugend mitgeteilt hast. Ist es richtig, dass du davon Viktor bisher nichts erzählt hast?"

Ich schluckte. Jetzt musste ich Farbe bekennen. Ich gab meinen Lauschposten auf und betrat das Wohnzimmer. Ich holte tief Luft und sprach mit fester Stimme: „Ja, das stimmt." Jetzt oder nie. „Viktor, bitte schau mich an. Du hast recht, es waren meine Bedingungen, die ich verteidigt habe. Weil ich Angst vor den Konsequenzen hatte, Angst davor, was es für mein gewohntes Leben bedeuten würde, diese praktische Übereinkunft aufzulösen. Aber ich sage es offen: Ich möchte nicht mehr, dass du dich an unseren Deal gebunden fühlst. Bitte entscheide frei, was ich für dich sein kann, sein soll. Ich bin bereit."

Ich hoffte auf eine Antwort von Viktor, aber er schwieg weiter. Allerdings hatte sich sein Blick verändert. Seine Gesichtszüge hatten sich entspannt und seine Augen sahen nicht mehr so müde aus wie noch vor einer halben Stunde.

„Komm, Alisa, setz dich hierher, und du, Viktor, auch. Ich hole euch jetzt noch ein Glas Wein und werde mich dann verabschieden. Ich denke, den Rest solltet ihr alleine hinbekommen. Hoffe ich zumindest. Sonst kriege ich noch Ärger mit Julia. Sie möchte Alisa sicher nicht als Freundin verlieren. So Subs unter sich, das hat schon was. Das Geplapper muss ich mir dann nicht anhören." Er lachte und stellte eine geöffnete Flasche Wein auf ein Tischchen, das vor dem Sofa stand und, schenkte beide Gläser ein.

Er bekam Ärger mit Julia? Konnte das denn sein? Er war doch ihr Dom? Ich musste noch viel lernen über die Beziehung zwischen Dom und Sub. Beziehung – das Wort hörte sich gar nicht mehr so beängstigend an.

Viktor setzte sich steif aufs Sofa und ich setzte mich brav neben ihn.

„Das ist ja nicht zum Aushalten. So, Alisa legt jetzt ihren Kopf auf deinen Schoß und ich gehe jetzt." Er klopfte Viktor nochmal auf die Schulter und verließ das Wohnzimmer. Kurz danach hörte ich ihn die Tür ins Schloss ziehen. Ich lag ganz ruhig auf Viktors Oberschenkeln und wagte nicht, mich zu rühren. Noch starrte er ins Feuer, doch von Minute zu Minute entspannten sich seine Muskeln und plötzlich lag seine Hand auf meinem Kopf und er begann mich vorsichtig zu streicheln. Ich genoss diese liebevolle erste Berührung.

Die unangenehme Stille war einer ruhigen, entspannten Stille gewichen.

„Alisa, es ist schön, dass du da bist", hörte ich plötzlich seine Stimme. Seine Worte trafen mich sofort ins Herz. Ja, so fühlte ich es auch. Ich war froh, hier zu sein. Nicht, weil wir ein Date hatten, sondern weil wir beide einfach zusammen sein wollten. Sollte ich ihn fragen, was Thomas gemeint hatte? Ich überlegte. Aber nein, dafür würde noch Zeit sein. Jetzt war jedes Wort noch ein wenig kritisch. Keiner wollte etwas Falsches sagen, nicht wieder eine Diskussion riskieren, die alles infrage stellen konnte.

„Da hast du recht, Viktor. Mir geht es ebenso. Du hast mir so gefehlt." Ich biss mir auf die Unterlippe und versuchte vorsichtig die Nase hochzuziehen, damit er nicht merkte, dass mir schon wieder die Tränen kamen. Eine Träne kullerte trotzdem aus meinem Auge und tropfte auf seine Hose. Diesmal waren es Tränen der Erleichterung und der Freude.

„Lass mich mal ein wenig strecken, damit ich dort an das Tischchen komme. Da liegt ein Päckchen Taschentücher."

Ich setzte mich auf und nahm das Taschentuch, das er mir reichte, trompetete kräftig und legte mich wieder auf seinen Schoß.

„Du möchtest also unseren Freundschaftsdeal auflösen? Habe ich das richtig verstanden? Du hast ja jetzt schon einiges mit mir zusammen erlebt. Ist es wirklich das, wovon du noch mehr möchtest? Du weißt, dass es gewisse Veränderungen geben wird. Damit du eine Vorstellung hast, was es bedeutet, meine Sub zu sein, möchte ich dir einen kleinen Überblick geben, wie das sein könnte. Eins ist klar. Du bleibst eine eigenständige, selbstbewusste, selbstdenkende und -handelnde Frau. So habe ich dich kennengelernt und so mag ich dich. Ich will und brauche keine Sub, die ihr Hirn an der Garderobe abgibt. Das wäre mir zu langweilig.“

Ich spitzte die Ohren, um auch jedes Wort mitzubekommen.

„Wir haben beide unseren Beruf und in diesem Zusammenhang möchte ich keine Dom-und-Sub-Ebene. Dort begegnen wir uns auf Augenhöhe. Aber ansonsten, also bei unseren Freunden und in der Familie muss klar sein, wer in dieser Beziehung das Sagen hat.“

Ich schluckte. O weh, das klang auf der einen Seite unglaublich anregend. Ich spürte bei seinen Worten sofort, wie sich Nässe zwischen meinen Schenkeln bildete – hoffentlich machte ich keinen Fleck auf sein Sofa, ich trug ja kein Höschen. Auf der anderen Seite wusste ich nicht, ob ich das konnte, was er da von mir verlangte. Aber wenn ich nicht tat, was offenbar mein Herz und meine Libido wollten, würde ich es nicht herausfinden.

„Ich werde versuchen, dir eine gute Sub zu sein“, versuchte ich mich selbst zu überzeugen.

„Ich weiß das. Aber ich werde etwas konsequenter sein müssen als bisher. Ich werde einige neue Regeln aufstellen, und du wirst lernen damit klarzukommen, auch wenn dir das eine oder andere vielleicht nicht gefällt. Aber wir bleiben natürlich im Gespräch und wenn etwas gar nicht geht, dann kannst du es natürlich nach wie vor sagen. Ich werde dann entscheiden, ob ich darauf verzichte."

Die Stimmung hatte sich gewandelt. Erregung lag in der Luft. Am liebsten hätte ich mich jetzt berührt. So lange war zwischen meinen Beinen keine Stimulation mehr gewesen.

Offenbar war Viktor ein Meister im Gedankenlesen, denn er streckte seine Hand aus und legte sie auf meinen Po. Er zog ganz sanft mein Kleid hoch, begann meine Oberschenkel und meine Pobacken zu streicheln. Mein Atem wurde schneller und mein Blut rauschte. Er hatte aufgehört zu sprechen. Auch sein Atem war schneller geworden und ich merkte, dass mein Gesicht jetzt auf seinem harten Schwanz lag. Das war trotz der Jeans, die mich von ihm trennte, gut zu spüren. Seine Hand glitt meine Beine entlang und ich wagte mich etwas zu bewegen, streckte ihm meinen Po entgegen, um ihm zu zeigen, dass ich ihn spüren wollte. Ich hob das obenliegende Bein etwas, damit er dazwischenfahren konnte. Diese Einladung nahm er sofort an.

„O mein Gott, wie nass du bist. Das fühlt sich traumhaft an. Wenn dich die Aussicht auf ein Leben als Sub an meiner Seite schon so anmacht, wie wird es dann sein, wenn du all das wirklich spürst, was ich dir jetzt nur erzählt habe? Dann wirst du ja nur noch geil durch die Gegend laufen. Es wird anders sein als bisher. Intensiver, da wir mehr Zeit miteinander verbringen werden. Wir sind nicht ständig in einer Session, aber trotzdem wirst du hier ein anderes Leben führen als bei dir zuhause. Du wirst vorerst, wenn es keine anderen Verpflichtungen gibt, jedes Wochenende bei mir sein. Von Freitagabend bis Sonntagabend stehst du mir zur Verfügung. Ist das klar? Wenn du unter der Woche ausgehen möchtest, dann fragst du mich. Wenn ich nicht bei dir bin, vergisst du niemals, wem du gehörst, wie sich eine Sub zu verhalten hat und wem das hier gehört."

Seine Finger spreizten meine Schamlippen. Ich stöhnte auf. Wie könnte ich das vergessen! So lange hatte ich seine Berührung dort ersehnt! Jeden Abend, wenn ich in meiner Wohnung gesessen war und darauf gewartet hatte, dass er sich bei mir meldete, und meine Gedanken zu den vergangenen Treffen geflogen waren. Und jetzt spürte ich seine Hand dort. Ich spreizte die Beine noch etwas mehr, um es ihm leichter zu machen, den ganzen Bereich zu erkunden. Er tat es. Er umrundete meine Klitoris, die sich ihm keck entgegenstreckte. Er teilte meine Schamlippen, tauchte in mich ein und verteilte die Nässe von dort weiter zwischen meinen Labien. Mein Unterleib begann sich rhythmisch zu bewegen. Würde er mich jetzt gleich kommen lassen? Zur Feier des Tages sozusagen?

„Träum weiter, Schöne. Du glaubst doch nicht ernsthaft, dass du so einfach zu einem Orgasmus kommst. Du wirst das Wochenende hier bei mir bleiben und ich werde dich so behandeln, wie ich meine, dass du behandelt werden möchtest. Du wirst dir bis Sonntag noch einmal Gedanken machen, ob es tatsächlich das ist, was du möchtest. Ich schenke dir ein Probewochenende, damit du weißt, worauf du dich einlässt. Denn ich will, dass du dir am Sonntagabend wirklich sicher bist, was du willst."

Wie um seine Worte zu verdeutlichen, versenkte er seinen Zeige- und Mittelfinger in mir. Ich stöhnte auf.

„Vor mir auf die Knie! Ich möchte deine Titten sehen." Fast hätte ich seinen Befehl vor lauter Genuss nicht mitbekommen, aber die messerscharfe Stimme riss mich im letzten Moment aus meiner aufkommenden Erregung. Schnell drehte ich mich um und rutschte vom Sofa vor ihn auf den Boden. Ich ließ meine Hände in den Ausschnitt meines Kleides gleiten und hob meine Brüste aus den BH-Schalen, um sie ihm zu zeigen. Es hatte etwas verdammt Geiles, Ungehöriges, mich so präsentieren zu müssen. Ich war in meinem Element. Genau das brauchte ich .

„Sehr schön. Ich mag den Anblick." Seine Finger zwirbelten meine Brustwarzen, die sich sofort aufstellten. Er ließ sie zwischen seinen Fingern hin und her gleiten, bis sie richtig dick geschwollen waren. Ich schloss die Augen, um seine Berührung zu genießen.

„Komm noch ein Stück zu mir und hebe deine Brüste höher."

Ich rutschte auf den Knien noch etwas näher zwischen seine Schenkel.

Unsere Augen trafen sich und wir hielten den Blick. Wieder streckte er seine Hand zum Tischchen aus, schubste das Deckelchen von einer silbernen Dose, die dort stand. Ohne hinzusehen, nestelte er nach dem Inhalt der Dose. Zum Vorschein kam ein kleiner Organzabeutel, in dem kleine Metallkugeln waren. Was wollte er jetzt mit Metallkugeln? Sie erinnerten mich an die Kugeln, die mein Bruder als Kind in eine Art Waffe gefüllt hatte, um sinnlos herumzuballern. Es hatte einen Riesenärger mit unseren Eltern gegeben. Die Dinger sahen ähnlich aus, nur vielleicht etwas größer.

„Weißt du, was das ist?", fragte er mich.

Ich schüttelte vorsichtig den Kopf.

„Halt schön deine Brüste weiter hoch. Ich werde deine Nippel jetzt ein wenig verzieren und dann packst du sie vorsichtig wieder ein."

Okay – ein Brustschmuck. Darauf wäre ich jetzt nicht gekommen. Aber bitte, warum nicht. Wenn es ihm gefiel, dann natürlich gerne.

„Hier sind verschiedene Kugeln drin. Ich werde dir später den Unterschied erklären."

Er öffnete den Beutel und wählte mit Daumen und Zeigefinger die mittlere Größe aus. Mehrere Kugeln hingen aneinander. Das waren also keine einfachen Metallkugeln, wie ich zuerst gedacht hatte, sondern kleine Magnete. Jetzt war ich aber gespannt.

Nochmal zwirbelte er eine Brustwarze und hielt dann eine Kugel seitlich daran. Mit einem zweiten Magneten näherte er sich von der anderen Seite. Und wie würden die jetzt halten? Die Frage beantworte sich sofort.

„Autsch!" Ein überraschender Schmerz durchzuckte meine Brustspitze, als sich die beiden Kugeln anzogen und nur meine Haut und meine empfindlichen Nervenenden dazwischenlagen. Die unscheinbaren Kügelchen hatten eine unerwartet starke Anziehungskraft. Ich hielt kurz die Luft an, musste den Schmerz erst verarbeiten. Das zog schon gewaltig.

Dieselbe Verzierung brachte er auch an meiner anderen Brust an. Hier war ich auf diese stechende Pein vorbereitet. Meine Nippel sahen wie gepierct aus.

Meine Hände waren feucht geworden – eine Reaktion meines Körpers auf die intensive Stimulation an meinen empfindlichen Spitzen. Mit leicht zitternden Fingern packte ich vorsichtig meine Brüste zurück in den BH und ordnete mein Kleid.

„Diese kleinen fiesen Kügelchen kann ich natürlich auch noch an ganz anderen Stellen deines Körpers anbringen. Und das Praktische ist, du kannst das problemlos unter normaler Kleidung tragen und niemand würde es sehen oder ahnen. Aber du spürst es. Das ist jetzt die mittlere Stärke. Die Starken sind wirklich eine Strafe. Aber das soll nicht bedeuten, dass ich sie nicht an dir ausprobieren werde. Es liegt an dir."

Zuerst dachte ich, der Schmerz durch die Magnete sei, nachdem ich mich erst einmal daran gewöhnt hatte, besser zu ertragen als die Nippelklemmen, die er schon an mir ausprobiert hatte. Aber der Eindruck war trügerisch. Langsam gruben sich die Kugeln immer tiefer in mein Fleisch ein und drückten immer mehr Nerven zusammen. Wie sollte ich das nur an einem anderen Körperteil aushalten Ich hatte da so eine Ahnung, was er meinte.

Er blickte mir in die Augen.

„Alles okay, Alisa?"

„Ja, Viktor", presste ich heraus. So entspannt war meine Stimme nicht mehr.

Viktor nestelte an seinem Hosenbund und öffnete den obersten Knopf seiner Jeans. Aufmerksam sah ich ihn an. Ich ahnte, was er plante. Zu meiner Überraschung trug er keine Unterwäsche. Ich schluckte. Als er die weiteren Knöpfe der Hose öffnete, federte mir sofort sein harter Schwanz entgegen. Unwillkürlich leckte ich mir über die Lippen. Das hatte ich bei ihm noch nie gemacht. Er hatte mir noch nie diese Möglichkeit gegeben. Ich hatte ihn einmal ganz nebenbei gefragt, ob er es nicht möge, aber er hatte damals nur geantwortet, das sei ihm zu persönlich. Damals hatte mich diese Aussage gekränkt. Auf einer

Veranstaltung hatte ich gesehen, dass es ihn bereits anmachte, andere Subs und ihre Herren dabei zu beobachten. Deshalb war ich ziemlich unsicher, was er dabei gern hatte oder was es für Regeln gab. Wir hatten das nie besprochen.

Er schien meine Bedenken zu ahnen, denn er sagte: „Ich werde dir heute sagen, was du tun sollst. Mit der Zeit wirst du lernen, es so zu machen, wie ich es möchte, wie du deinem Herrn eine Freude machen kannst. Wie schmerzhaft dieser Lernerfolg wird, hängt von dir ab. Ich werde Anweisungen nicht wiederholen. Wenn du sie nicht verstehst, dann fragst du sofort nach. Hinterher gibt es Konsequenzen, wenn du es falsch machst."

„Und was sind das für Konsequenzen?", fragte ich vorsichtig.

Er grinste. „Ja, das ist verständlich, dass du das wissen möchtest. Und wenn ich jetzt meinen Finger durch deine Spalte zöge, würde ich spüren, wie allein der Gedanke daran dein Fötzchen unter Wasser setzt. Also, als sofortige Konsequenz werde ich dir meinen Schwanz so weit in den Hals stecken, dass du keine Luft bekommst, und dich ein paar Sekunden zappeln lassen. Dadurch wirst du schnell lernen, das verspreche ich dir. Das mache ich so lange immer wieder, bis du es richtig machst. Wenn ich das Gefühl habe, dass du dich nicht anstrengst, oder dass du unaufmerksam bist, weil du mit deinem eigenen Gedanken oder deinem Schmerz beschäftigt bist, dann werde ich dich hinterher übers Knie legen oder etwas Ähnliches. Da möchte ich mich nicht so genau festlegen. Das kommt auf dein Vergehen und meine Laune an. Ein wenig Spannung darf ja sein."

Ich blickte ihm leicht verunsichert in die Augen. Das war schon ein Stückchen strenger, als er sonst mit mir umging.

Aber so, wie ich ihn verstanden hatte, hatte ich bis übermorgen Zeit, mich zu entscheiden, ob mein Privatleben eine so große Veränderung nehmen sollte. Ich war auf die nächsten Stunden gespannt. Aber eines wusste ich: Ich wollte es ernst nehmen. Viktor war mir wichtig.

Deshalb ging mir, auch wenn ich mich jetzt wirklich auf Viktor konzentrieren wollte, das Geschehen der letzten Stunde durch den Kopf. Es schien da etwas in seiner Vergangenheit zu geben, auf das ihn Thomas vorhin angesprochen hatte. Hatte es mit Katharina zu tun? War sie seine frühere Sub gewesen? Aber warum war sie dann hier gewesen? War das vielleicht noch gar nicht ganz vorbei? Und was wollte er dann mit mir? Ich hätte ihn so gerne gefragt. So viele Gedanken liefen in meinem Kopf im Kreis. War ich eifersüchtig? Ja, war ich. Aber jetzt war nur ich da, und ich würde ihn von mir überzeugen, dann bräuchte er keine Katharina mehr. Konnte ich gegen sie bestehen? Sie sah so gut aus! Jetzt lag es an mir. Ich würde das hinkriegen. Viktor gehörte mir.

„Was soll das werden, was du da machst?", fragte er mich.

Ich stoppte augenblicklich meine ersten, zaghaften Versuche seine Schwanzspitze mit meinen Lippen zu verwöhnen und blickte ihn ertappt an.

„Was in deinem Kopf schon wieder vorgeht? Alisa! Du denkst zu viel, du sollst dich in die Situation einfinden. Du bist nicht bei der Sache, das sehe ich dir an. So wird das nichts."

Zu meinem Schreck schloss er seine Hose wieder. Vermasselt – bevor ich auch nur richtig angefangen hatte. Würde er mich jetzt bestrafen?

„Wir machen jetzt Folgendes: Du setzt dich dort drüben an den Schreibtisch. Ich gebe dir Papier und einen Stift und du schreibst alle Fragen auf, die du gerne beantwortet haben möchtest. Dann steckst du den Brief in einen Umschlag und klebst ihn zu. Du übergibst ihn mir. Zu gegebenem Zeitpunkt werde ich ihn lesen. Dann werde ich dir immer wieder eine deiner Fragen beantworten. Ehrlich und umfassend. In der Reihenfolge, die ich passend finde. Du darfst alles fragen, was dich beschäftigt. Keine Zensur. Sollte ich wirklich eine Frage nicht beantworten können oder wollen, dann werde ich es begründen. Was hältst du davon? Meinst du, wir kriegen so dein Hirn mal ein wenig zum Abschalten?"

Obwohl ich enttäuscht war, dass ich ihm wieder nicht meine Gunst erweisen durfte, verstand ich, dass er recht hatte. Er hätte jetzt natürlich auch den Dom raushängen lassen und mir irgendeine Aufgabe geben können, die mich so forderte, dass ich alles andere vergäße. Aber das hätte meine Gedanken nur aufgeschoben. Sie aufzuschreiben war sicher effektiver. Zielführender. Schließlich hatte ich so auch die Chance, ein bisschen mehr über ihn zu erfahren.

„Ich denke, das könnte helfen", antwortete ich vorsichtig.

„Gut, dann machen wir das so. Deine Brüste befreie ich vorher noch von ihrer süßen Qual. Ich brauche die Kugeln vielleicht dann noch an anderer Stelle. Aber jetzt ist erst mal sitzen und schreiben dran."

Er griff in meinen Ausschnitt und in meinen BH und zog mit einer kräftigen Bewegung die Kugeln von meinen Nippeln. Ich zuckte kurz zusammen, weil er nicht gerade zimperlich vorging, aber ich war froh, die Dinger loszuhaben. Hinterher tat es nicht so weh wie bei Klemmen, bei denen die Blutzufuhr stärker beeinträchtigt war. Es war ein anderer Schmerz. Bei der Vorstellung, die Dinger während eines ganzen Abendessens tragen und mich dabei auch noch anregend unterhalten zu müssen, beunruhigte mich. Vielleicht auch noch unter einem engen, hinten geschlossenen Kleid, an dessen Reißverschluss ich ohne Hilfe gar nicht käme. Er würde mich beobachten, ob ich es schaffte, mir nichts anmerken zu lassen. Und er würde mich angrinsen, weil er wüsste, was in meinem Körper vorginge, und er würde es genießen, weil nur er es wüsste und nur er die Kontrolle hätte. Das würde hart werden und ich war mir sicher, er würde es lieben. Dabei waren diese Magnete ja noch nicht mal die Strafversion. Also, schön aufpassen, Alisa.

Warum betonte er das Wort Sitzen so sehr und grinste dabei? Ich folgte ihm zu einem kleinen Schreibtisch mit einer Schieferplatte in Schwarz, die auf einem geradlinigen Metallgerüst lag. Unsichtbar unter der Platte war eine Schublade angebracht, aus der er nun ein weißes Blatt Papier, einen schönen glänzenden Kugelschreiber und einen gefütterten Briefumschlag nahm. Ich hätte wahrscheinlich auf die Schnelle bei mir zuhause nur einen Collegeblock und einen Buntstift gefunden. Aber das war eben Viktor.

„Warte kurz, ich hole dir noch einen Stuhl."

Als er wieder zur Tür hereinkam, sah ich, warum er einen besonderen Stuhl für mich geholt hatte. Das war kein normaler Schreibtischstuhl oder auch nur ein normaler Esstischstuhl, sondern … ja, wie konnte ich das beschreiben? Das war eindeutig ein Sexmöbel.

Er stellte das Sitzmöbel ab und machte eine einladende Geste mit der Hand.

„Schau es dir nur genau an. Du wirst darauf viel Spaß beim Schreiben haben. Da bin ich mir sicher."

Spaß – ja, Spaß würde zuerst einmal er haben, so schien es mir. Er stellte das Möbelstück vor den Tisch. Auf den ersten Blick war es ein ganz normaler schwarzer Holzstuhl. Aber den Mittelteil der Sitzfläche konnte man offenbar entfernen und dort verschiedene Apparaturen anbringen. Das, was jetzt herausragte, war ein Dildo – ich hoffte jedenfalls, dass es nichts anderes war. Die Form, das wusste ich mittlerweile, sprach dafür, dass es kein Plug war.

„Nimm Platz, meine Liebe, und lass dir ruhig Zeit beim Formulieren deiner Fragen."

Mein Gesicht musste wohl Bände sprechen, denn er ergänzte: „Na, ein Höschen trägst du ja schon lange nicht mehr und nach der Nässe zu urteilen, die ich vorhin zwischen deinen Beinen gespürt habe, dürfte es auch ohne Gleitgel kein Problem sein, dich zu setzen. Wenn du möchtest, dann helfe ich dir auch beim ersten Mal. Stell dich einfach breitbeinig über den Stuhl. Du kannst dich an mir festhalten. Ich werde es genießen, dir in die Augen zu sehen, wenn du dich niederlässt und das nicht kleine Teil dich weitet und tief in dich drückt."

„Ist das dein Ernst? Du erwartest, dass ich mich da setzen kann? Das Ding passt nie in mich rein. Garantiert nicht. Viktor, das ist einfach zu viel verlangt. Das kann ich nicht", wehrte ich ab.

„Hör auf, ständig zu diskutieren und alles infrage zu stellen! Habe ich jemals etwas von dir gefordert, das du nicht erledigen konntest? Habe ich das? Wenn du in der Vergangenheit gezweifelt hast, dann weil es in deiner Vorstellung nicht vorkam. Nicht, weil du es nicht konntest." Er sah mir dabei fest in die Augen und meine Abwehr begann zu bröckeln.

„Du kannst das und es wird dir gefallen. Und wenn du jetzt nicht sofort beginnst mit dem, was ich von dir fordere, wird es Konsequenzen geben. Die Magnete machen sich auch auf einer vorlauten Zunge recht gut. Du wirst dir gut überlegen, ob du sie bewegen willst, nur um weiter zu schnattern."

Ich schwieg vorsichtshalber jetzt schon. Denn er hatte recht. Er hatte nie meine Grenzen rücksichtslos überschritten. Sie jedes Mal ein Stück verschoben, ja das schon. Aber das wollte ich ja auch. Und ich musste immer ein wenig zu meinem Glück gezwungen werden.

Ich senkte die Augen. Ich würde nie eine gute Sub werden, nicht so wie Katharina oder Julia. Die waren beide sicher immer perfekt. Hingebungsvoll, widersprachen nicht und machten ohne weiteres das, was ihr Dom von ihnen wollte. Aber jetzt musste Schluss mit den Zweifeln sein, ich wollte beweisen, dass ich das Zeug zu einer Sub hatte. Ohne noch etwas zu erwidern, ging ich zum Stuhl hinüber. Ich besah mir den Dildo genauer. Er war schwarz, passend zur Stuhlfarbe, und aus einem weichen Gummimaterial. Okay, ich würde das hinbekommen. Die Vorstellung, wie sich das Sextoy in mir anfühlen würde und ich mich seinem Wunsch beugte, ließ mich Erregung zwischen meinen Beinen spüren. Libido – du miese Verräterin!

Viktor war vor mich getreten und hielt mir seine Hände entgegen, damit ich mich bei ihm abstützen konnte.

„Ich sehe dir an, dass dich der Gedanke anmacht. Gib mir deine Hände und lass dich langsam nach hinten sinken. Das wird in Zukunft dein Stuhl hier in diesem Hause sein. Außer wenn du mit mir zusammen auf dem Sofa sitzt.

Entweder du kniest auf dem Boden, oder du benutzt diesen speziellen Stuhl. Selbstverständlich auch am Esstisch. Wie ich ihn bestücke, liegt in meinem Ermessen und hängt von deinem Betragen ab." Nach seinem Gesichtsausdruck zu urteilen gefiel ihm diese Vorstellung enorm.

O mein Gott. Auf was hatte ich mich da nur eingelassen! Aber es war so geil, musste ich mir immer wieder eingestehen. Breitbeinig stand ich über dem Stuhl, sehen konnte ich, da ich noch ein Kleid trug, nichts, aber ich fühlte das Ding an meinem Eingang. Viktor hielt meine Hände und gab mir den nötigen Halt, um mich ganz langsam und vorsichtig immer weiter niederzulassen. Ich spürte die ersten Zentimeter, die problemlos in mich rutschten. Das war, nachdem ich die richtige Grundposition gefunden hatte, gar nicht so schwierig. Mit beiden Händen klammerte ich mich an Viktor fest. Ich wollte es ganz langsam angehen lassen. Viktor sah das wohl anders, denn er beugte sich zu mir und drückte seine Lippen auf meine. Er stand über mir und konnte damit leichten Druck über meine Lippen auf meinen Körper ausüben. Er zwang mich so, mich immer weiter hinzusetzen. Sanft, aber effektiv. Wie hätte ich seinem Kuss auch widerstehen können? Der Dildo war schon einige Zentimeter in mir und ich weitete mich immer mehr. Es war ein unbeschreiblich erregendes Gefühl, wie Viktor mich mit seinem Kuss immer tiefer drückte. Kurz ließ er von meinen Lippen ab.

„Du machst das wunderbar. Ich wusste doch, dass das genau richtig für dich ist. Du magst es doch, tief genommen zu werden. Und das hier ist der Vorgeschmack auf mehr."

Ich stöhnte bei seinen Worten auf. Ja, er wusste genau, wie er Bilder in meinem Kopf erzeugen konnte.

Noch immer stand ich mit beiden Füßen links und rechts vom Stuhl auf dem Boden. Um mich richtig hinsetzen zu können, fehlten sicher nur noch wenige Zentimeter, aber das würde bedeuten, die Kontrolle aufzugeben. „Was ist los? Möchtest du es dir nicht bequem machen? So wird das auf Dauer doch sicher anstrengend. Irgendwann geben die Muskeln deiner Oberschenkel sowieso nach und dann musst du dich setzen. Natürlich können wir das jetzt abwarten. Ausnahmsweise deine Entscheidung. Ich schaue dir gerne bei deinem Kampf zu. Aber du kannst es auch schnell haben." Er lachte und küsste mich noch einmal.

Er war so gemein! Das war wieder eine dieser Situationen, in denen ich nur verlieren konnte. Egal wofür ich mich entschied. So ein Fiesling! Und ich liebte genau das. Sein selbstzufriedenes Grinsen, wenn er mich in eine solche Situation gebracht hatte und ich kämpfte und dann doch verlor und ich es so geil fand. Genau dieses Gefühl war es, das ich brauchte. Seine Hände, die mich hielten, um mich an meine Grenzen zu führen.

Meine Oberschenkel fingen langsam an zu zittern. Ich hatte Angst, mich zu setzen. Hatte Sorge, dass der Dildo doch zu groß für mich war.

„Lass los, Alisa!", forderte er mich noch einmal auf – und da tat ich, was er von mir forderte. Ich ließ los.

Noch ein kleines Stück schoss das harte Teil in mich. Ich stöhnte auf. Es war unglaublich. Er behielt wie immer recht. Ich konnte es und es war nicht schmerzhaft, sondern genau richtig. Der Dildo traf genau die Stellen in meinem Unterleib, die sofort meine Säfte zum Fließen brachten.

„Und jetzt nimm die Beine nach vorne, so, wie man normalerweise auf einem Stuhl sitzt. Das Toy wird dabei noch etwas tiefer in dich gleiten, aber auch das wirst du genießen können."

Vorsichtig schob ich erst das eine Bein, dann das andere von der Seite des Stuhls nach vorn. Es ging besser als erwartet.

„Jetzt musst du nur noch etwas näher an den Schreibtisch und dann kannst du loslegen. Ich werde dir den Stuhl zurechtrücken. Du musst nur kurz etwas aufstehen", sagte er übertrieben fürsorglich.

Ich blickte entsetzt in sein Gesicht. Nochmal aufstehen? Jetzt, wo ich endlich saß?

„Nur ein wenig. Und dann kannst du dich wieder setzen."

Ich schob meinen Unterleib leicht nach oben und der Dildo rutschte dabei etwas aus mir heraus. Viktor schob den Stuhl näher an den Tisch heran und ich ließ mich vorsichtig wieder nieder. Er schob sich wieder tief hinein. Das Gefühl war sehr angenehm und es war keine Überwindung, das Spiel nochmal zu wiederholen.

„Ich sehe, du findest Gefallen an deinem neuen Freund. Das freut mich. Ich habe da für die Zukunft noch andere Aufsätze, die ich an diesem Stuhl befestigen kann. Zur Belohnung und zur Strafe. Je nachdem. Und das Beste: Du weißt vorher nicht unbedingt, was dich erwartet. Jetzt entspann dich aber erst mal und beginne zu schreiben. Ich lasse dich für ein paar Minuten in Ruhe, werde noch ein Telefongespräch führen."

Da saß ich nun. Langsam entspannte sich mein Körper und ich genoss das Gefühl, das der Dildo in mir erzeugte. Oder war es noch etwas anderes? Ich horchte in mich hinein. Ja, es war auch die Tatsache, dass ich mich für Viktor überwunden hatte. Dass ich ihn zufriedenstellen konnte. Ich hatte nur ein bisschen diskutiert. Ich lächelte zufrieden über mich selbst. Bewegte prüfend meinen Unterleib ein wenig vor und zurück. Er war verdammt anregend, mein Stuhl. Was wohl ein Aufsatz zur Strafe sein würde? Das würde ich sicher irgendwann erfahren. Aber heute war es eindeutig als Belohnung gedacht. Die Erregung erwachte immer mehr in mir. Ich stützte mich an der Tischplatte ab und bewegte mich auf dem Gummiding hin und her.

Ich sollte aufhören! Schließlich war ich hier, um einen Brief zu schreiben, und nicht, um mich zu vergnügen. Aber das war gerade so geil. Würde er es merken, wenn ich mir schnell einen kleinen Orgasmus gönnte? Wie sollte er? Er war ja draußen beim Telefonieren. So ganz schnell? Schließlich war ich so lange brav gewesen, da konnte er doch jetzt sicher nichts dagegen haben. Immer weiter bewegte ich meinen Körper, mein Atem ging immer schneller. Ich stützte mich mit den Unterarmen auf der Schreibplatte ab und federte mit meinem Unterleib auf und ab. Das war so geil. Stopp, stopp, wenn ich das jetzt nicht beendete, um meinen Brief zu schreiben, dann …

O Gott, der Brief! Natürlich würde er wissen, dass ich etwas anderes getan hatte, wenn er zurückkam und ich nichts geschrieben hatte. Ich dumme Kuh!

Auch wenn es mir fast körperlich schmerzte, beendete ich abrupt meinen steilen Aufstieg zur Erlösung. Meine Finger zitterten leicht, aber ich hatte noch rechtzeitig gebremst. So was durfte mir nicht noch einmal passieren. Ich musste doch aus meinen Fehlern lernen!

Um mich schnell wieder in den Griff zu bekommen, nahm ich den Stift und schrieb.

Wer ist Katharina?
Wer ist Raven?
Ich möchte mehr über deine Vergangenheit wissen. Wie bist du zum Dom geworden?
Welche Stellung werde ich in Zukunft in deinem Privatleben einnehmen?
Wie soll ich dich bei meinen Freunden und meiner Familie vorstellen?
Wird unsere dominante und submissive Beziehung nur hier stattfinden oder auch in der Öffentlichkeit?
Welche Rolle spielt Thomas in deinem Leben?

Ich faltete gerade mein Papier und steckte es in den Umschlag, als Viktor wieder ins Zimmer trat. Schnell klebte ich den Umschlag zu, damit er mir nicht doch noch über die Schulter schauen konnte. Ich wollte sein Gesicht nicht sehen, wenn er all die Fragen las oder sich sogar ein wenig über mich lustig machte.

„Du hast aber rote Backen. Hier ist es doch gar nicht so heiß. Ich hoffe, du hast nichts Unerlaubtes gemacht. Hast du mir etwas zu sagen?"

Seine Stimme war ungewöhnlich ernst. Sicherlich hatte er wirklich Sorge, dass ich mich schon wieder über seine Regeln hinweggesetzt hatte. Jetzt, wo ich wieder klar denken konnte, war mir bewusst, wie knapp ich am endgültigen Aus unserer Beziehung vorbeigeschrammt war. Alles noch einmal gutgegangen.

„Nein, ich muss dir nichts beichten. Ich habe mich an deine Vorgaben gehalten. Ich habe allerdings den Dildo mehr genossen, als ich mir zunächst hätte vorstellen können. Da ich die ganzen Tage, in denen ich auf ein Zeichen von dir gewartet habe, enthaltsam war, gebe ich gerne zu, dass es mir vorhin schwerfiel, mich nicht in meiner Lust zu verlieren. Aber ich habe deine Vorgaben eingehalten. Bitte glaub mir. Ich möchte dir gehorchen und wenn du Nein sagst, dann ist es eben so. Ich weiß, dass meine Orgasmen dir gehören."

Er war zu mir getreten, hatte den Brief in die kleine Schublade des Schreibtisches gelegt und seinen Zeigefinger unter mein Kinn geschoben. Leicht hob er so meinen Kopf, bis ich ihm in die Augen schauen konnte. Er beugte sich zu mir hinunter und küsste mich sanft. So schön. Ich war glücklich, weil er zufrieden mit mir war.

„So soll es sein, Alisa. Keiner erwartet, dass es immer leicht sein wird. Wichtig ist, dass du dich trotzdem wiederfindest. Es ist spät geworden, wir sind ja beide heute Morgen früh aufgestanden und der Tag war doch aufregender, als wir beide es uns vorgestellt hatten. Ich schlage vor, wir gehen hinauf."

Hinauf! In sein Schlafzimmer! Er nahm mich tatsächlich mit in sein Bett im ersten Stock. Die Treppe hinauf, die ich bisher nie betreten durfte. Hinauf zu seinen privaten Räumen, wie er sie nannte. Die nur für seine Sub oder Freundin vorgesehen waren. Ich wusste zwar nicht, in welcher Rolle er mich sah – das war schließlich auch eine meiner Fragen –, aber das war erst einmal egal. Ich durfte die Treppe hinauf!

Vorsichtig stand ich von meinem Stuhl auf und ein kleiner Seufzer entfuhr mir dabei, es hatte sich wirklich toll angefühlt. Das einzig Anstrengende an diesem Möbel war, dass ich nicht kommen durfte. Aber das gehörte einfach dazu. Also war es gut so.

Viktor griff nach meiner Hand und drückte sie aufmunternd. „Komm, ich zeige dir jetzt, was im ersten Stock auf dich wartet."

Na, ich hoffte doch ein kuscheliges Schlafzimmer mit einem Bett und Viktor darin. Aber so, wie er das gerade formuliert hatte, war diese Vorstellung zu naiv.

Ich folgte ihm die breiten Stufen der leicht geschwungenen Treppe hinauf. Die Steinstufen waren kalt unter meinen Fußsohlen und ich zog leicht die Zehen ein, in der Hoffnung, dass die Kälte so weniger zu spüren war.

Genau das hatte ich mir die ganzen Wochen gewünscht und ausgemalt: diese Stufen mit ihm gemeinsam hinaufzugehen. Und jetzt war es so weit! Ich hatte angenommen, dass das Erklimmen der Treppe die Erfüllung sein würde, aber ich ahnte, dass das Abenteuer jetzt erst begann.

„Hier auf der linken Seite ist mein Schlafzimmer und dort ist noch ein Fremdenzimmer und ein weiteres Zimmer."

Ein weiteres Zimmer? Arbeitszimmer? Hobbyraum? Warum so geheimnisvoll?

„Sowohl mein Zimmer, als auch das Gästezimmer haben ein angeschlossenes Bad, sodass man nicht hier im Flur herumlaufen muss. Ich möchte, dass du dich frisch machst und dich ausziehst. Schaffst du das in dreißig Minuten?"

Natürlich würde ich das schaffen. Ich hätte das auch in kürzerer Zeit hinbekommen, wenn ich dann neben Viktor schlafen durfte. Wie schlief man wohl neben einem Dom?

Frisch geduscht und mit gewaschenen Haaren – ich wollte für diese besondere Nacht unwiderstehlich duften – betrat ich das Schlafzimmer. Viktor hatte sich in den anderen Räumen umgezogen. Statt der schwarzen Jeans und dem T-Shirt hatte er nun eine bequeme schwarze Loungehose an. Und ich bemerkte, dass ich anfing zu starren, denn er trug kein Oberteil. Gut, das ist in einem Schlafzimmer nun nicht unbedingt ungewöhnlich, aber bei Viktor hatte ich es mir einfach nicht vorstellen können, er hatte sich mir noch nie ohne Kleidung gezeigt. Kurz überlegte ich, ob ich davon ausgegangen war, dass er in normalen Klamotten zu Bett ging, aber ich musste mir eingestehen, dass ich mir über so alltägliche Dinge keine Gedanken gemacht hatte. Der Aufstieg in den ersten Stock hatte unerwartete Einblicke für mich parat. Ich lachte in mich hinein. Was für schräge Gedanken in so einer Situation!

Zumindest sah Viktor fabelhaft aus. Ich liebte ja schon seine kräftigen Unterarme, wenn sie in seinen hochgekrempelten Hemden zum Vorschein kamen, aber ich hatte nicht damit gerechnet, dass der Rest des Körpers ähnlich drahtig und durchtrainiert war. Ich hätte es zwar unter seiner gewöhnlichen Dom-Kleidung vermuten können, aber es hätte auch an perfekt genähten Anzügen eines guten Schneiders liegen können. Viktor stand am Fenster und blickte hinaus. Draußen war es dunkel geworden. Da das Fenster zur Gartenseite lag, war nicht einmal der Schein einer Straßenlaterne zu sehen. Ich konnte die Spiegelung seines Gesichts in der Scheibe sehen. Er sah zufrieden aus. Um seinen Mundwinkel spielte ein kleines Lächeln. Ob er sich einen Plan zurechtlegte? Aber er hatte ja von schlafen und einem langen Tag gesprochen. Wahrscheinlich würde es erst morgen richtig losgehen mit meinem Sub-Schnupperwochenende. Dabei wusste ich doch jetzt schon, dass ich hierbleiben wollte. Mein Blick wanderte von seinen breiten Schultern über seine kräftigen Rückenmuskeln bis zum Ansatz des Hosenbundes. Darunter verdeckte der weiche Stoff nur grob den wohlgeformten Po. Unmerklich verlagerte er sein Gewicht von einem auf das andere Bein.

Das war weniger an seiner Körperhaltung als am Spiel seiner Gesäßmuskeln zu erkennen. Zu gerne hätte ich jetzt meine Hände auf diese Stelle gelegt und hätte das Muskelspiel nicht nur durch den Stoff gesehen, sondern auch gespürt. Sofort sprang mein Kopfkino an. Wie geil musste es sein, wenn die Kraft seiner Stöße durch diese trainierten Muskeln angetrieben wurde. Alisa! Du bist eindeutig schon zu lange untervögelt. Das ist dein Dom und kein Lustobjekt.

„Du vergisst, dass auch ich dich durch die Spiegelung der Scheibe sehen kann."

Er drehte sich um und blickte zu mir hinüber. Ich stand mitten im Schlafzimmer. Etwas unsicher, wohin ich mit meinen Armen sollte. So nackt vor ihm zu stehen, war nicht so einfach für mich, obwohl er meinen Körper bereits in- und auswendig kannte. Ich wusste, ich sollte mich nicht vor ihm verstecken, aber wie ich dann meine Arme und Hände halten sollte, war mir unklar.

„Komm herüber zu mir und lass dich anschauen. Mhmm, wie es duftet, wenn du den Raum betrittst. Ich mag es, wenn meine Gespielin sich viel Mühe mit ihrer Pflege für mich gibt. Das hast du gut gemacht."

Ich lächelte und freute mich über sein Lob und darüber, dass es ihm aufgefallen war. Der Anfang war schon mal gut. Langsam schritt ich auf ihn zu, versuchte dabei möglichst selbstbewusst zu wirken und seinem forschenden Blick auf meinen Körper entspannt zu begegnen.

„Hier ist ganz viel schöne weiße, unschuldige Haut, auf die ich mich freue, wenn ich die Gelegenheit habe, sie zu bespielen. Da zeichnet sich der Kontrast von Striemen besonders gut ab. Aber heute Abend werde ich dich sanft genießen."

Solche Worte gingen gleich tief ins Herz und meine submissiven Gefühle tanzten den schönsten Tango, den es gab. Obwohl ich, wie er wusste, nicht auf Schläge stand, war es eine absolut geile Vorstellung, was er gerade laut gedacht hatte. Mein Kopfkino war sofort mitten im heißen Film.

Während ich noch träumte, hatte Viktor eine glänzende schwarze Augenbinde aus dem Nachtkasten geholt. Mit einer Handbewegung wies er mich an, an das Bett heranzutreten, das mitten im Zimmer stand. Es war aus kräftigem schwarzem Holz gefertigt. Ganz klar in den Linien, modern und nichts Verschnörkeltes. Das Kopfteil war aus Rundhölzern wie bei einer waagrechten Leiter gefertigt. Fast sah es aus wie ein Gitter. Beine gab es nicht, denn das Kopfteil und die genauso aussehenden Bettkanten reichten bis auf den Boden. Wie ein umgedrehtes Gitterbett, ging mir durch den Kopf. Wie konnte man darunter nur staubsaugen? Wieso fielen mir solche Dinge ein, wenn sie völlig unpassend waren? Gar nicht unpassend waren die Karabinerhaken an allen vier Ecken, die mit schweren Schrauben im massiven Holz verankert waren. Die Matratze war bündig mit der Bettkante. So dreckig konnte meine Fantasie gar nicht sein, um mir vorzustellen, was er mit und in dem Bett alles mit mir anstellen konnte.

„Dreh dich um und schließ deine Augen."

Die Kühle des Stoffes legte sich auf mein Gesicht. Vorsichtig, um nicht an meinen Haaren zu reißen, band er den Stoff zusammen. Um mich herum wurde es dunkel im hell erleuchteten Zimmer. Ein Sinn war mir genommen. Aber die anderen waren nun umso wacher.

„Leg dich mit dem Rücken aufs Bett, zieh deine Beine leicht an und spreize sie so, dass ich überall gut hinkomme."

Ich beugte mich hinunter und tastete nach der Matratze und dem Stoff des Lakens. Dann setzte ich ein Knie darauf, kletterte hinauf, drehte mich um und positionierte mich wie von ihm befohlen. Ich rollte leicht zur Seite, als er sich neben mich setzte. Ich nahm seine Anwesenheit und seinen Duft wahr, noch bevor ich seine Finger spürte. Zuerst strichen sie sanft über meinen Hals und ich reckte gierig das Kinn nach oben, bot ihm diese verletzliche Stelle zwischen Kopf und Rumpf an. Genau dort blieb seine kräftige Hand liegen. Seine Handfläche lag flach auf meiner Kehle und seine Finger griffen hart und eisern zu. Er drückte zuerst kaum merklich, dann immer stärker. Ich konnte noch atmen, aber eingeschränkt. Adrenalin schoss durch meinen Körper und trotzdem wagte ich nicht, mich zu bewegen. Er sprach kein Wort. Das war auch nicht nötig, denn diese Berührung war dominanter, als es jedes Wort hätte sein können. Eine Geste und meine Position war klar definiert. Ich hatte verstanden. Mein Körper entspannte sich, trotz oder vielleicht gerade wegen der Hand, die mich kontrollierte. Mein Körper hatte Vertrauen. Der Druck löste sich langsam und ich konnte wieder uneingeschränkt ein- und ausatmen. Ich blieb weiter still liegen. Seine Hand setzte ihren Weg über meinen Körper fort. Mit den Fingerspitzen fuhr er meine Rundungen nach. Es kitzelte etwas, als seine Hand über die feine Haut an den Seiten meiner Brüste fuhr. Ich biss mir auf die Unterlippe, um nicht zu lachen, aber ein Grinsen war sicherlich zu erkennen, denn da waren auf einmal seine Lippen auf meinen.

„Ich sehe, wie du es genießen kannst. Das soll immer mein Ziel sein. Dich zufrieden zu machen", flüsterte er zwischen seinen Küssen.

Ich musste nicht antworten, denn ich war einfach nur glücklich, hier zu sein. Bei Viktor. Kurz bewegte sich die Matratze und ich hörte ihn in der Schublade herumsuchen. Als er wieder bei mir war, tropfte Öl auf meine Haut, das er mit seiner Hand langsam auf meinem Bauch verteilte. Er strich weiter über meinen Venushügel, zwischen meine Beine. Das warme Öl und seine Berührungen ließen mich schnurren und ich öffnete meine Beine noch weiter für ihn. Meine Arme legte ich entspannt über meinem Kopf ab. Obwohl ich durch die Augenbinde nichts sah, konnte ich mir vorstellen, wie er neben mir saß und mich musterte. Ich hoffte, ihm gefiel, was er sah.

„Ja, mach schön deine Beine breit für mich. Ich weiß wie empfänglich du bist. Wie geil du bist, weil du schon so lange keinen Orgasmus mehr haben durftest. Lass mich deine Säfte zum Fließen bringen."

Ich liebte es, wenn er so mit mir sprach. Er streichelte an den Innenseiten meiner Beine entlang und ich begann ihm mein Becken entgegen zu recken. Obwohl mein Körper ihm klar signalisierte, wo er berührt werden wollte, verließ er diesen Bereich und bezog meine Brüste, meine Arme und meinen Hals in seine Massage ein.

Nachdem er dort seine Runden gedreht hatte, war er mit seinen ölig warmen Fingern wieder zwischen meinen Beinen, mein Atem wurde schneller und ich genoss seine Berührungen zwischen meinen Schamlippen. Das war so wunderbar. Er würde mir sicherlich heute noch einen Orgasmus schenken. Die Nacht war perfekt dafür. Schon war die Hand abermals auf der Reise über meinen Körper. So gut sich das anfühlte, so wollte ich doch seine Hand an meiner Scham haben. Seine geübten Finger und das Öl, eine atemberaubende Kombination.

„Möchtest du, dass ich dir die Gelegenheit zu einem Orgasmus gebe, oder möchtest du noch weiter keusch bleiben? Ausnahmsweise möchte ich dir jetzt die Wahl lassen."

Ungläubig hörte ich seine Worte. Ich durfte entscheiden? Kurz überlegte ich. Ob das ein Trick war? Oder eine Falle? Oder wollte er mir einfach nur eine Freude machen? Ich war unsicher. Aber warum war ich so kritisch?

„Also, wenn ich die Wahl habe, dann hätte ich gerne einen Orgasmus. Ich glaube nach der ganzen Aufregung würde es mir sehr guttun, mich zu entspannen. Also wenn ich jetzt wirklich wählen darf, dann ja …!"

„Und wie möchtest du, dass ich dich kommen lasse?"

Ich war mir sicher, dass trotz der Augenbinde noch genug von meinem Gesicht zu sehen war, dass er erkennen konnte, wie mir das Blut in die Backen stieg. Immer zwang er mich Dinge auszusprechen, die ich eigentlich nicht sagen wollte. Aber er würde darauf bestehen.

„Ich möchte dich, also deinen Schwanz, in mir haben. Das, was du tust, ist wunderschön, aber ich möchte dich so nah wie möglich spüren."

„Gut. Dann soll es so sein. Ich werde dir die Möglichkeit zu einem Orgasmus schaffen. Allerdings gibt es dazu einige Regeln, die du befolgen musst."

Seine Stimme klang beunruhigend fröhlich. Regeln? Was sollte das jetzt? Hatte ich mich nicht eindeutig ausgedrückt?

Immer noch hatte er seine Hand zwischen meinen Beinen und massierte mich mit der glitschigen Flüssigkeit, doch dann trug er etwas Kühleres mit einem Finger auf meine Schamlippen und meine Klitoris auf. Kalt war es nicht gerade, nur nicht so warm wie das Öl. Was machte er da? Dumm, dass ich nichts sehen konnte. Sollte ich fragen?

Aber eigentlich hatte ich ja Sprechverbot, außer ich antwortete direkt auf seine Fragen. Also hielt ich lieber den Mund. Es fühlte sich ja nicht unangenehm an. Vielleicht war es nur frisches Öl.

Ich lag ganz entspannt vor ihm und genoss seine Finger, die immer noch durch meine Vagina strichen, aber es hatte sich etwas verändert. Was war da los? Meine glatte Scham hatte gerade noch seine Berührungen mit jedem Nervenende gespürt – doch zusehends wurde das Empfinden dumpfer. Ich spürte seine Berührungen viel weniger als vorher. Ich merkte schon noch tief in mir die Erregung, die er durch die Stimulation meiner Klitoris anfachte, aber auf der Oberfläche, da war gar nichts mehr. Von Sekunde zu Sekunde war die Hautoberfläche unempfindlicher geworden, die Lust in meinem Unterleib hatte aber nicht nachgelassen. Wie war das möglich?

„Gib mir deine Hand, bevor du sie wieder über deinem Kopf ablegst. Ich möchte, dass du verstehst, was ich gemacht habe."

Er führte meine Finger zwischen meine Beine, damit ich mich selbst berühren konnte. Verdammt, das fühlte sich eigenartig an. Meine Finger spürten sehr wohl die Nässe in meiner Scham, aber andersherum konnte ich meine Finger nicht auf meiner Haut wahrnehmen. Bewegte ich die Haut, konnten die Nerven im Gewebe das sehr wohl wahrnehmen, aber nicht auf der Hautoberfläche. Wie bei einer Betäubung.

„Ich habe deine Scham mit einer Salbe eingerieben, die die Hautoberfläche für einige Zeit unempfindlich macht. In spätestens fünfzehn Minuten ist das Gefühl wieder zurück. Es ist auch nicht gefährlich. So, wie du es dir gewünscht hast, werde ich dir jetzt die Möglichkeit für einen Orgasmus geben. Du hast genau drei Minuten Zeit. Schaffst du es, in dieser Zeit zu kommen, dann gönne ich dir deine Erlösung von Herzen. Wenn nicht, werde ich pünktlich abbrechen und du wirst auf eine andere Gelegenheit warten müssen. Jetzt leg deine Arme wieder über deinen Kopf und genieße. Gib dir Mühe! Und Alisa – keine Widerrede. Denk an dein Sprechverbot. Ich möchte nichts hören. Füge dich!"

Der Fiesling lachte laut auf. Das durfte doch nicht wahr sein! Er hatte meine Wahl wieder zu seinem Spiel gemacht und ich hatte schlechte Karten. Aber vielleicht doch nicht. Ich hatte zumindest eine Chance. Die wollte ich nutzen. Zu gerne hätte ich in sein Gesicht gesehen.

Zumindest einen unwilligen Knurrlaut schleuderte ich ihm entgegen und erntete zur Strafe einen kräftigen Schlag mit seiner Hand auf die Innenseite meines Oberschenkels. Das war wirklich erheblich strenger als sonst. Noch vor wenigen Tagen hätte er solche Kleinigkeiten durchgehen lassen. Aber es war auch gut so. Ich sah damit, dass er mich beobachtete und ihm nichts entging. Das war beruhigend. Folgsam legte ich meine Arme über meinen Kopf und hielt mich am Bettlaken unter mir fest.

Viktor saß jetzt nicht mehr neben mir, wahrscheinlich stand oder kniete er vor dem Bett. Er hatte meine Beine angehoben. Jetzt würde ich ihn gleich spüren. Wie sehr sehnte ich mich danach. Auch unter diesen ungewöhnlichen Bedingungen.

„Die Zeit läuft! Ich habe die Uhr im Blick. Alle dreißig Sekunden gibt es einen Ton, damit du, auch ohne dass du die Uhr sehen kannst, weißt, wie viel Zeit du noch hast."

Also so hatte ich mir die Umsetzung meines Wunsches nicht vorgestellt. Aber er hatte ja auch nur von der Möglichkeit eines Orgasmus gesprochen. Bei ihm musste man immer genau hinhören. Ich hatte die Bedingungen nur zu akzeptieren, nicht zu bewerten.

Schon war sein harter Schwanz in mir und mit einem kräftigen Stoß nahm er mich, ohne Vorbereitung. Tief in mir konnte ich ihn spüren. An diesen Stellen war alles wie immer. Aber die Stimulation über meine äußeren empfindlichen Organe fehlte total. Da war einfach nichts. Alles war seltsam taub. Er zog sich heraus und versenkte sich wieder in mir. Immer wieder. Der erste Ton war zu hören. O Gott – dreißig Sekunden waren schon um. Er gab sich wirklich Mühe, es war also nicht so, dass er mir keine Chance geben wollte. Ich bewegte mich mit seinem Takt. Langsam hatte ich mich an dieses seltsame Gefühl gewöhnt, da hörte ich den nächsten Ton. Eine Minute vorbei. Das konnte eng werden.

Dadurch, dass das Empfinden auf meiner Haut wegfiel, spürte ich seinen Schwanz noch intensiver in mir. Jede Reibung in mir, jedes Weiten und Wiederzurückziehen. Das Gefühl war so ganz anders als gewohnt.

Der nächste Ton. Ich fokussierte mich auf meinen Orgasmus und war sicher, es schaffen zu können, so intensiv, wie ich ihn spürte. Ich spannte meine Muskeln an und konzentrierte mich auf die Energie, die in meinem Unterleib immer mehr Kraft bekam. Der nächste Ton. Mein Atem beschleunigte sich und ich hörte auch Viktors Atem, was mich weiter antörnte. Zwei Minuten dreißig und ich war kurz davor.

„Viktor! Bitte hör nicht auf. Ich komme gleich. Bitte hör nicht auf", drückte ich mit letzter Kraft aus meinen Lungen. Immer wieder stieß sein harter Penis in mich, immer wieder entlang an diesem einen Punkt, der mich unweigerlich auf den Weg zum Gipfel trieb. Ich spürte die Macht des Orgasmus kommen. Ich war ganz kurz davor. Ich hörte auf zu atmen, um das Gefühl genießen zu können. Jetzt, noch ein oder zwei Stöße, dann war ich über die Klippe.

Ich hörte den Piepton nur von Ferne.

Er würde es zu Ende bringen. Bestimmt.

Er tat es nicht. Mit dem letzten Ton zog er sich aus mir zurück. Ich hörte seinem Atem an, dass es ihm verdammt schwerfiel. Ich hatte ihn enttäuscht. Ich hatte es nicht geschafft. Vielleicht wäre er das erste Mal in mir gekommen. Das, was seiner Sub vorbehalten war. Tränen schossen in meine Augen. Frust und Enttäuschung. Ich heulte einfach los, irgendwohin musste die Energie des abgebrochenen Orgasmus.

„Hat leider nicht geklappt. Tut mir fast leid für dich. Für mich natürlich auch. Aber ich biete dir morgen eine neue Chance. Das verspreche ich dir. Eine Chance. Keine Garantie."

Er beugte sich über mich und küsste mich sanft. Zwischen zwei Berührungen meiner Lippen flüsterte er mir zu: „Arme Sub. Aber da musst du leider durch."

Trotz der Enttäuschung erwiderte ich hungrig seine Küsse. Ich war da, wo ich sein wollte, und genoss es, zu verlieren. Mein Unterleib war davon noch nicht überzeugt, ich spürte das unbefriedigte Pochen zwischen meinen Beinen. Langsam ließ auch die Wirkung der Creme nach und ich fühlte, wie nass ich immer noch war.

Zu gerne hätte ich mich jetzt dort berührt und es schnell noch zu Ende gebracht. Es wäre eine Sache von Sekunden gewesen. Aber ich durfte nicht. Meine Orgasmen und meine Scham gehörten ihm. Nur ihm. Und nur er entschied darüber.

„Damit du nicht auf dumme Gedanken kommst und vielleicht noch versuchst, es zu Ende zu bringen, werde ich dir heute Nacht die Füße und Knie zusammenbinden. So kann ich mir sicher sein, dass du nicht zwischen deine Beine kommst, später, wenn wir schlafen gegangen sind."

Ich sollte gefesselt schlafen? Wie stellte er sich das vor! Ich würde nie einschlafen können. Vor allem, wenn er noch mit seinem anregenden Körper neben mir lag. Die Augenbinde hatte ich mittlerweile von meinem Kopf gezogen und konnte nun genau beobachten, dass er das offenbar sehr ernst meinte. Aus der Schublade, in der offenbar das Angebot eines ganzen Sexshops untergebracht war, zog er ein schwarzes Bondageseil heraus. Es war nach seiner letzten Benutzung ordentlich aufgerollt und verknotet worden, sodass er gleich die Mitte fand und mit ein paar Handgriffen einen hübschen Knoten um meine Fußgelenke gelegt hatte. Hatte Katharina vor kurzem dieses Seil auf ihrem Körper gehabt? Viktor wand es immer weiter um meine Waden. Er zog nicht schmerzhaft fest an dem Seil, aber ich konnte sehen, dass es sich in mein Fleisch drückte. Ein Entkommen war wohl unrealistisch. Nach jeder Windung brachte er einen Knoten an und oberhalb meiner Knie wurde das Seil fachmännisch gebunden, sodass es nicht herunterrutschen konnte. Die Schenkel lagen eng aufeinander und meine Scham war für mich verschlossen.

Ich hatte mich nicht gewehrt. Warum auch. Ich wollte, dass er entschied.

„So, das sieht gut aus. Solltest du heute Nacht zur Toilette müssen, wirst du das schon schaffen. Robben oder rollen geht ja. Ich werde dich nicht im Zimmer fixieren. Ab jetzt darfst du gerne mit mir reden."

Er meinte es ernst, dass ich so schlafen sollte. Durch die eng zusammengedrückten Schenkel waren mir meine immer noch vor Lust geschwollenen Schamlippen wieder sehr bewusst und ich fühlte, wie das Blut dort pulsierte.

Er setzte sich neben mich auf die Matratze und küsste mich sanft.

„Das machst du wirklich gut, meine Liebe. Ich habe nicht gedacht, dass du es schaffen würdest, ohne Diskussionen mitzumachen. Wie fühlst du dich?"

Ich überlegte, was ich antworten sollte. Horchte in mich hinein. Versuchte, die unterschiedlichen und widersprüchlichen Empfindungen zu sortieren. Es war schwer, klar auf seine Frage zu antworten, vor allem, wenn er so nah neben mir war und ich auf seine kräftige Brust starrte. Gerne hätte ich ihn angefasst, wusste aber nicht, ob das erlaubt war. Während eines Spiels durfte ich ihn nur nach seiner Erlaubnis berühren. Aber welche Regel galt jetzt?

Wieder einmal schienen meine Gedanken über meinem Kopf in lesbarer Form abgebildet zu sein.

„Nein, heute Abend darfst du mich nicht berühren. Das hast du dir nicht verdient. Morgen früh gebe ich dir weitere Anweisungen. Jetzt wird erst mal geschlafen."

Er hatte sich wieder vor das Bett gestellt und zog mich in den Stand. Was wurde das jetzt? Sollte er mir nicht lieber unter die Decke helfen?

„Hier liegt eine Matratze vor meinem Bett. Die wird die Kälte vom Boden abhalten. Und eine Decke gebe ich dir auch. Du hattest ja keine groben Verfehlungen, sodass du ohne Decke schlafen müsstest."

Ich wusste im ersten Moment nicht, was mich mehr schockierte. Die Erkenntnis, dass ich nicht in seinem Bett schlafen würde, oder die Tatsache, dass er mir im Falle einer Strafe die Decke wegnehmen würde.

Das konnte er doch nicht tun! Ich wollte doch bei ihm sein. Mich an ihn schmiegen. Seine Haut riechen und ihm als Sub so nah wie möglich sein. Und dann noch das mit der Decke. Er war doch nicht so ein grausamer Dom – hatte ich gedacht. Wie konnte man so etwas als Strafe einsetzen! Ich biss mir auf die Lippen.

„Viktor?", fragte ich ängstlich. „Würdest du das wirklich tun? Oder was hätte ich anstellen müssen, dass du mich damit bestrafst?"

„Nun, da fiele mir schon etwas ein. Zum Beispiel, wenn du nicht dafür sorgst, dass die Decke nach dem Waschen rechtzeitig trocken ist. Ich möchte doch nicht, dass du dich erkältest. Das könnte ich nicht verantworten, dich mit einer nassen Decke zuzudecken."

Er lachte über das ganze Gesicht. „Herrlich, ich liebe es, dich zu schockieren. Nein, Alisa, das würde ich nicht machen. Auch eine Strafe, die du dir aus irgendeinem Grund eingehandelt hast, darf niemals deine Gesundheit gefährden. Es wäre unverantwortlich, auch wenn du dich dadurch nur erkältest. Außerdem bin ich ein ganz schlechter Krankenpfleger. Ich bringe sicherlich noch nicht mal einen Kamillentee ordentlich hin."

Er gab mir einen schnellen Kuss, hob mich über seine Schulter und trug mich auf die andere Seite des Bettes. Dort stellte er mich auf einer weichen Unterlage ab.

„Das ist dein Schlafplatz. Mach es dir gemütlich. Du darfst heute zu meinen Füßen schlafen. Ich hoffe, du freust dich, dass ich dich nicht nachhause geschickt habe."

So betrachtet hatte er natürlich recht, aber so hatte ich mir das nicht vorgestellt. Wieder mal war ich das Opfer meiner Vorstellung. Er macht die Regeln, Alisa, lern das endlich! Es geht nicht um das, was du willst. Wobei … schon auch, aber nicht so, wie du es dir vorstellst!

Vorsichtig ließ ich mich auf die Knie sinken, was mit den verschnürten Beinen nicht so einfach war, und rollte mich zur Seite. Die Unterlage war schwarz und weich und erinnerte mich, weil ich den harten Boden durch die Unterlage spürte, ein wenig an meinen letzten Campingausflug. Ich drehte mich hin und her, um eine einigermaßen bequeme Position zu finden. Oberhalb meines Platzes war an der Wand ein Haken angebracht. Es hätte also, wie er es angedeutet hatte, die Möglichkeit gegeben, mich dort zu befestigen. Diese Erkenntnis löste eine Mischung aus Schauder und Faszination in mir aus. Wer weiß, was es noch für Geheimnisse in diesem Schlafzimmer gab.

„Liegst du gut? Hier kommt die Decke. Die ist warm genug. Du wirst nicht frieren. Möchtest du noch etwas sagen? Du bleibst morgen früh so lange auf deinem Lager beziehungsweise in diesem Zimmer, bis ich dich hole."

„Darf ich dich auch etwas fragen?"

„Natürlich darfst du."

„Warum darf ich nicht im Bett schlafen?"

„Weil das mein Bett ist. Wenn ich dich einlade, darfst du dort oben schlafen, wenn nicht, schläfst du im … man könnte es ein Sub-Gästebett nennen."

Ich dummes Huhn, immer wieder vergaß ich, dass dieser Mann schon länger ein Dom war und ich ja wirklich nicht sein erster Besucher hier war. Ob Katharina … nicht schon wieder. Hör endlich auf! Du machst dich ja selbst fertig mit deinen Fantasien.

„Gute Nacht, meine Liebe. Träum schön und behalt deine Finger bei dir."

Er schaltete das Licht aus und das Zimmer war nur noch fahl vom Mondlicht erhellt, das durch die Fenster schien.

Was hätte ich auch mit meinen Fingern anfangen sollen? Zwischen die eng geschnürten Beine wären sie nie gekommen. Die Fesselung war unangenehm, da die Bewegung sehr eingeschränkt war. Zudem wurde ich damit sehr intensiv an meine Position erinnert – nicht würdig, in seinem Bett zu schlafen, und dann auch noch der Kontrolle über meinen Körper entzogen.

Die Reaktion war genau so, wie ich sie jetzt gar nicht gebrauchen konnte. Ich wurde nass. Meine Säfte sickerten zwischen den eng geschnürten Schenkeln hervor. Das war so krank und doch so geil. Kurz überlegte ich, ob ich jetzt lieber in meinem eigenen Bett liegen würde. Nein, würde ich nicht. Hier war es genau richtig für mich.

Mir fielen die Augen zu und ich schlief sofort ein.

Samstag

Jemand zog am Seil, als ich aufwachte. Viktor stand bereits in Jeans und T-Shirt vor mir. Er musste früh aufgestanden sein.

„Wie spät ist es?", fragte ich und massierte meine Beine, nachdem er das Seil entfernt hatte. Sie sahen toll aus. Ein wunderschönes Muster hatte sich in meine Haut eingegraben. Wie eine Schlange zogen sich die Abdrücke über meine Beine. Das war ein richtiges Kunstwerk. Leider würde es in kurzer Zeit wieder verschwunden sein. Würde ich mich jetzt so mit Shorts vor die Tür wagen? Ein ziemlich geiler Gedanke, aber auch eine Herausforderung für mein Selbstbewusstsein.

„Es ist mittlerweile schon nach zehn Uhr. Also höchste Zeit aufzustehen. Ich habe schon mit Thomas und mit dem Büro telefoniert. Komm, ich helfe dir hoch."

Ich reichte ihm meine Hand und er zog mich mit einem festen Ruck in seine Arme und gab mir einen Guten-Morgen-Kuss. „Mach dich bitte im Bad fertig, bevor ich es mir anders überlege und wir gleich im Schlafzimmer bleiben", neckte er mich.

„Hast du Wechselkleidung dabei und all das Zeug, das Frauen so brauchen? Sonst kannst du natürlich meine Sachen benutzen, eine frische Zahnbürste müsstest du im Badschrank finden. Wenn du fertig bist, komm bitte in die Küche. Heute werden wir zusammen Frühstück machen und ich zeige dir alles. Und bevor du mich weiter so fragend ansiehst: Nein, es ist nicht deine Aufgabe, für mich zu kochen, aber ich würde mich darüber freuen, wenn wir es zusammen tun."

Er gab mir einen Klaps auf den Po und ich war schon auf dem Weg zum Bad, als er mir noch hinterherrief: „Lass dir nicht zu viel Zeit, ich habe noch ein paar Aufgaben für dich, die du heute Vormittag erledigen sollst. Ich gehe schon einmal hinunter und führe noch ein paar Telefonate mit Kunden. Die kann ich oft samstags am besten erreichen."

„Ich habe eine Jeans und ein T-Shirt im Kofferraum. Notfallklamotten sozusagen."

„Schlaues Mädchen. Gut. Ich hole dir das. Du kannst ja schon einmal duschen gehen. Ich lege dir die Sachen aufs Bett. Ach so und …", er drehte sich nochmal zu mir um, bevor er endgültig das Zimmer verließ, „… hier hast du dein Höschen von gestern Abend, ich habe gut darauf aufgepasst. Es duftet wunderbar nach deiner Lust."

Er versenkte seine Nase im Stoff, warf es mir dann zu, lachte und ging leise vor sich hin pfeifend aus dem Zimmer.

Ich hatte bestimmt sofort einen roten Kopf bekommen. Solche Aussagen brachten mich immer wieder aus dem Konzept und deshalb machte er das mit Absicht und Freude.

Nach einer ausgiebigen Dusche mit seinem wunderbar duftenden Duschgel öffnete ich den Badschrank auf der Suche nach Zahnbürste und Zahncreme. Er hatte gesagt, ich solle mir alles zusammensuchen, deshalb hatte ich auch keine Scheu, ein wenig zu kramen. So ein Schrankinhalt sagte bestimmt viel über den Eigentümer aus. Aber ich wurde ziemlich enttäuscht. Nichts Persönliches konnte ich finden, das mir neue Informationen über Viktor gegeben hätte. Aber auch nichts, was auf einen Dauerbesuch einer speziellen Dame hätte schließen lassen. Duschgelproben aus verschiedenen Hotels, das berühmt-berüchtigte Schuhschwämmchen ebenfalls mit Hotelaufdruck, eine Packung Wattepads und Zahnbürsten. Einzeln in Folie eingepackt mit einer Minitube Zahncreme dabei. Er war auf Besuch eingestellt. Das würde jetzt aufhören. Das musste jetzt aufhören! Ich würde dafür sorgen.

Ich hatte mir ein Handtuch um den Körper gebunden und frottierte gerade meine Haare, da hörte ich ein Klopfen an der Badezimmertür.

„Wie weit bist du, Alisa? Ich habe dir deine Sachen aufs Bett gelegt. Ich habe die ganze Tasche mit raufgebracht, die im Kofferraum stand. Ich fange in der Küche schon mal an. Was möchtest du trinken?"

„Einen Tee bitte. Ich bin in zehn Minuten unten bei dir."

„Okay, ich hoffe, schwarzer Tee ist in Ordnung. Bis gleich."

Ich hörte, wie er das Zimmer verließ, und kurz darauf war ich schon fast mit meiner minimalistischen Morgenroutine fertig. Ich verließ das Badezimmer und kramte in meiner Handtasche, in der ich immer ein paar Schminkutensilien hatte. Schnell nochmal ins Bad und dann konnte ich mich anziehen.

Zuerst schlüpfte ich in das Höschen von gestern. Ich war überrascht, dass ich es heute tragen durfte. Aber verstehe einer einen Dom und erst recht Viktor. Dann zog ich das Shirt über. Einen BH hatte ich nicht. Wo waren eigentlich das Kleid und der BH von gestern hingekommen? Ich würde später danach suchen. Jetzt war es auch so gut. Schnell noch in die Jeans gestiegen und dann runter zum Frühstück. Bei dem Gedanken knurrte mein Magen laut und unzufrieden. Ja, gleich würde es etwas geben. Doch als ich den Beutel vom Bett nahm, lag da noch etwas. Zuerst dachte ich, es handle sich um Armbänder, doch bei genauerer Betrachtung konnte das nicht sein. Zwar waren sie aus schwarzem Leder gefertigt, aber die Metallringe, die an ihnen befestigt waren, zeigten mir, dass es sich um eine Light-Variante der Lederfesseln handelte, die ich sonst bei seinen Spielchen trug. Dass er sie hier bei meiner Kleidung platziert hatte, war sicher eine Aufforderung, sie anzulegen.

Was würde beim Frühstück auf mich warten? Hatte er schon wieder neue süße Gemeinheiten im Sinn? Ich drückte also das erste Lederband auf meinen Arm. Das Leder war störrisch und wollte sich nicht gleich um mein Handgelenk legen. Mit der rechten Hand das linke Band zu schließen war noch einfach. Ich musste nur den Metallring durch einen Metallschlitz schieben und den Ring um eine Vierteldrehung bewegen. Jetzt befand sich der Ring quer zum Metallschlitz und konnte nicht mehr herausrutschen. Mit der linken Hand den rechten Verschluss zu schließen war schon schwieriger, es gelang mir erst nach einigen Versuchen. Ich betrachtete meine beiden Handgelenke. Sah eigentlich ganz schick aus. Das Leder war ungefähr zwei Zentimeter breit und aus leicht glänzendem schwarzem Leder. Der Ring war goldfarben und die kleine Befestigungsplatte auch. Dass ich die Dinger wie selbstverständlich angelegt hatte, bewies mir, wie sehr ich ihm vertraute. Es war wie ein wortloses Einverständnis dazu, ihm die Kontrolle zu geben. Und ich war mir sicher, dass ich nicht lange warten musste, bis er es nutzte.

Jetzt aber los. Ich sah mich im Schlafzimmer nach Schuhen um, aber da waren keine. Es würde auch so gehen.

Auf nackten Füßen rannte ich die Treppe hinunter, konnte schon den Duft frischer Brötchen und schwarzen Tees riechen.

Viktor stand mit noch vom Duschen nassen Haaren in der Küche. Er hatte sich seinen Rücken nicht richtig abgetrocknet, denn das T-Shirt war an den Stellen, an denen Wassertropfen gewesen waren, ganz nass. Er stand vor der Küchenplatte und balancierte Rührei und Speck von der Pfanne auf eine Platte. Der Backofen piepte, als die Brötchen knackig und rösch waren.

„Stellst du bitte das Essen schon auf den Tisch im Wohnzimmer. Ich hole noch die Brötchen aus dem Ofen."

Wohnzimmer? Tisch? Bei den Stichwörtern erinnerte ich mich: Der Stuhl! Mein spezieller Stuhl. Wie sollte das funktionieren? Hatte er daran nicht gedacht, als er mir meine Tasche mit der Jeans hingelegt hatte? Ich schnappte mir die Platte mit dem Frühstück und lief ins Zimmer. Ich hatte den Raum noch nie am Morgen gesehen. Er war freundlich, die Sonne schien durch die großen Scheiben und malte seltsame, sich bewegende Schatten auf den Boden. Je nachdem wie der Lichtschein der Sonne durch die Bäume des Gartens drang.

Auf dem großen hölzernen Tisch, auf dem ich schon so einige Lektionen der Hingabe gelernt hatte, standen schon eine Kanne Tee, Butter und eine Flasche Orangensaft mit zwei Gläsern. Ich stellte meine Platte auf den Tisch und ging hinüber zu meinem Stuhl. Viktor würde mir schon sagen, was ich machen sollte. Aber zu meiner Überraschung war die Sitzfläche diesmal nicht mit einem Dildo versehen, sondern das Mittelteil war durchgehend geschlossen. Wie bei einem ganz normalen Stuhl. Heute also kein Sexmöbel. Ich konnte mich auf ein entspanntes Frühstück einstellen.

„Bevor du dich setzt. Das hätte ich fast vergessen. Streck deine Hände mit den Ledermanschetten nach vorne. Es ist schön zu sehen, dass du mir vertraust und sie angelegt hast."

Brav reckte ich ihm meine Arme entgegen. Er fummelte in seiner Hosentasche herum und fischte zwei kleine Metallobjekte heraus. Es waren kleine goldene Kugeln, auf denen je ein Bügel wie ein Griff angebracht war. Er nahm das erste Ding, schob den Bügel zur Seite und fädelte ihn durch den Ring meines Armbandes. Dann schob er den Bügel zurück und der Griff schnappte ein. Ein Schloss! Aber da war kein Schlüsselloch zu sehen. Das Ding sah wie ein kleines Schmuckstück aus. Allerdings erfüllte es seinen Zweck. Ich würde den Ring so nicht mehr durch den Schlitz bekommen. Das Armband würde ich ohne Viktors Hilfe nicht ablegen können.

Am anderen Arm machte er den Verschluss auf die gleiche Art unbrauchbar. Die goldene Kugel hing wie ein Anhänger an meinem Handgelenk.

„Sieht hübsch aus, nicht wahr?" Er zog mich in seine Arme und gab mir einen liebevollen Kuss auf die Stirn. „Immer ein Stückchen mehr von dir in meinen Händen."

„Wie geht das wieder ab? Ich sehe nichts, in was man einen Schlüssel stecken könnte", fragte ich unsicher.

„Da ist auch nichts. Es funktioniert mit einem Magneten in einer ganz bestimmten Stärke. Und diesen Magneten habe nur ich." Er hob seine linke Hand, an der er ein Armband mit schwarzen Perlen trug. Nur eine Perle war golden. Das Armband passte wunderbar zu seinen kräftigen Armen und seinem lässigen Style. Schmuck bei Männern war ja immer so eine Sache, aber dieses Stück war perfekt für Viktor.

„Hier diese Kugel ist ein Magnet, und wenn ich ihn nah an deine Verschlüsse halte, dann kann ich die Bügel öffnen. Ich finde das eleganter als Schlüssel, weil deine Umwelt das goldene Ding für ein Schmuckstück halten wird. Ich glaube mit zwei so gestalteten Armbändern durch die Gegend zu laufen, wirft wahrscheinlich sowieso schon Fragen auf. Aber ich finde die Möglichkeit, meine Sub ohne langwieriges Vorbereiten immer und überall fixieren zu können, sehr praktisch. Der kluge Dom baut vor, könnte man sagen."

Dauerhaft tragen? Hatte ich das richtig verstanden? Die Dinger blieben jetzt dran? Auch unter der Woche? Das war nicht sein Ernst! Am Wochenende, so was hatte ich erwartet. Aber in meinem Alltag!

„Nimmst du mir das dann am Sonntag wieder ab?", fragte ich hoffnungsvoll.

Viktor schaute mich verschmitzt an. „Nein, meine Liebe. Das tue ich nicht. Du willst meine Sub sein, gut, dann sei es jeden Tag. Auch wenn du nicht hier bist. Du weißt, was ich erwarte von einer Frau, die diese Rolle ausfüllen will."

Ich schluckte. Er hatte recht. So hatte ich es ihm gesagt und so wollte ich das auch. Aber es war etwas anderes, es sich theoretisch vorzustellen oder es real zu tun.

Ich blickte auf meine Handgelenke. Da hatte ich mir immer ein Halsband gewünscht und jetzt hatte ich schon mit zwei Lederarmbändern ein Problem, die erst auf den zweiten Blick wie Fesseln aussahen.

„Es tut mir leid, Viktor. Aber das ist noch alles so ungewohnt für mich. Ich werde sie mit Stolz tragen."

Obwohl ich noch nicht recht wusste, wie ich sie meiner Mutter und meinen Freundinnen erklären sollte, ergänzte ich in Gedanken. Ich trug sonst nie Schmuck. Sie würden fragen und was würde ich dann sagen? Ich atmete tief ein und aus. Die Wahrheit. Steh dazu, was du fühlst, Alisa.

„Jetzt aber genug des Geredes. Wir wollen doch den Tag noch nutzen. Zuerst wird gefrühstückt. Unser Frühstück wird allerdings etwas anders ablaufen, als du es gewohnt bist."

Wieder griff er in seine Hosentasche und holte einen kleinen goldenen Karabiner hervor. Er fasste mich an der Schulter und drehte mich herum, sodass ich ihm den Rücken zuwandte. Dann zog er meine Arme auf meiner Rückseite zusammen und verband die beiden Ringe der Armbänder mithilfe des Karabiners miteinander. Ich zog an meinen Handgelenken, aber sie waren fest miteinander verbunden. Wieder einmal hatte er mich meiner freien Bewegung beraubt. Und wie sollte ich jetzt frühstücken? Gerade wollte ich mich auf den Weg zu meinem Stuhl machen, da legte er seine Hand auf meine Schulter und drückte mich hinunter auf die Knie, auf den Boden vor dem Tisch.

„Komm hier herüber zu mir", forderte er mich auf, als er sich an den Tisch gesetzt hatte.

Ich trippelte auf den Knien, bis ich neben seinem Stuhl angekommen war.

„Sehr schön. Ich mag diesen Blick, wenn du zu mir aufsiehst. So erwartungsvoll und ein wenig scheu und unsicher, wenn du nicht weißt, was ich von dir fordern werde."

Er strich mir sanft mit seinem Finger über die Stirn, den Nasenrücken, meine Oberlippe, öffnete sanft meinen Mund, tauchte kurz darin ein, setzte seinen Weg über meine Unterlippe fort. Es war eine unglaublich liebevolle und gleichzeitig dominante Geste. Obwohl sein Finger nicht mehr auf meiner Haut lag, spürte ich doch noch immer, wo er mich berührt hatte. So hatte sich Viktor bisher selten gezeigt, aber ich hoffte, dass er diese Seite immer öfter zulassen würde. Wie ich es genoss, hier zu sein. Er betrachtete mich und ich hielt diesen Blick.

„Heute Nacht. Genau dieser devote Blick. Wie du von dort unten zu mir hinauf sehen wirst! Ich werde dich genau dort abholen und deine submissive Seele zum Fliegen bringen", flüsterte er. Noch ein paar Sekunden verweilten wir unbeweglich und ließen diese ganz besondere Stimmung wirken. Dann beendete er den Blickkontakt und wandte sich dem Tisch mit den Köstlichkeiten zu.

„Okay, dann wollen wir mal mit dem Frühstück beginnen. Wenn du nur halb so viel Hunger hast wie ich, dann könnte das Essen knapp werden. Zur Erklärung für dich. Das Frühstück wirst du zukünftig immer vor mir kniend einnehmen. Egal ob wir allein sind oder ob Gäste da sind. Ich denke, dieses Ritual wird dir helfen, gut in den Tag zu starten."

… Und mich an meine Position erinnern, ergänzte ich in Gedanken. Er schenkte eine Tasse Tee ein, rührte ein wenig Zucker ein, kontrollierte die Temperatur, indem er am Getränk nippte, drehte sich zu mir, beugte sich zu mir hinunter und setzte die Tasse an meine Lippen. Ich trank vorsichtig, aber es funktionierte besser, als ich es erwartet hatte. Dann teilte er ein Stück vom Rührei ab und zielte auf meinen Mund. Ich sperrte meinen Mund auf wie ein Vögelchen und genoss seine Fürsorge. So befremdlich ich zunächst die ganze Situation fand, so intim war dieser Vorgang.

„Ach, bitte noch ein Stück vom Brötchen", bettelte ich. Und schon schwebte die Hälfte eines Butterbrötchens vor meinem Mund, damit ich abbeißen konnte. Er bemühte sich, mir meine Wünsche schnell zu erfüllen. Dazwischen aß er ein paar Stücke, dann war ich wieder dran. Rührei und Speck waren schnell aufgegessen.

„Und jetzt noch ein Schluck vom Orangensaft". Ich scheuchte ihn ganz schön herum mit meinen Bestellungen.

Er lachte, obwohl er alle Hände voll zu tun hatte. „Ich werde das Gefühl nicht los, dass du mich ein wenig ärgern willst. Hast du mal darüber nachgedacht, ob das in deiner momentanen Position ratsam ist?"

Gerade noch kaute ich zufrieden auf einem Stückchen Käse, da sah ich ihn entsetzt an. „Was meinst du?"

„Na, ich tue das gerne für dich. Aber wenn ich das Gefühl bekomme, dass du versuchst mit mir zu spielen, dann wird das Konsequenzen haben. Dein süßer Po wird das dann ganz schnell zu spüren bekommen. Nur mal so als Vorwarnung."

Das Käsestück blieb mir beinahe im Hals stecken. Ich hatte es also mal wieder übertrieben.

„Schau nicht so entsetzt. Als ob du nicht wüsstest, wie das läuft. Aber ich denke, wir sind jetzt sowieso beide satt, und die Brötchen sind auch schon weg."

Er begann das Geschirr zusammenzuräumen.

„Jetzt zum nächsten Tagesordnungspunkt. Ich muss nochmal ins Büro und ein paar Pläne kontrollieren. Da hat sich eine Änderung ergeben. Ich habe aber bis heute Nachmittag eine Aufgabe für dich. Du wirst zu deiner Mutter und zu deiner besten Freundin Stella fahren. Beiden wirst du meine Telefonnummer und meine Adresse für Notfälle geben. Denn ab heute Abend werden sie dich an den Wochenenden nicht mehr über dein Handy erreichen können. Wenn du in mein Haus kommst, machst du dein Telefon aus und überreichst es mir. Am Sonntag, wenn du gehst, bekommst du es wieder, wenn du brav warst. Sollten sie dich in der Zwischenzeit unbedingt erreichen müssen, können sie es über meinen Anschluss tun. Außerdem möchte ich, dass sie wissen, wo du bist. Keine Heimlichkeiten. Ich möchte auch, dass du dich sicher fühlst."

Ich sollte meine Mutter einweihen! Ich bekam sofort einen Schweißausbruch. Und mein Handy würde ich nur bekommen, wenn ich brav war! Brav sein – wieder so ein Satz, der mich daran erinnerte, dass ich gerade vor einem Mann kniete und mich mit auf dem Rücken gefesselten Armen füttern ließ. Ich gab ihm die Kontrolle und er wusste, dass ich ihm vertraute. Ein angenehm warmes Gefühl durchfloss meinen Körper.

„Mir ist es im Moment noch egal, was du ihnen sagst, ob du die Wahrheit erzählst oder etwas erfindest. Das lässt sich ja zu einem späteren Zeitpunkt noch präzisieren. Aber ich möchte, dass du abgesichert bist. Auf der anderen Seite möchte ich deine ganze Aufmerksamkeit. Deshalb brauchst du hier kein Handy. Und es ist eine gute Möglichkeit, deinem Chef beizubringen, dass seine beste Mitarbeiterin auch ein Privatleben hat." Er lachte und wischte mir mit einer Serviette den Mund sauber.

„Am späten Nachmittag bist du bitte wieder hier. Bis dahin werde ich auch alles erledigt haben. Sagen wir siebzehn Uhr. Das ist eine gute Zeit."

Er half mir beim Aufstehen, löste meine Arme voneinander und gab mir einen schnellen Kuss. Schon war er aus dem Zimmer und telefonierte bereits, während er sich fertig machte.

Ich holte meine Handtasche aus dem Schlafzimmer, checkte kurz meine Nachrichten auf dem Handy und sammelte im Wohnzimmer meine von gestern Abend verstreut liegenden Kleidungsstücke ein. Auch den BH und die Pumps fand ich. Diese Schuhe konnte ich schlecht den ganzen Tag tragen, deshalb beschloss ich, in meiner Wohnung vorbeizufahren, mich umzuziehen und ein paar Sachen zu packen, bevor ich Stella besuchte. Mist! Ich hatte Viktor nicht gefragt, was er an Kleidungsstücken von mir erwartete. Er hätte ja auch von sich aus daran denken können, mir seine Wünsche rechtzeitig mitzuteilen. Nicht zu ändern, dann müsste er eben nehmen, was er kriegte. Alisa, ermahnte ich mich in Gedanken, denkt so eine hingebungsvolle Sub? Ich lächelte und seufzte gleichzeitig. Nein, aber er wusste ja, worauf er sich einließ.

Ich hörte ihn noch irgendwo im Haus telefonieren, als ich die Haustüre hinter mir zuzog. Einen Moment kam mir in den Sinn, wie verzweifelt ich noch vor wenigen Stunden aus meinem Auto gestiegen war. Und jetzt? Jetzt war alles ganz anders. Schön, aber ungewohnt. Und es würde bestimmt noch besser werden.

Mein Blick fiel auf meine Handgelenke mit den Armbändern und den Anhängern. Wo bekam man so was nur? Und hatte er so was in Reserve? Ich lachte bei dieser Vorstellung. Be prepared, würde der Pfadfinder jetzt sagen.

Nachdem ich mich in meiner Wohnung umgezogen hatte, rief ich bei meiner Mutter an und gab ihr Viktors Daten. Ich hatte beschlossen, ein wenig zu schwindeln. Ich erzählte etwas von einem wichtigen Projekt, von einem Arbeitskollegen und Überstunden, und zu meiner Überraschung fragte sie nicht nach. Notierte sich die Telefonnummer und die Adresse und erzählte mir im selben Satz von Tante Heddis neuer Nachbarin. Glück gehabt. Ich hatte nicht gedacht, dass das so einfach würde.

„Und dann wünsche ich dir noch viel Spaß mit deinem neuen Arbeitskollegen. Vielleicht lerne ich ihn ja später mal kennen.“

Ich war so überrascht von ihrem Schlusssatz, dass ich nur ein „Bestimmt!“ stotterte. Da hatte sie aber auch schon aufgelegt. Ahnte sie etwas? Egal! Jetzt war Stella dran. Das würde lustig werden. Sie kannte Viktor und hatte uns vor Wochen bekannt gemacht. Ich wusste, dass sie mit dem ganzen Sub-und-Dom-Zeug nichts am Hut hatte, aber damit auch kein Problem. Ich schrieb ihr schnell eine Nachricht. Sie war zuhause und freute sich auf mich. Na dann los!

Als ich an Stellas Gartentürchen klingelte, stand sie schon in der offenen Haustür und schwenkte eine Flasche Prosecco und zwei Gläser.

„Komm rein, Alisa. Ich möchte alle Details. Und wenn ich alle sage, dann meine ich alle schmutzigen Einzelheiten. Ich habe auch einiges zu erzählen, aber nach dir. Ach, das ist so schön, dass du da bist. Komm, lass uns hinten in den Garten gehen. Du hast geschrieben, dass du mir Daten geben musst. Was ist das wieder für eine Aufgabe von Viktor – oder hat das nichts mit ihm zu tun? Ich freue mich, dass du dich offenbar wieder mit ihm vertragen hast. War ja nicht auszuhalten, euer Gezicke in letzter Zeit. Ich habe dich ja nicht nach Details gefragt, aber ich kenne dich gut genug, dass ich auch so wusste, dass es schwierig war. Hoffentlich vergibst du mir, dass ich dich in Viktors Auftrag ausgefragt habe, aber er hat sich echt Sorgen gemacht. Fast hatte ich ein schlechtes Gewissen, euch vorgestellt zu haben, aber jetzt strahlst du. Das ist gut. “

„Mach dir keine Vorwürfe! Aber jetzt lass mich auch mal zu Wort kommen.“

Wir setzten uns hinter dem Haus auf die zwei alten Terrassenstühle, die ich schon aus der Zeit kannte, als diese noch in Stellas Elternhaus gestanden hatten. Sie hatte nur neue Blümchenbezüge genäht. Aber das Gefühl war immer noch das gleiche wie zu Schulzeiten. Ich schenkte uns ein Glas des gut gekühlten Proseccos ein. Dabei baumelte der goldene Anhänger von meinem Lederarmband. Stella starrte darauf. Ihr entging nichts.

„Was ist das? Das ist neu. Seit wann trägst du Schmuck? Und gib mir mal deine andere Hand. Da ist ja noch eins. Jetzt aber raus mit der Sprache! Was macht Viktor mit dir?"

„Wenn du nicht so viel reden würdest, könnte ich ja was erzählen." Ich lehnte mich im Gartenstuhl zurück, stützte den Ellbogen auf der Lehne auf und ließ das Sektglas lässig zwischen den Fingern hin und her schwingen. Ich wollte sie ein wenig ärgern, sie war so wunderbar neugierig und ich liebte es, sie hinzuhalten.

„Also", begann ich zu reden, „du hast recht. Wir haben uns wieder vertragen und es ist besser als zuvor. Ich glaube ich weiß jetzt, was ich möchte, was bei mir ja nicht immer so einfach ist."

„Da könntest du recht haben", lachte sie.

Wir unterhielten uns und hatten so viel Spaß wie schon lange nicht mehr. Ohne dass ich es mitbekam, leerten wir eine zweite Flasche Prosecco, und erst als es begann dunkel zu werden, schaute ich das erste Mal auf die Uhr.

„Ach du Scheiße!" Ich sprang von meinem Blümchenkissen auf.

„Was ist los? Hattest du einen Termin?"

„Ich muss sofort los. Ich hätte um siebzehn Uhr bei Viktor sein sollen. Und jetzt ist es schon nach fünf. Ich komme definitiv zu spät. Ich muss sofort los."

Ich griff nach meiner Tasche und wollte den Auto-schlüssel herausholen.

„Bist du wahnsinnig? Du hast viel zu viel getrunken. Du kannst nicht Auto fahren. Das wäre dumm. Kannst du ihn nicht einfach anrufen und ihm sagen, dass du bei mir schläfst und morgen früh zu ihm kommst? Er wird schon ein paar Stunden ohne dich klarkommen."

„Das verstehst du nicht. Tut mir leid. Wir haben uns gerade erst wieder vertragen und ich habe versprochen, mich an seine Vorgaben zu halten. Und jetzt schaff ich es nicht mal, so etwas Einfaches wie eine Uhrzeit einzu-halten."

Mein Herz klopfte und ich wühlte in Panik in meinen Haaren. Was sollte ich nur tun? Gleichzeitig begann ich zu heulen. Ich war so ein dummes Schaf! Kein Wunder, dass er mich eigentlich nicht als Sub haben wollte. Dass ihm erst Thomas ins Gewissen reden musste. Aber Stella hatte recht, ich konnte unmöglich ins Auto steigen. So dumm war ich auch nicht. Aber auch wenn ich jetzt ein Taxi nähme, wäre ich viel zu spät. Ich musste mit ihm telefonieren. Ich musste sofort mit ihm reden und alles erklären.

„Ich muss ihn anrufen", brachte ich unter Schluchzen hervor. „Wo ist … meine Tasche? Da muss … auch mein Handy drin sein." Jeder Satz wurde von Heulattacken unter-brochen.

Endlich fand ich das Telefon und drückte mit zitternden Fingern seinen Kontakt. Ich wischte mir über die Augen, um mich ein wenig zu fassen. Stella sah mich kopfschüt-telnd an. Sie verstand nicht, warum ich mich so aufregte.

Immer noch tutete es. Und wenn er gar nicht ranging? Schon wieder kamen mir die Tränen und ich versuchte sie schnell runterzuschlucken, um wenigstens einigermaßen verständlich sprechen zu können.

Endlich hörte ich seine Stimme am anderen Ende.

„Viktor? Ich bin's. Alisa. Ich weiß, dass ich zu spät bin. Es tut mir unglaublich leid, aber ich bin hier bei Stella und wir haben gequatscht und dann hab ich die Zeit vergessen …" Meine Stimme stockte von neuem und ich setzte mich, da ich Angst hatte, dass meine Knie versagen würden. Der Prosecco war nicht ganz unschuldig daran. Zitternd hielt ich das Telefon an mein Ohr, aber er sagte nichts, obwohl ich sicher war, dass er verstanden hatte.

„Warum sagst du nichts? Was soll ich machen? Dazu kommt noch, dass ich mich nicht ins Auto setzen kann. Ich habe mit Stella zusammen zwei Flaschen Prosecco getrunken. Viktor, es tut mir so leid. Ich weiß gar nicht, was ich sagen soll. Bitte …! Bitte!"

Eigentlich wusste ich gar nicht, worum ich bat, ich wollte nur, dass alles gut war. Ich wollte zu ihm.

Endlich begann er zu sprechen: „Ich komme zu dir und Stella und hole dich ab. Ich weiß, wo sie wohnt. Und Alisa – du wirst die Konsequenzen tragen müssen. Stell dich darauf ein."

Er beendete das Telefonat.

„Er kommt und holt mich", sagte ich zu Stella, die immer noch ungläubig neben mir stand.

„Ist das gut oder schlecht?", fragte sie vorsichtig.

„Ich weiß es ehrlich gesagt nicht. Seine Stimme war gefasst, aber ziemlich sauer. Er hat mir Konsequenzen angedroht. Ach, Stella. Ich möchte ihn auf keinen Fall verlieren. Nicht jetzt. Es war heute Morgen einfach perfekt. Ich genieße seine Aufmerksamkeit und er meine Hingabe.

Wenn ich es nicht wieder mal vergeige. Ich werde alles machen, was er fordert, wenn er jetzt herkommt. Bitte misch dich nicht ein. Du bist meine Freundin, aber Viktor ist mir wichtig."

„Du meinst, er wird das Dom-Ding hier durchziehen? In meiner Gegenwart? Okay. Das nennt man dann wohl Horizonterweiterung. Ich kann damit ja nichts anfangen und würde mir nie von einem Mann so was gefallen lassen, aber ich respektiere deinen Wunsch natürlich. Außerdem weiß ich, dass Viktor ein guter Kerl ist. Trotzdem …"

„Bitte jetzt keine feministische Grundsatzdiskussion. Ich mache das, weil es mir guttut, und damit bist du raus aus der Verantwortung. Ich möchte es so."

Wie leicht mir diese Worte über die Lippen gingen. Warum nur hatte ich mir immer so schwer damit getan, klarzustellen, dass ich das verdammte Recht hatte, meine Bedürfnisse so zu leben, wie ich es wollte?

Schnell lief ich in die Gästetoilette und wusch mein Gesicht mit kaltem Wasser. Zum einen, um wieder klar denken zu können nach dem Alkohol und der Aufregung, meinen Dom versetzt zu haben, und zum anderen, um das Makeup in meinem verheulten Gesicht zu reparieren.

In dem Moment, in dem ich das kleine Bad neben der Eingangstür verlassen hatte, ertönte die Klingel und ich konnte Viktors Gestalt hinter dem Glas der Eingangstüre sehen. Ich wollte es nicht Stella überlassen, ihn zu begrüßen, obwohl sie schon auf dem Weg zur Türe war. Ich öffnete und wäre Viktor am liebsten sofort um den Hals gefallen, aber sein Blick hielt mich ab.

„Auf die Knie! Sofort!", schnauzte er mich an. Hinter mir erahnte ich Stellas entsetztes Gesicht. Noch hielt sie sich an meine Bitte und sagte nichts.

Ich ließ mich augenblicklich auf die Knie vor ihm fallen und senkte meinen Blick. Er blieb zunächst einfach stehen und ließ mich warten, bevor er sprach.

„Also, was hast du zu beichten? Bin mal gespannt, welcher Vergehen du dir bewusst bist."

„Viktor, es tut mir so leid", sprudelte ich los. "Wie ich dir schon am Telefon gesagt habe … Wir haben uns einfach verquatscht und dann war es zu spät und ich habe zu viel getrunken, um noch fahren zu können."

„Also fassen wir mal zusammen: Du bist nicht zu der Zeit, die vereinbart war, bei mir gewesen. Richtig?"

„Ja, das ist richtig."

„Und was noch?"

„Ich habe mich verquatscht und ich konnte nicht mehr Auto fahren. Aber ich hab doch sonst nichts falsch gemacht – oder habe ich etwa ein Alkoholverbot?" Die Frage kam patziger heraus als beabsichtigt.

Viktor ließ sich nichts anmerken, sondern sprach ruhig weiter. „Nein, das hast du natürlich nicht. Aber wenn du bei mir bist, möchte ich, dass du zumindest so weit nüchtern bist, dass ich mir sicher sein kann, du weißt, was du tust. Aber das steht jetzt gar nicht zur Diskussion. Das, was ich dir ankreide, ist, dass du nicht nachgedacht hast. Durch dein Verhalten hast du es dir unmöglich gemacht, pünktlich zu sein. Du hättest nämlich schon lange nicht mehr fahren können."

„Das habe ich noch gar nicht so gesehen", gab ich kleinlaut zu. „Aber es stimmt. Ich hatte es selbst in der Hand."

„Gut. Es ist also nicht nur das einfache Vergehen, ein paar Minuten zu spät zu kommen. Das sollte zwar nicht passieren, aber sei's drum. Aber ich erwarte von meiner Sub, dass sie ihr Hirn einschaltet und nicht leichtfertig eine

Verabredung verpasst. Dafür werde ich dich jetzt bestrafen. Ich möchte so eine Situation nicht mehr erleben! Und damit du dir das auch merkst, werde ich dich jetzt hier sofort übers Knie legen."

Er blickte zu Stella, die mit aufgerissenen Augen im Zimmer stand.

„Es tut mir leid, dass ich dich da jetzt mit reinziehe, aber nachdem dir die Art unserer Beziehung bekannt ist, denke ich, dass das in Ordnung ist. Sonst sag es bitte."

Ich warf Stella aus meiner knienden Position einen bittenden Blick zu, es nicht zu diskutieren. Sie verstand, zuckte mit den Schultern und sagte: „Okay, muss ich ja jetzt nicht verstehen, aber das ist euer Spiel. Solange ihr euch einig seid, ist es für mich in Ordnung. Also mach los."

„Hoch mit dir, Alisa. Das wird im Wohnzimmer erledigt."

Ich stand schnell auf. Er würde mich übers Knie legen, hatte er gesagt. Wie ein kleines Kind, das etwas angestellt hatte. Mich hatte noch nie jemand in solcher Weise bestraft, auch meine Eltern nicht. Ich hatte keine Ahnung, was ich zu erwarten hatte, und doch verspürte ich eine eigenartige Erregung bei der Vorstellung. Ich trottete hinter Viktor her ins Wohnzimmer. Dort drehte er einen Stuhl des Esstischs herum und setzte sich.

„Zieh deine Jeans und dein Höschen aus und leg dich über meinen Schoß. Dann legst du die Hände hinter deinen Rücken. Ich werde die Armbänder verbinden, nicht dass du zu viel rumfuchtelst." Seine Stimme war emotionslos.

Langsam öffnete ich meine Hose. Viktor beobachtete mich dabei. Erst den Knopf, dann den Reißverschluss. Er verfolgte jede Bewegung. Es war ein eigenartiges Gefühl, mich auszuziehen, um mich bestrafen zu lassen. Ich glaube, es selbst zu tun, war noch intensiver, als sich passiv ausziehen zu lassen. Indem ich es selbst tat, stimmte ich seinem Vorhaben zu. Ich wollte es. Ich wollte seine Hand auf meinem Hintern spüren. Wollte den Schmerz fühlen. Ich schob die Jeans über meine Hüften. Unsere Blicke trafen sich. Ich sah, dass er schluckte, als er meine Bewegungen beobachtete. Er versuchte ruhig und gelassen auszusehen, aber ich konnte tiefer blicken. Die Situation machte ihn unglaublich an. Sein Blick war gierig. Er fuhr sich mit der Zunge über die Lippen. Ich stieg aus meiner Jeans und trat näher an ihn heran. Wir hatten beide alles um uns vergessen. Keine Ahnung, wo Stella war. Es war mir auch egal, ob sie noch im Raum war. Ich sah nur noch Viktor. Er strich mit den Händen über die Oberschenkel, um sie zu trocknen. Wir waren uns ganz nah.

Ich schob meinen Mittelfinger in den Bund meines Höschens und zog es langsam über meinen Po. Dabei hielten wir beide Blickkontakt. Er sprach nicht. Klopfte nur mit einer Hand auf seinen Oberschenkel. Was das bedeutete, wusste ich. Ich stellte mich neben ihn, beugte mich über seinen Schoß und rutschte so lange nach vorne, bis mein Po hoch erhoben vor ihm lag. Noch stütze ich mich mit den Fingerspitzen auf dem Teppichboden ab.

„Arme nach oben zu mir!"

Er hatte offenbar den Karabiner bereits in der Hand, denn es war nur eine Handbewegung, bis er die Armbänder verbunden hatte. Jetzt hing ich hilflos über seinen Schenkeln und wartete auf meine Strafe. Doch zunächst fuhr seine Hand sanft über die Haut meiner Pobacken. Innig und liebevoll könnte man es beschreiben. Ich hätte beinahe geschnurrt, hätte ich nicht gewusst, dass es der Auftakt zum Schmerz war.

Ohne dass ich darauf vorbereitet war, sauste der erste Schlag auf meine Haut. Der nächste folgte und der nächste. Nicht so hart, wie ich es erwartet hatte, aber die permanente Abfolge zeigte schnell Wirkung. Mein ganzer Hintern brannte nach kürzester Zeit. Sicherlich war er jetzt bereits rot. Und, so viel wusste ich bereits, das war nur die Aufwärmphase. Die eigentliche Strafe würde noch kommen. War ich beim ersten Schlag noch überrascht hochgezuckt, hing ich jetzt ruhig über seinen Beinen. Die Hitze breitete sich mit jedem weiteren Schlag aus. Auch bis zwischen meine Beine. Wie konnte mich so etwas erregen?

Die Schläge pausierten und seine liebevolle Hand strich wieder über meine Haut.

„So, das sieht gut aus. Du bist jetzt bereit für ein paar härtere Schläge. Vergiss dabei nicht, warum du sie empfängst." Bei diesen Worten glitt ein Finger durch meine Spalte. Sie war nass, das konnte ich spüren. Aber ich konnte seine Spielerei kaum genießen, denn kurz danach schlug er das erste Mal hart zu. Ich zuckte zusammen und hielt die Luft an. Das war doch eine ganz andere Intensität. Meine Haut vibrierte sofort. Das war nicht nur Hitze, das war Feuer und Schmerz. Alle Muskeln in meinem Körper waren angespannt. Ich brauchte ein paar Sekunden, um überhaupt wieder normal atmen zu können. Dann entspannte sich mein Körper wieder und das war das Signal für den nächsten Schlag auf die andere Seite. Ich drückte die Augen fest zusammen und spannte die Pomuskeln an, in der Hoffnung, dass es nicht so wehtäte. Aber es tat weh. Wieder musste ich erst ein paar Sekunden warten, bis ich wieder atmen konnte. Beim nächsten Schlag konnte ich nicht mehr über seinem Schoß liegen bleiben. Ich zog die Beine reflexartig an. Der Schlag ließ sich trotzdem nicht abfangen. Viktor drückte sie konsequent wieder nach unten.

„Reiß dich zusammen! Das hier ist nur gerecht nach deinen Eskapaden. Und wenn du zu viel rumzappelst, machst du es nur noch schlimmer. Verstanden?"

„Ja", presste ich heraus. Der nächste Schlag traf meine bereits heiße Haut. Die Stelle war so empfindlich, dass ich gar nicht mehr genau sagen konnte, wo der Schmerz anfing und wo er aufhörte. Auch der nächste Hieb traf gut. Ich schrie auf und drückte meinen Rücken durch. Ich versuchte mit den gefesselten Händen zu meinem Po zu gelangen, um die Hautstellen zu schützen, die er schon zu oft traktiert hatte.

„Wenn ich dich auf die Hände treffe, dann tut das nicht weniger weh. Deine Hände sind sehr empfindlich. An deiner Stelle würde ich das nicht testen. Wenn du jemals einen Stockschlag auf deine Finger bekommen hättest, wüsstest du das. Also bleib nach unten gebeugt und empfange deine Strafe. Wenn ich fertig bin, wirst du ein paar Tage lang etwas davon haben. Aber so soll es ja sein. Ich zähle nicht die Schläge, ich schaue mir deine Haut an und wenn ich meine, dass es für einen Denkzettel reicht, dann bist du fertig."

Ich konnte mich also nicht darauf einstellen, wann es vorbei sein würde. Das Ende war offen und damit gab es keine Orientierung, wie lange ich noch durchhalten musste. Das machte es für mich erheblich schwieriger, aber das war auch sein Ziel. Er entschied, wann es genug war. Wieder schlug er zu. Jeder Schlag saß exakt dort, wo er ihn hinhaben wollte. Er verteilte die Schläge gleichmäßig auf die

Pobacken und den Übergang zum Oberschenkel. Ich würde leiden, wenn ich darauf säße, das war mir jetzt schon klar.

Ich hatte aufgehört mich zu wehren. Nach jedem Schlag gab er mir Zeit, den Schmerz ausklingen zu lassen. Er wollte es nicht hinter sich bringen, sondern er wartete immer, bis mein Geist wieder aufnahmefähig war, damit ich jeden Treffer bewusst registrierte. Zwischendurch, wenn ein Schlag besonders hart kam oder eine sensible Stelle berührte, zuckte ich heftiger zusammen, ich stöhnte, ließ die Emotion und die Energie entweichen. Mir fehlte inzwischen die Kraft für mehr. Tränen liefen aus meinen Augen und meine Nase war verstopft. Ich musste durch den Mund atmen, was zusätzlich sehr unangenehm war.

Zuerst bekam ich es gar nicht mit, dass bereits seit einigen Sekunden kein Schlag mehr meinen Hintern getroffen hatte. Vorsichtig strich er über die geschundene Haut.

„Du bist fertig. Dein Arsch hat die perfekte Farbe. Keine Hautverletzung, aber verdammt rot. Ein paar blaue Flecke wird es mit Sicherheit geben. Aber das war zu erwarten."

Völlig fertig lag ich über seinen Beinen. Seine Hand war so zärtlich, als sie über meine Rückseite strich. Sie fand den Weg zwischen meine Beine und stimulierte dort meine Scham. Sofort seufzte ich auf. Ich genoss seine Zuwendung, gerade nach den Schmerzen, die er mir zugefügt hatte.

„Das hast du gut gemacht, Alisa. Ich bin stolz auf dich. Und jetzt ist wieder alles in Ordnung. Ich hoffe, es wird dir eine Lehre sein."

„Ja, Viktor. Es tut mir wirklich leid."

Er streichelte meinen Kopf und meinen Rücken. Meinen Po ließ er aus. Ich brauchte noch Zeit, um meine Gefühle zu ordnen, um wieder mit dem Kopf hier in Stellas

Wohnzimmer zu sein. Er wusste es und gab mir die Minuten dafür. Es fühlte sich richtig an. Bei all dem Schmerz fühlte ich mich wertgeschätzt und sicher.

„Steh auf, meine Liebe. Ich helfe dir. Und schau, dass du die Hose über den Po bekommst. Wenn der erst anschwillt, wird das schwierig, so eng wie deine Jeans ist. Stella hat sich verzogen. Ich denke, es ist okay, wenn wir einfach so verschwinden. Wir fahren jetzt nachhause und da werde ich dir eine Salbe auftragen und ein wenig die Haut kühlen. Vorher fahren wir uns noch eine Pizza holen. Gerade mit deinem Prosecco im Magen solltest du noch etwas Anständiges essen."

Er hatte meine Fesseln gelöst und ich war von seinen Beinen gerutscht. Vorsichtig zog ich mein Höschen und meine Jeans an. Warum hatte ich nur so eine enge Hose ausgewählt? Allein die Berührung des Stoffes war schmerzhaft. Die Haut brannte und ich freute mich auf Kühlung meiner Hinterseite. Aber vorher musste ich ins Auto und das bedeutete sitzen. Viktor nahm mich an der Hand, zog mich fest in seine Arme und küsste mich leidenschaftlich. So kannte ich ihn gar nicht. Sonst war er oft so reserviert und cool. Dann nahm er meine Hand und führte sie zwischen seine Beine. Das, was ich da durch den Stoff spürte, war ein eindeutiges Ergebnis der letzten Minuten. Und so, wie ich das einschätzte, würde er nicht mehr lange warten, um mich seinen Schwanz spüren zu lassen. Er hielt mich ganz fest und ich stand einfach nur da und genoss, was ich fühlte. Ich wollte ihn unbedingt. Und er mich. Das war das Beste daran.

„Komm, beeil dich. Ich rufe noch schnell in der Pizzeria an und bestelle. Dann muss ich nur kurz halten und reinspringen."

Wir sausten wie Teenager Hand in Hand aus Stellas Haus. Er hatte mich an seine linke genommen, sicherlich spürte er noch seine Schlaghand. Viktor öffnete mir die Beifahrertür und ich ließ mich vorsichtig auf dem Sitz nieder. Ich biss mir auf die Lippe, um den Schmerz besser zu ertragen. Und soweit ich gehört hatte, würde dieser auch noch eine Zeit bleiben.

„Ich glaube, es wäre jetzt unhöflich zu fragen, ob es weh tut.“

Ich war mir sicher, dass mein Blick zu seinem sofortigen Tod hätte führen müssen, aber er lachte geradeheraus.

„Okay, du brauchst nicht zu antworten, ich habe es auch so verstanden.“

Er schloss meine Autotür, ging um dein Wagen herum und setzte sich neben mich. Kurz drückte er meine Hand.

„Deine Hand ist ja ganz rot!“, rief ich entsetzt aus.

„Ja, manchmal leidet auch der Dom mit. Aber mach dir keine Gedanken, selbst wenn an einigen Stellen mal ein paar Äderchen platzen, das ist es mir absolut wert und zeigt mir, dass ich dich nicht geschont habe.“

Damit war das Thema für ihn beendet und er schloss seine Türe und ließ den Motor an. Er fuhr vorsichtig, aber trotzdem konnte ich in jeder Kurve, bei der ich im Sitz bewegt wurde, ein kurzes Stöhnen nicht vermeiden. Das Restaurant lag auf dem Weg zu seinem Haus und so musste er nur kurz am Straßenrand halten und kam nach wenigen Minuten mit zwei großen Pizzakartons zurück. Er drückte mir unser Abendessen in die Hand und ich balancierte es so, dass der Käse nicht herunterlief. Kurz darauf waren wir in Viktors Haus zurück und sperrten die Außenwelt aus.

Er nahm mir die Kartons ab und sagte: „Schreib Stella, dass alles in Ordnung ist, schalte dann dein Handy aus und leg es dort auf den Schrank. So wie ich es dir gesagt habe. Dann gehst du hoch ins Schlafzimmer und ziehst dich aus. Ich komme mit der Pizza und der Salbe nach."

Nachdem ich die Nachricht an Stella losgeschickt hatte, legte ich das ausgeschaltete Telefon ab und stieg die Treppe hinauf. Was würde mich jetzt da oben erwarten? Mein Hintern schmerzte bei jedem Schritt. Mittlerweile war er sicherlich angeschwollen. Endlich konnte ich die Hose ausziehen! Ich lagerte all meine Kleidungsstücke im Badezimmer und legte mich bäuchlings auf das kühle Laken. Erst jetzt merkte ich, wie mich seine Bestrafung angestrengt hatte. Außerdem war ich froh, jetzt bei Viktor zu sein und nicht wie sonst nach seinen Spielereien nachhause in meine Wohnung zu müssen.

Mein Blick fiel auf meine Armbänder. Ich hatte mich schon fast daran gewöhnt. Und er hatte recht, die waren absolut praktisch. Aber eigentlich wollte ich nicht unbedingt etwas Praktisches, sondern ein Halsband, ein Zeichen der Zugehörigkeit der Sub zu ihrem Dom. Da musste ich wohl noch warten. Leider.

Die Schlafzimmertüre ging auf und Viktor kam mit einem Tablett herein, auf dem die Pizzakartons, eine Flasche Wasser, Rotwein und zwei Gläsern standen.

„Für dich gibt es heute nur noch Wasser, ich werde mir zur Pizza ein Glas Wein einschenken. Aber zuerst kümmere ich mich um deine Rückseite. Lass mal kontrollieren, wie deine Haut jetzt aussieht."

Er stellte die Getränke und die Pizza auf dem Boden vor dem Bett ab, setzte sich auf die Bettkante und schraubte die Tube mit einer kühlenden Salbe auf. Ich drehte meinen Kopf zu ihm und versuchte aus seinem Gesicht zu lesen. Er lächelte mich an und ich lächelte zurück. Es war einfach gut.

Vorsichtig drückte er das durchsichtige Gel heraus und verteilte es mit wenig Druck auf meinem Po. Die Kühle tat gut und der Schmerz wurde tatsächlich sofort gemildert. So musste es sein. Ich war gut aufgehoben bei ihm.

„Bleib so liegen, bis die Salbe getrocknet ist. Ich gebe dir ein Stück Pizza in die Hand und schenke dir etwas zu trinken ein."

Er klappte den Deckel auf und riss ein Stück der leckeren Salamipizza ab. Dann schenkte er ein Glas Wasser ein und stellte es so vor das Bett, dass ich es gut erreichen konnte. Beim ersten Bissen merkte ich erst, wie hungrig ich gewesen war, und wir futterten zufrieden vor uns hin.

„Also ich habe ja deinen Brief heute Morgen gelesen. Das waren viele Fragen, so wie ich es erwartet hatte. In deinem hübschen Kopf ist einfach immer zu viel drin. Die erste möchte ich dir jetzt beantworten. Warum mir Thomas so nahesteht. Das ist ganz einfach: Er ist mein Bruder. Mein Halbbruder, wir haben denselben Vater. Thomas' Mutter war nicht mit unserem Vater verheiratet. Es war eine Liebschaft, bevor er meine Mutter heiratete. Lange wusste ich nichts von Thomas. Mein Vater hatte meiner Mutter zuliebe nie darüber gesprochen. Erst als meine Mutter vor ein paar Jahren starb, erzählte er mir davon. Thomas' Mutter war seine Sub gewesen und er hatte sie sehr geliebt. Aber das waren Zeiten, in denen man nicht immer den heiraten konnte, den man wollte. Er hatte Thomas und seine Mutter gut versorgt und heiratete dann meine Mutter. Die beiden waren ihre ganze Ehe lang glücklich. Es war vielleicht keine extreme Leidenschaft, aber eine zufriedene Ehe. Ich bin gerade mal ein Jahr jünger als mein Bruder. Als ich davon erfuhr, war ich sehr neugierig und wollte ihn kennenlernen und er mich auch. Wir verstanden uns sofort und sind heute beste Freunde und Brüder. Wir haben nicht unsere Jugend geteilt, aber wir haben festgestellt, dass wir eine gemeinsame Leidenschaft teilen – und dabei auch hin und wieder so einiges anderes. Es stellte sich heraus, dass unser Vater uns beiden die Leidenschaft und die Neigung zur Dominanz vererbt hatte."

Still kauend hörte ich ihm zu. Er saß auf dem Boden vor dem Bett und mit dem Rücken an die Matratze gelehnt. Jetzt wurde mir einiges klar. Thomas gehörte quasi zur Familie. Das war ja aufregend ... Bis zu dem Punkt, an dem er vom Teilen gesprochen hatte. Aber nachfragen wollte ich jetzt doch nicht, zu sehr hatte ich Sorge, dass mir die Antwort nicht gefiele.

„Zufrieden?"

„Ja, bin ich. Jetzt lösen sich schon einige Fragen in meinem Kopf. Und Julia?"

„Naja, sie ist seine Sub, wie du weißt, aber ich denke, die beiden werden zusammenbleiben. Sie passen perfekt."

Ich schluckte und musste erst mal den Kloß runterschlucken, der sich augenblicklich in meinem Hals gebildet hatte. Ja, die beiden waren perfekt. Eine Einheit. Würde das auch mal mit mir und Viktor funktionieren? Gerade begann das Schweigen, das im Raum entstanden war, unangenehm zu werden, da stand Viktor auf und beugte sich zu mir hinunter und gab mir einen leichten Kuss auf meine Schulter.

„Rutsch zur Seite, Alisa. Ich möchte mich zu dir legen und dich im Arm halten. Du warst heute Nachmittag sehr tapfer. Das hat mir gefallen. Und mach dir keine Sorgen wegen Stella. Die kann das ab. Die hat schon einiges mitbekommen. Nur liegt es ihr halt nicht. Aber sie akzeptiert jeden Menschen, so wie er tickt. Das ist ihre große Stärke und deshalb mag ich sie und war ganz neugierig, als sie dich mit mir zusammenbringen wollte. Da hat sie wohl ein bisschen Schicksal gespielt."

Ich war etwas zum Rand gerutscht, sodass er sich, nachdem er sich bis auf seine Shorts ausgezogen hatte, bequem neben mich legen konnte. Er grinste mich an und gab mir einen Kuss auf meine noch etwas nach Pizza schmeckenden Lippen.

„Eindeutig scharfe Peperoni."

Er knabberte weiter an meinen Lippen und forderte Einlass in meinen Mund, den ich ihm gewährte, nachdem ich ihn ein wenig neckte, indem ich nicht gleich mitspielte. Ich hörte, wie sein Atem sich beschleunigte unter unseren Küssen. Er zog meinen nackten Körper näher an seinen.

„Du freche kleine Alisa. Das werde ich dir austreiben", lachte er. „Schmerzt dein Po gerade sehr oder kannst du dich auf den Rücken legen?"

„Es geht im Moment gut. Die Salbe hat geholfen. Natürlich kann ich mich umdrehen."

Ich befreite mich ungern aus seiner wohligen Umarmung und drehte mich um. Sofort setzten seine Küsse wieder ein.

„Streck deine Arme nach oben. Ich werde dich dort fixieren."

An den Karabinerhaken des Kopfteils waren schmale Ketten befestigt, die er durch die Ringe meiner Armbänder zog und auf der richtigen Länge befestigte. Genauso tat er es mit der anderen Hand. Ich zog probehalber an meinen Armen. Nichts ging. Ich hatte ihm wieder die Kontrolle über mich anvertraut. Kurz versuchte mein Panikprogramm zu starten, aber ich schaffte es, mir zu vergegenwärtigen, dass ich ihm vertrauen konnte. Die negativen Gefühle wichen sofort der Vorfreude auf seine Fantasie. Er zog meinen Körper in Position und begann mich zu küssen und mich mit sanften kleinen Bissen zu verwöhnen. Zart streiften seine Lippen über meine Haut und ich schloss die Augen, um diese ungewohnte Zärtlichkeit zu genießen.

„Du bist so wunderschön. Und du machst mich wahnsinnig an. Du hast ja keine Ahnung, wie sehr. Vom ersten Tag an, an dem dich Stella mir vorgestellt hat, wollte ich dich haben. Ich möchte es ganz klar formulieren: Ich hoffe, du wirst dich morgen entscheiden, als meine Sub bei mir zu bleiben. Ich glaube, du ahnst, wie schwer es mir fällt, das zu sagen."

„Möchtest du mir nicht anvertrauen, was passiert ist? Es muss etwas in der Vergangenheit gewesen sein. Etwas, was nicht leicht für dich war. Thomas hat ja etwas angedeutet."

„Natürlich werde ich es dir zum passenden Zeitpunkt erzählen. Das hat auch mit einer Frage in deinem Brief zu tun. Nur jetzt ist nicht der rechte Moment. Ich möchte die wunderschöne Situation nicht mit schweren Gedanken stören."

Damit hatte er natürlich recht, aber meine Neugier war wieder mal viel zu groß und deshalb ärgerte ich mich ein wenig darüber.

„Nicht die Lippen kräuseln. Ich sehe dir sofort an, wenn in deinem kleinen Köpfchen die Gedanken kreisen. Du wirst mich nicht umstimmen. Jetzt passt es nicht. Schluss! Ich möchte kein Wort mehr hören. Ist das klar?"

„Aber kannst du mir nicht wenigstens eine kurze Zusammenfassung geben? Du musst ja keine Details berichten."

„Alisa! Hast du mir überhaupt zugehört? Ich habe gesagt, dass ich jetzt nicht darüber sprechen möchte. Und ich denke, es wäre für dich erheblich komfortabler, wenn du respektierst, was dein Dom sagt. Vergiss bitte nicht, wie hier die Positionen vergeben sind."

„Aber vielleicht könnte ich einiges besser verstehen, wenn ich mehr weiß. Oder hast du Angst, ich könnte das nicht verkraften? Ich gehe mal davon aus, dass da eine andere Frau im Spiel ist?"

„Du schweigst jetzt. Ab sofort hast du Redeverbot. Das hast du dir wieder einmal selber zuzuschreiben."

Seine Stimme hatte sich von weich und anschmiegsam innerhalb weniger Sekunden zu schneidend kalt verändert.

„Ach, bitte nicht. Ich wollte doch nur etwas mehr über dich erfahren und da könntest du schon …"

„Schweig!"

Entsetzt stoppte ich mitten im Satz. Ich hatte mal wieder das Stoppschild mit Lichtgeschwindigkeit überfahren. Am liebsten hätte ich mich jetzt noch wortreich entschuldigt, aber ich hätte es wohl im Moment noch schlimmer gemacht. So musste ich mit den vielen ungesagten Worten in meinem Mund leben. Das fiel mir verdammt schwer. Vor allem, weil ich sah, wie sich sein Gesichtsausdruck verändert hatte. Er stand auf und ging zu seinem Schlafzimmerschrank, machte die Türe auf und kramte darin herum. Leider konnte ich vom Bett aus nicht sehen, wie es im Schrankinneren aussah. Ob das sein Spielzeugschrank war? So was hatten Männer in einschlägigen Romanen immer. Aber die Schranktüre versperrte mir die Sicht. Was hatte er vor? Ich hatte ja mittlerweile verstanden, dass ich besser nichts mehr sagen sollte. Vielleicht holte er einen Knebel, um seiner Anordnung Nachdruck zu verleihen? Ich hatte so was schon mal im Mund gehabt. Zuerst war das gar nicht so schlimm, aber nach einiger Zeit war es unangenehm, den Mund nicht schließen zu können. Das Kiefergelenk schmerzte nach einiger Zeit und man hatte seine Spucke nicht unter Kontrolle. Also erpicht war ich nicht darauf, wenn er jetzt damit ankäme. Aus den Augenwinkeln sah ich ihn wieder zum Bett kommen. Aber er hatte keinen Gegenstand dabei, der einem Knebel auch nur entfernt ähnlich sah.

In der Hand hielt er eine Kerze und Streichhölzer. Romantische Stimmung? War das sein Ziel? Hatte ich die Situation so falsch eingeschätzt? Offenbar war er nicht auf Strafe aus. Also gut. Dann folgte nun doch noch der romantische Teil des Abends.

Er zündete die rote Stumpenkerze an und stellte sie auf den Nachttisch. Die Flamme bewegte sich kaum. Schnell schmolz das Wachs unterhalb des Feuers.

„So, meine Liebe, nachdem das mit dem Mundschließen und vor allem mit dem Geschlossenhalten so eine Sache ist, werde ich etwas nachhelfen. Leg dich gerade hin. Schau zur Decke hinauf und überstrecke deinen Kopf leicht."

Was sollte das werden? Ich hatte überhaupt keinen Plan. Sollte ich vorsichtshalber fragen? Aber dann würde ich schon wieder quatschen. Also schluckte ich meine Worte hinunter. Langsam kam er mit der Kerze näher zu meinem Gesicht. Ich zappelte mit meinen Armen, die am Bett befestigt waren. Schon wollte ich protestieren, da kippte er die Kerze etwas und warmes Wachs floss auf meine Lippen. Im ersten Moment war es heiß, aber nicht schmerzhaft. Das Wachs lief ein Stück im Spalt zwischen meinen geschlossenen Lippen entlang. Jetzt war es besser, zu schweigen, wollte ich nicht das Wachs auch noch im Mund haben. Weitere Tropfen kamen dazu, füllten den Spalt meiner Lippen auf und erkalteten. Ich rüttelte an meinen Ketten, aber er ließ sich nicht stören. Immer mehr Wachs verteilte er auf meinem Mund.

„Wage es nicht, deinen Kopf zu bewegen. Es wird dir nichts nützen. Es wird nur länger dauern, das Ergebnis ist das gleiche. Die Kerze ist groß und ich habe genug Wachs."

Einige Wachstropfen bahnten sich den Weg über meine Backen bis auf das Bettlaken, aber der größte Teil blieb auf meinen Lippen haften. Natürlich achtete er darauf, dass meine Atmung durch die Nase nicht beeinträchtigt wurde, aber trotzdem war es ein sehr beklemmendes Gefühl, die immer dicker werdende Schicht auf meiner unteren Gesichtspartie zu fühlen. Wie mit Panzerband war der Bereich jetzt verschlossen. Ich versuchte leicht mein Gesicht zu verziehen oder meine Lippen zu öffnen, doch das war schon lange nicht mehr möglich. Mein Mund war verschlossen und ich konnte nichts dagegen tun. Meine vorlauten Worte waren in meinem Mund eingeschlossen.

„Ein Kunstwerk. Und so schön schalldicht. Jetzt muss ich mir nichts mehr von dir anhören. Im Notfall schüttelst du stark mit dem Kopf, dann weiß ich, dass etwas nicht stimmt. Du kannst deine Hilflosigkeit genießen, du weißt, dass ich auf dich aufpasse."

Antworten konnte ich nicht, aber ich suchte seine Augen und nickte langsam mit dem Kopf. Ja, ich wusste, dass ich in guten Händen war. Wieder hatte er mich in seiner sanften Art in meine Schranken gewiesen und mir meinen Platz zugewiesen. Genau so musste es sein.

„Und nachdem du jetzt auch nicht protestieren kannst, werde ich meine Planung von gestern in die Tat umsetzen."

Ich riss die Augen auf. Planung von gestern? Was konnte das sein? Angestrengt dachte ich nach. Nein … bitte nicht! Hatte ich nicht heute schon genug ertragen für ihn?

Aus der Nachttischschublade holte er ein Beutelchen, wie das gestern im Wohnzimmer. Nein, bitte nicht diese fiesen Magnete! Die hatten es in sich. Ich versuchte unter der dicken Wachsschicht zu protestieren, erfolglos.

Seine Hände strichen sanft über meine Brüste. Wieder zerrte ich an meinen Ketten, denn kampflos wollte ich mich nicht ergeben. Zumindest den Schein wollte ich wahren. Er öffnete das Beutelchen und zog, aufgereiht wie an einer Perlenschnur, die kleinen gemeinen Kugeln heraus. Seine Finger spielten mit meinen Brustwarzen und diese stellten sich sofort auf. Sie liebten es einfach, von ihm liebkost zu werden, und ahnten nicht, was ihre Reaktion zur Folge haben würde.

„Sehr schön, du hast so herrliche Brüste. Wie sie sich mir gerade gierig entgegenstrecken! Traumhaft." Seine Hände strichen sanft an den Seiten entlang. Zu gerne hätte ich dieses Gefühl genossen, aber ich wusste, dass es nur der Auftakt zum Schmerz war. Leicht schnippte er an meine Brustwarze und sie wurde unter meinen Augen immer härter und größer. Perfekt für seine Qual.

Er zog zwei Kugeln vom Strang ab, zeigte sie mir und rollte sie vor meinen Augen zwischen den Fingern. Dann trennte er die beiden, hielt die erste Kugel an meine Brustwarze gedrückt und die andere ließ er zwischen Daumen und Zeigefinger der anderen Hand über meinen Bauch gleiten. Er vollführte Kreise, war einmal kurz vor meiner Brustwarze und ich schloss bereits die Augen, weil ich erwartete, dass die Kraft der Magnete zuschlagen würde, dann bog er im letzten Moment wieder ab und umrundete nochmal die andere Brust. Im Gegensatz zu gestern wusste ich, was auf mich zukam. Er spielte mit mir und mit meiner

Angst vor dem Schmerz. Immer wieder kniff ich die Augen zusammen und wartete.

„Das Warten auf den Schmerz ist eine ganz spezielle Qual. Und ich liebe es, dies meiner Sub anzutun. Es bringt dich wunderbar aus deiner Komfortzone, ohne dass irgendetwas geschieht. Alles ist nur in deinem Kopf. Und ich kann dich dabei beobachten. Sehe, wie deine Augen versuchen meinen Händen zu folgen, wie du die Augen schließt, wenn du den Schmerz erwartest, wie dein Körper sich verspannt. Wie deine Gesichtsmuskeln sich anspannen und wieder entspannen, wenn die Kugel eine weitere Runde nimmt. Ein Traum für jeden Dom."

Und dann war er da, der plötzliche, heftige Schmerz. Ich hörte seinen Worten zu und war kurz davon abgelenkt und in diesem Moment führte er die Kugeln an meiner linken Brust zusammen. Ich riss an meinen Fesseln vor Schreck. Meine Brustwarze pulsierte unter dem Druck und gab diesen Takt in meinen Unterleib weiter. Ohne weitere Spielchen setzte Viktor die zweite Kugel. Ich stöhnte laut auf. Ich genierte mich nicht, ihm zu zeigen, was ich fühlte, auch wenn Worte durch die dicke Wachsschicht nicht meinen Mund verlassen durften.

„Wunderhübsch bist du verziert. Und jetzt kommt die Krönung an einer ganz besonders erhabenen Stelle. Im Gegensatz zu gestern bist du ja heute gut zugänglich für mich zwischen deinen Beinen."

Ich riss die Augen auf. Daran hatte ich ja gar nicht gedacht! Das hatte er ja bereits gestern angedroht. Sofort versuchte ich die Beine zu schließen und mich wegzudrehen, aber er hatte es vorausgesehen und sich rechtzeitig zwischen meine Schenkel gesetzt.

„Nein, keine Chance. Da war ich schneller", lachte er und legte zufrieden den Kopf schräg.

Zu gerne hätte ich ihm jetzt meine Verwünschungen um die Ohren gehauen, aber mir blieb nur die Möglichkeit, ihn mit Blicken zu erdolchen.

„Ich habe ganz viele von diesen Kügelchen. Ich kann also ganz unterschiedliche Stellen schmücken. Ich hoffe, du kannst dich kontrollieren und deine Beine gespreizt lassen. Wenn du mich nämlich berührst, weil du versuchst die Beine zu schließen, setze ich noch ein paar an andere Stellen. Ohren, Schamlippen oder was auch immer mir einfällt. Hast du das verstanden?"

Ich nickte. Klar hatte ich das verstanden, aber ich wusste nicht, ob ich es schaffen würde. Wenn plötzlich ein Schmerz einsetzte, zuckte ich reflexhaft. Da hatte ich mich nicht im Griff. Diese Selbstkontrolle fehlte mir einfach. Ich hatte schon anderen Subs zugesehen, wie sie von ihren Doms bespielt wurden, und ich war jedes Mal fasziniert, wie sie ihren Körper unter Kontrolle hatten. Davon war ich weit entfernt.

„Du siehst mich so zweifelnd an, Alisa. Möchtest du, dass ich deine Beine festbinde? Das kann ich natürlich tun. Ich unterstütze dich doch, wo ich nur kann."

Ich nickte heftig. Er wusste um meine Schwächen. Und das hier sollte ja keine ausdrückliche Strafaktion werden.

„Also gut, das ist doch eine gute Gelegenheit, die Gegenstücke zu deinen Armbändern an deinen Fußgelenken anzubringen. Warte kurz, die habe ich doch vorhin vorsichtshalber mit ins Schlafzimmer genommen."

Ich nahm alles zurück, was ich gerade noch über ihn gedacht hatte. Sein freundliches Angebot war also nichts weiter als Kalkulation gewesen. Wenn ich das geahnt hätte!

Er stand auf und holte zwei Fesseln, die ähnlich aussahen wie die Bänder, die ich bereits an den Handgelenken trug. Er legte mir die Lederbänder um die Fußgelenke, fädelte den goldenen Ring durch den Schlitz, drehte den Mechanismus, brachte das goldene Magnetschloss an und ließ es einschnappen. Ich wehrte mich nicht. Ich hatte mich schnell an die Handfesseln gewöhnt, ich würde mich auch an die Fußfesseln gewöhnen. Und wenn ich in mich hineinhörte, war ich direkt stolz darauf: Es war ein weiteres Zeichen, dass ich ihm gehörte. Ein warmes Gefühl der Zufriedenheit durchströmte mich. Ihm gehören. Das klang wunderbar. Er nahm mich Stück für Stück in seinen Besitz auf. Immer gerade so viel, dass ich loslassen konnte. Nie zu viel auf einmal, sodass ich rebelliert hätte. Er kannte meine Grenzen und übertrat sie immer nur ein kleines bisschen. Gerade so, dass ich es akzeptieren konnte. Auf diese Weise legte er die Grenze neu fest und es war gut so.

„Stell die Beine auf und spreize sie."

Er holte zwei weitere Ketten und befestigte meine Knöchel ebenfalls am Kopfteil. Er zog meine Beine so weit auseinander, dass ich völlig offen vor ihm lag. Jetzt musste ich keine Sorge mehr haben, mir zusätzliche Pein einzuhandeln, indem ich ihn womöglich durch meine Reflexe berührte.

Er setzte sich wieder zwischen meine Beine und spielte ein wenig mit meinen Nippeln. Die Magnete hatten sich mittlerweile tief in meine Haut eingegraben und ich war froh, dass er nur sanft dagegenschnippte. Auch das löste bereits neue Impulse aus. Aber gerade so stark, dass meine Lust angeregt wurde. Von gestern wusste ich, dass der Schmerz langsam zunahm. Aufbauend. Als würde die Kraft der Magnete wachsen. Ich schloss die Augen und genoss trotzdem die sich entwickelnde Lust in mir.

„Du hast heute viel erlebt und durchlitten. Und deshalb habe ich beschlossen, dir jetzt einen Orgasmus zu gönnen, nachdem du schon so lange verzichten musstest. Da du morgen deine Entscheidung treffen musst, möchte ich, dass du vorher auch dieses Gefühl erlebt hast."

Er hatte wohl vorhin, als er die Fußfesseln geholt hatte, auch einen kleinen Vibrator mit zum Bett gebracht. Ich hörte das brummende Geräusch und dann spürte ich ihn zwischen meinen Beinen. Er fuhr damit meine Schamlippen entlang. Ich durfte schon lange keinen Orgasmus mehr erleben, sodass es nicht viel brauchte, um meine Säfte fließen zu lassen. Ich stöhnte wohlig. Und obwohl meine Knöchel festgeschnallt waren, konnte ich mein Becken doch noch gut bewegen.

„Ja, beweg dich, Alisa. Ich liebe es, zu sehen, wie du dich in deine Lust ergibst. Ich sehe zwischen den Beinen deine Nässe und ich spüre an deiner Körperspannung deine Erregung. Spüre den Schmerz, der deine Gier immer weiter antreibt."

Genau so war es. Ich versuchte mein Becken so zu drehen, dass ich den Vibrator genau an der richtigen Stelle spürte, und er ließ mich gewähren. Ich riss an den Ketten, die mich hielten. Ja, sie hielten mich, denn ich war auf dem direkten Weg zur Erlösung und ich wusste, er würde sie mir jetzt erlauben. Ich konzentrierte mich auf meine Mitte und all die Energie, die sich in den letzten Tagen und Wochen dort aufgestaut hatte. Es war wie ein Feuer, das immer größer wurde. All meine Sinne waren nur noch auf ein Ziel gerichtet, diese Energie auf dem Höhepunkt entweichen zu lassen. Er musste nur noch die magischen Worte sagen. Vorher durfte ich nicht wagen loszulassen.

„Komm, Alisa. Du darfst."

Da waren sie, die Worte der Erlaubnis. Meine Gedanken waren auf das Erreichen des Gipfels fixiert. Ich stand kurz davor. Mein Atem ging immer schneller und ich drückte mich dem Vibrator entgegen, um meinen Takt und meinen Druck zu finden. Viktor achtete genau auf meine Bewegungen und unterstützte meinen Weg. Dann ließ er den Vibrator in mich eintauchen, zog ihn wieder heraus und versenkte ihn wieder tief in mir. Mit einem Finger stimulierte er weiter meine Klitoris.

Ich spannte meine Muskeln an, das Wachs auf meinem Mund bröckelte langsam unter der Heftigkeit meiner Bewegungen.

Der Orgasmus baute sich auf. Jetzt war kein Zurück mehr möglich. Ich war am Rand der Klippe und ich sprang. In diesem Moment schnappten zwei Kugeln an meiner Klitoris zusammen. Der Schmerz war gewaltig. Er mischte sich mit dem Pulsieren meines Orgasmus. Ich schrie all die Energie heraus, die sich in den letzten Wochen in mir gestaut hatte. Das Wachs hielt den Schrei nicht mehr auf, es zerbrach einfach. Ich zuckte in Wellen und genoss jede, bis ich völlig fertig und leer auf dem Bett zusammensank.

Schnell entfernte Viktor alle Kügelchen. Um den Schmerz zu mindern, der dabei entstand, küsste er die geschundenen Stellen liebevoll. Er entfernte die Ketten und drehte mich etwas zur Seite, sodass er sich hinter mich legen konnte. Liebevoll legte er seinen Arm um mich und zog mich zu sich heran, darauf bedacht, meinem geschundenen Po nicht zu nahe zu kommen.

„Das war mit das Schönste, was ich je gesehen habe. Du bist wunderbar. Mach die Augen zu und schlaf in meinem Arm. Du hast es dir verdient."

Ich durfte in seinem Bett schlafen! In seinem Arm, in seinem Bett! Das war der letzte Gedanken, den ich hatte, bis mein Geist sich zur Ruhe begab und ich glücklich einschlief.

Sonntag

Noch hatte ich die Augen geschlossen, aber meine Nase war schon wach. Ich war nicht zuhause. Es roch ganz anders als in meiner Wohnung. Auch hatte ich eine andere Matratze. Meine war viel weicher. Diese musste für eine andere Person ausgesucht worden sein. Ich wusste auch für wen – Viktor. Ich war in seinem Bett, in seinem Schlafzimmer, in seinem Haus und ich fühlte mich wunderbar. Ich rollte mich vom Bauch auf den Rücken und ganz schnell wieder zurück. Langsam sickerten die Erinnerungen vom gestrigen Tag in meine Wahrnehmung. Kein Wunder, dass auf dem Rücken liegen keine gute Idee war, schließlich hatte mich Viktor gestern ziemlich heftig übers Knie gelegt. Verdient hatte ich es. Der Gedanke an ihn sorgte sofort dafür, dass ich dieses verlangende Ziehen in meinem Unterleib spürte. Ich drückte meine Scham auf die Matratze und genoss die aufkommende Lust.

„Was erahne ich denn da, was sich unter meiner Bettdecke abspielt?"

Ertappt schloss ich die Beine und dreht meinen Kopf in die Richtung, aus der die Stimme kam.

„Guten Morgen, mein Engel. Wenn ich das richtig interpretiert habe, muss ich wohl die Regel mit nicht berühren etwas allgemeiner fassen. Ich erweitere das ab jetzt zu nicht stimulieren. Damit decke ich wohl mehr Varianten ab. Ich glaube, da war ich viel zu naiv bisher."

Er lachte und zog die dünne Decke zurück, die sowieso kaum verbergen konnte, was unter ihr geschah.

„Guten Morgen, Viktor. Du bist ja schon aufgestanden."

„Ist ja nicht jeder so eine Schlafmütze wie du. Lass deinen Hintern mal sehen. Ja, das sieht gut aus. Wunderschön. So wie ich mir das vorgestellt habe. Ein bisschen rot ist er noch an einigen Stellen, hier wird es schon blau, aber nichts Dramatisches. Spüren wirst du es aber noch eine Zeit. In zwei bis drei Tagen werden die Flecken gelb und in einer Woche sind sie weg. Außer du machst zu viel Blödsinn und ich muss dich vorher nochmal übers Knie legen. Wenn du aus der Dusche kommst, creme ich dir das ein."

Er strich mir liebevoll über den Rücken bis zu meinem Po und dann weiter meine Oberschenkel entlang bis hinab zu meinen Knöcheln. Dort zupfte er an den Fußfesseln. Die hatte ich schon fast vergessen.

„Mal sehen, wie du damit zurechtkommst in deinem täglichen Leben. Ich fände es schon geil, wenn ich wüsste, dass du sie trägst, wenn ich nicht dabei bin, aber ich bin ja Realist. Wenn du einen Termin hast, bei dem das echt stört, kannst du mich bitten sie zu entfernen."

Ich drehte mich zur Seite, sodass ich ihm richtig ins Gesicht sehen konnte. Er stand neben mir, bereits geduscht und angezogen. Seine Haare waren noch nass und dufteten wunderbar nach Duschgel. Ein Tropfen rann von den Haarspitzen in seinen Kragen. Er war wieder vor mir aufgestanden. Viel Schlaf konnte er nicht brauchen. Heute trug er eine blaue Jeans und ein hellblaues Hemd. Weil Sonntag war? Oder hatte er noch etwas vor?

„Das sieht sehr appetitlich aus, wie du so vor mir liegst, Alisa, und ich wüsste sehr viel, was ich jetzt mit dir anstellen könnte, aber leider müssen wir das verschieben. Du weißt, dass Sonntag ist und ich von dir heute eine Entscheidung möchte?"

O ja, die Entscheidung. Am liebsten hätte ich es sofort herausgeschrien. Ja, ich wollte seine Sub sein. Es fühlte sich so richtig an. Ich fühlte mich so angekommen und verstanden wie schon lange nicht mehr.

Gerade wollte ich etwas erwidern, da legte er mir einen Finger auf die Lippen und unterband den Redeschwall.

„Psst, nicht jetzt. Wir machen das heute Abend in aller Ruhe. Jetzt schnell unter die Dusche. Ich bereite schon einmal das Frühstück vor. Es ist schon bald zehn Uhr. Du bist ja eine Langschläferin. Oder habe ich dich gestern so fertig gemacht?"

„Ich habe so tief und gut geschlafen wie schon lange nicht mehr. Ich wollte mich noch für den Orgasmus gestern Abend bedanken, ich befürchte, ich bin danach sofort eingeschlafen."

„Das stimmt, aber du hattest es dir verdient. Und ich habe es genossen, dich noch ein wenig beim Schlafen zu beobachten."

Er beugte sich zu mir hinunter und berührte kurz meine Lippen mit seinen. Diese Sanftheit, die er mir dieses Wochenende immer mal wieder zeigte, war ein neuer Zug an ihm. Aber auch das genoss ich. Gerade dieser Wechsel von Weichheit und Härte machte Viktor aus.

„Wenn du im Bad fertig bist, legst du dich bitte hier auf den Bauch. Ich werde deinen Po versorgen und dir den weiteren Tagesplan erklären."

Schnell stand ich auf und verschwand im Bad und ihn hörte ich die Treppe hinunterlaufen.

Ich sprang unter die Dusche, trocknete mich ab, besah, soweit ich mich drehen konnte, meinen Hintern. Er hatte recht, es sah schlimm aus. Aber weniger schlimm, als es sich gestern angefühlt hatte. Er hatte meine Grenzen geachtet, auch wenn es mir nicht so vorgekommen war.

Ich hörte ihn schon wieder die Treppe ins Obergeschoss hinaufsteigen, deshalb beeilte ich mich fertig zu werden, wollte ich doch keine Rüge wegen meiner Bummelei bekommen. Ich lag mit Brust und Bauch auf dem Laken, als er das Zimmer betrat.

„Ah, alles perfekt und bereit."

Er öffnete die Tube mit der Salbe und rieb vorsichtig meinen Po ein. Währenddessen sprach er: „Also, Plan für heute. Dein Auto steht ja noch bei Stella. Ich habe den Schlüssel bei ihr gelassen. Du wirst, wenn wir hier fertig sind, dein Auto bei ihr abholen. Denn das brauchst du ja morgen, wenn du in die Arbeit fahren möchtest. Egal ob von hier oder von deiner Wohnung aus.

Als Krönung deiner Strafe für deine gestrige Dummheit und dafür, dass ich dich deshalb extra holen musste, wirst du zu Stella unter besonderen Bedingungen laufen. Auch weil ich etwas zu deiner Geilheit beitragen möchte. So, wie ich die Entfernung einschätze, wirst du für den Weg eine gute Stunde brauchen."

Besondere Bedingungen? Was konnte das nun wieder sein? Er streichelte die Rückseite meiner Oberschenkel, nachdem er mit der Pflege meines Pos fertig war, und drückte meine Beine etwas auseinander. Was hatte er vor? Seine Finger fanden meine Mitte und begannen meine Schamlippen zu stimulieren. Ich legte meinen Kopf auf die Matratze und genoss sein Tun. Ich überlegte: Eine Stunde laufen, das war zwar mehr, als ich normalerweise freiwillig ging – ich war nicht gerade ein begeisterter Wanderer –, schlimm war es aber nicht. Es war aber auch nichts Lust-volles, sodass es zu meiner Geilheit beitragen würde.

„Damit du aber ein bisschen mehr Lust bei deiner Wan-derung hast, werde ich dir Liebeskugeln mitgeben. Das sind drei Kugeln, nicht allzu groß, vier Zentimeter im Durch-messer, und sie sind aus Metall und durch eine kurze Kette miteinander verbunden. Sie werden dich bei jedem Schritt innerlich massieren. Du wirst es genießen – und ich später, wenn du wieder da bist, deine Lust. Jetzt entspann dich bitte, damit ich die Kugeln bei dir einführen kann."

Ich hatte noch nie so was in mir gefühlt, war aber neugierig auf das Empfinden. Schon war das kalte Metall an meinen warmen Schamlippen und ich spürte den Wider-stand der ersten Kugel. Ich musste wirklich meine inneren Muskeln entspannen, ausatmen und loslassen. In diesem Moment drückte Viktor die erste Kugel in mich. Das fühlte sich gar nicht schlecht an. Nachdem ich jetzt wusste, wie es am besten ging, war auch die zweite Kugel schnell in mir verschwunden. Ich fühlte mich bereits ziemlich ausgefüllt und konnte mir nicht vorstellen, wie noch eine dritte Kugel in mir Platz finden sollte. Ich legte meine Beine etwas weiter auseinander. Gerade wollte ich meine Zweifel formulieren, da antwortete er schon.

„Alisa, ich bin mir sehr sicher, das geht noch."

Und schon war auch die letzte Kugel in mir. Noch auf dem Bauch liegend, bewegte ich mich probehalber ein bisschen. Das fühlte sich überraschend gut an. Ich rutschte vom Bett und kam auf den Füßen auf. Vorsichtig bewegte ich mich und in mir die Kugeln. Sie berührten mich immer wieder an ganz unterschiedlichen Stellen. Bei jeder Lage-veränderung woanders. Ich musste meine innere Muskula-tur, meinen Beckenboden anspannen, um sie zu halten.

Wow, das war ein sehr spezielles Gefühl. Vorsichtig ging ich ein paar Schritte vorwärts.

„Ich befürchte, mit dieser Schrittlänge kommst du nie bei Stella an. Du kannst dich schon normal bewegen. Genieß einfach die Stimulation. Jetzt zieh dich bitte schnell an. Das Frühstück ist fertig und du hast doch bestimmt Hunger."

Ich versuchte normale Schritte zu machen. Er hatte recht, es ging wunderbar, wenn man von der Stimulation einmal absah, die die Kugeln bei jeder Bewegung auf meinen Unterleib ausübten. Ich wurde nass. Das war nicht gut. Umso schwerer würde es sein, die Kugeln zu halten. Ich merkte jetzt schon, dass es anstrengend war, die Muskulatur angespannt zu lassen. Schnell schlüpfte ich in meine Jeans. Das würde helfen. So konnte ich die Liebeskugeln unterwegs nicht verlieren. Sehr praktisch.

Noch etwas wacklig lief ich die Treppe hinunter. Viktor saß schon am Esstisch. Schon wollte ich gegenüber auf dem Stuhl platznehmen, als mir einfiel, welches Ritual für das Frühstück in seinem Haus galt. An seinem Blick sah ich, dass er beobachtete, ob ich mich an diese Regel erinnerte. Ja, Pech gehabt, mein Lieber. So schnell gebe ich dir keine Möglichkeit, mich zu bestrafen.

Ich hatte rechtzeitig daran gedacht. Ich trat an ihn heran, drehte ihm meinen Rücken zu und führte meine Handgelenke zusammen, sodass er sie verbinden konnte. Was ich doch für ein braves Mädchen sein konnte!

Ohne weiteren Kommentar kniete ich mich vor ihn, nachdem er den Karabiner befestigt hatte. Ein neuer Tag als Sub auf dem Fußboden vor seinen Füßen begann. Ich liebte jetzt schon dieses Ritual.

„Es ist wirklich eine Wohltat, so eine folgsame Sub vor mir knien zu haben. Ich genieße das. Ich hoffe, dir geht es auch so."

Er schob meine Haare hinter meine Schulter und hob mit seinem Finger mein Kinn an, dann beugte er sich zu mir hinunter und küsste mich. Erst zart, dann immer fordernder. Mein Unterleib zog sich sehnsuchtsvoll um die Kugeln zusammen. Ein kleines lustvolles Stöhnen konnte ich nicht unterdrücken. Ich hätte mir jetzt etwas anderes als frühstücken oder spazieren gehen vorstellen können. Etwas ganz anderes. Und die Kugeln in mir würden mir das bei jedem Schritt ins Gedächtnis rufen. Das würde ein harter Marsch zu Stella werden.

Plötzlich zog er seine Lippen zurück und räusperte sich laut.

„Ich glaube, wir sollten das lassen. Sonst kommst du heute nicht mehr zu deinem Auto und ich kriege den Plan nie ganz fertig, den ich morgen Vormittag bei der Vorstellung brauche. Es tut mir leid, dass ich manchmal auch am Wochenende arbeiten muss, aber ich versuche das so gering wie möglich zu halten. Aber du weißt das ja selbst, Termine sind manchmal erbarmungslos."

Während ich mich oben fertig gemacht hatte, hatte er eine Tischdecke aufgelegt und den Tisch gedeckt. Ich durfte wirklich nicht mehr so lange schlafen, wollten wir doch das Frühstück gemeinsam zubereiten. Heute hatte er Toast geröstet. Dazu standen Butter, verschiedene Marmeladen und ein Glas Honig bereit.

„Was möchtest du auf deine Toastscheibe? Ich kann Pflaume und Erdbeere bieten oder nur Butter."

Er legte eine Scheibe Toast auf seinen Teller und wartete auf meine Antwort.

„Erdbeermarmelade, bitte. Mach dir keine Gedanken wegen der Arbeit. Ich verstehe das schon. Du hast mir aber bisher kaum etwas über deinen Job erzählt. Was machst du eigentlich genau? Ich höre immer nur Zeichnungen und Pläne."

Er antwortete nicht sofort, sondern konzentrierte sich darauf, den Marmeladentoast zu schmieren. Dann schob er mir das erste Stück in den Mund und goss ein Schlückchen Tee nach. Es war gar nicht so einfach, aus einer Tasse zu trinken, wenn man diese nicht selbst in der Hand hielt. Und so lief ein dünnes Rinnsal Tee aus meinem Mund.

„Vielleicht sollten wir dir ein Lätzchen umbinden, damit du dich nicht so einsaust", schlug er lachend vor. „Aber dann kann ich nicht mehr in deinen Ausschnitt schauen und es wäre schade um diesen Ausblick. Also ist die Idee doch nicht so gut."

Er tupfte mit seiner Serviette in meinem Gesicht und in meinem Dekolletee herum und ich hatte das Gefühl, dass er dabei viel Spaß hatte.

„Aber um auf deine Frage zurückzukommen. Wir hatten einfach bisher noch nicht die Gelegenheit, uns darüber zu unterhalten. Dabei ist das kein Geheimnis. Dass ich Architekt bin, weißt du ja. Ich arbeite in einem großen Büro mit vielen Kollegen zusammen an komplexen Gewerbebauten. Gerade planen wir ein neues Bürogebäude in der Innenstadt. Wir hoffen morgen einen Vorauftrag zu bekommen. Genügt das für den Anfang?"

Die nächste Scheibe Toast hatte er sich geschnappt und bestrich diese mit Butter. Bevor er selber abbiss, landete noch ein Stück meines Erdbeermarmeladentoastes in meinem Mund. Er sorgte wirklich gut für mich.

„Ach, da kann ich ja gleich noch eine Frage aus deinem Katalog beantworten. Raven – ja, der war einmal ein Kollege von mir. Es ist schon einige Zeit her und ich bin froh, wenn ich ihn nicht mehr zu Gesicht bekomme. Du hast ihn ja erlebt auf der Weihnachtsfeier."

Gerade hatte ich heruntergeschluckt und fragte gleich nach: „Und warum ist der so sauer auf dich? Ich hatte das Gefühl, dass da mehr war als nur ein Kollege, mit dem du dich nicht verstanden hast. Da muss doch etwas vorgefallen sein?"

Anstatt zu antworten, biss er ruhig von seinem Toast ab und kaute ausdauernd. Auch eine Möglichkeit, nicht antworten zu müssen. Dann bekam ich wieder einen Bissen von meinem Frühstück. Die Antwort ließ er in der Luft hängen.

„Möchtest du noch ein Glas Orangensaft? Gestern hat dir der ja gut geschmeckt. Ich werde die Einkaufsliste für den Supermarkt etwas anpassen. Wenn du vielleicht jetzt öfter hier bist."

Das klang gut in meinen Ohren. Oder wollte er einfach nur elegant das Thema wechseln? So leicht wollte ich ihn nicht davonkommen lassen und unternahm einen letzten Versuch, mehr herauszufinden: „Ja, ich mag den Orangensaft, aber ich möchte auch eine Antwort von dir."

Er steckte sich den Rest seines Toastes in den Mund, kaute und spülte mit Tee nach.

„Du fragst zu viel, kleine Alisa. Dann hättest du deine Frage anders formulieren müssen. Du weißt jetzt, wer er ist, und das genügt für dich. Mehr möchte ich dazu nicht sagen. Ich hoffe, dass er nie mehr meiner Sub zu nahe tritt. Am besten oder auch gesündesten für ihn ist es, er taucht überhaupt nicht mehr in meiner Nähe auf."

Verdammt viel Aggression lag in seinen Worten und das war ganz ungewöhnlich für ihn. Sein Gesicht war sogar rot angelaufen. Da war viel Emotion drin.

Er begann das Geschirr grob aufeinanderzustellen, schmiss das Besteck auf den obersten Teller und steckte mir ungeduldig das letzte Stück meines Toasts in den Mund. Dann stand er auf, trug das Geschirr in die Küche. Das Frühstück war wohl hiermit beendet. Beim Hinausgehen sagte er: „Leider war es ja nicht möglich, dieses Wochenende im Voraus zu planen, aber, es tut mir leid, ich muss diese Zeichnungen fertig machen. Ich habe Stella vorhin eine Nachricht geschickt. Sie ist zuhause. Natürlich kannst du noch ein bisschen mit ihr quatschen. Es genügt, wenn du am frühen Abend zurück bist. Aber versumpfe nicht wieder, egal mit wie viel Prosecco sie lockt. Wobei, die Konsequenzen aus deinen Vergehen sind sehr anregend für mich – aber du musst es ja nicht übertreiben, dein Po ist jetzt schon rot genug."

Ich rümpfte die Nase. Als ob das der Normalfall wäre, was da gestern bei Stella auf der Terrasse passiert war! Ich würde mich hüten, ihn nochmal zu einer schmerzhaften Konsequenz zu nötigen. Mein Po schmerzte auch jetzt noch genügend.

„Und bevor ich es vergesse: Vorne am Eingang liegt dein Hausschlüssel. Wenn du möchtest, kannst du ihn wiederhaben. Ich denke, du hast keine Lust, heute Abend wieder auf der Fußmatte um Einlass zu bitten. Aber wenn ich mich täusche, können wir das auch zur Normalität machen. Es sah ziemlich geil aus. Hat mir überaus gut gefallen. Und wenn du wieder Quatsch machst, werde ich dir den Schlüssel sowieso wieder abnehmen. Sei dir nicht zu sicher, dass du nie wieder vor meiner Tür hocken wirst."

„Nein!", schrie ich schnell auf. „Nein, bitte nicht. Ich möchte das nie mehr erleben. Ich habe mich so geschämt. Ich glaube, die ganze Nachbarschaft hat das mitbekommen. Ist dir das nicht auch peinlich?"

„Nein, ist es mir nicht. Ich war es ja nicht, der knien musste." Er grinste und trug das restliche Geschirr in die Küche. Dieser Schuft! „Mein Ruf ist sowieso dahin. Hier laufen ja hin und wieder schon etwas auffällige Gestalten rein. Denk nur an Thomas und Julia oder Katharina, wenn sie für eine Party angezogen sind. Und dann hat man sicher schon die eine oder andere Frau schreien hören. Meine Wände sind zwar gut isoliert, aber trotzdem."

Warum erwähnte er so was immer? Ich wollte nicht darüber nachdenken, welche Frauen hier schon von ihm bespielt wurden. Ja, ich sollte da offener sein. Aber ich wollte ihn für mich. Andere Frauen – das sollte alles Vergangenheit sein!

„Viktor? Wieso beantwortest du mir die Frage zu Katharina nicht? Immer weichst du mir aus."

„Dreh dich um, damit ich deine Handgelenke befreien kann. Ich könnte es auch so lassen, wenn du mich weiter mit Fragen löcherst. Alles zu seiner Zeit ..."

Der Mann war ein harter Brocken. Schnell schloss ich meinen Mund. Wieder keine Antwort. Das bohrte in mir. Wenn der Name Katharina fiel, machte er sofort zu. Auch jetzt. Aber nachdem ich wirklich nicht mit zusammengebundenen Händen bei Stella erscheinen wollte, fragte ich nicht weiter.

Eilig befreite er meine Handgelenke und gab mir ein Zeichen, dass ich aufstehen durfte. Aber die Stimmung war wieder mal dahin. Warum konnte ich dumme Nuss nur meinen Mund nicht halten? Viktor war bereits aus dem

Wohnzimmer verschwunden. Er hatte nichts mehr gesagt, war einfach verschwunden. Mist!

Wenn ich schon vorhin nicht geholfen hatte, so wollte ich mich wenigstens jetzt nützlich machen. Ich ging in die Küche und räumte die Spülmaschine ein, ließ sie laufen und stellte die Reste des Frühstücks in den Kühlschrank. Ein Chaos wollte ich nicht hinterlassen.

Als alles nach meiner Zufriedenheit aussah, schlüpfte ich in meine Sneakers, die ich gestern aus meiner Wohnung mitgenommen hatte. Überraschenderweise störten die Fußfesseln nicht und man konnte sie unter den Jeans auch nicht sehen. Sie waren verhältnismäßig unauffällig. Aber sie waren da. Und das gab mir wieder Zuversicht. War doch egal, wer Katharina war, jetzt trug ich seine Fuß- und Armbänder – allerdings kein Halsband. Schnell schluckte ich den Gedanken hinunter.

Wichtiger war, dass er mir den Schlüssel wieder anvertraute. Er lag noch immer in der Schale, in die ich ihn damals gelegt hatte. Ich hielt ihn kurz in der Hand und besah mir das „V", das an einem Schlüsselanhänger hing. Grinsend steckte ich ihn in meine Hosentasche und verließ Viktors Haus. In mir bewegten sich die Kugeln und mit jedem Schritt ließ ich Katharina hinter mir.

Ich musste mir eingestehen, dass ich den Spaziergang richtig genoss. Mein Po schmerzte dabei nicht und die Kugeln in mir erzeugten ein wunderbar erotisches Gefühl, ohne wirklich geil zu machen. Es war angenehm anregend. Außerdem hatte ich jetzt etwas Zeit zum Nachdenken und Ordnen meiner Gedanken. Vielleicht hatte mich Viktor auch auf diese Auszeit geschickt, damit ich in Ruhe und ohne seinen direkten Einfluss Zeit fand, mir zu überlegen, was ich ihm heute Abend sagen wollte? Dafürsprechen würde natürlich auch, dass er mich nicht vorher schon hatte Stellung beziehen lassen. Was aber war mit ihm? Ging es nur um meine Entscheidung? Eigentlich nicht. Hatte ich ihn in den letzten Stunden davon überzeugt, dass ich eine gute Sub für ihn sein konnte? Diese verdammten Zweifel, die ständig an mir nagten! Das kannte ich von mir gar nicht.

Ich ließ mir Zeit für den Weg zu Stella. Warum sollte ich mich auch beeilen? Das Wetter war herrlich und das Gehen ein Genuss. Ich sollte das viel öfter machen. Ich saß viel zu oft und zu lange in meinem Labor. Wenn ich schon Dinge in meinem Leben änderte, dann war es doch eine gute Gelegenheit, das auch in anderen Bereichen zu tun.

Hoffentlich wartete Stella nicht auf mich. Gerne hätte ich ihr Bescheid gegeben, dass es etwas später wurde, aber ich hatte ja kein Handy. Das war mir auch erst wieder eingefallen, als ich gewohnheitsmäßig meine Nachrichten checken wollte und panisch in meiner Tasche danach gesucht hatte. Es war ungewohnt, aber ich würde mich gut daran gewöhnen.

Es war schon nach Mittag, als ich bei Stella klingelte. Erst rührte sich nichts im Haus und ich dachte schon, sie sei vielleicht gar nicht mehr zuhause.

„Ich bin hinten im Garten, Alisa! Komm einfach rein."

Ich drückte gegen das Gartentürchen, das sofort nachgab, und überquerte das Rasenstück entlang des Hauses. Es führte in den Garten, in dem wir gestern gesessen waren. Stella stand mit Handschuhen und einem Hut bekleidet im Beet und schnitt ihre Hecke zurecht.

„Na, auch schon da? Ich dachte schon, du kommst gar nicht. Befürchtete schon, ich muss dich aus einem Käfig befreien oder aus dem Keller, in den er dich gesteckt hat. Keine Ahnung, was ihr sonst noch für Zeug macht."

Es sollte wohl witzig klingen, aber es versetzte mir einen Stich. Wusste ich wirklich, worauf ich mich einließ?

Ich hörte selber, wie unsicher meine Stimme klang, als ich antwortete: „Du wieder. Nein, so was würde Viktor nie machen." Während ich es aussprach, wusste ich, dass er es sehr wohl tun würde, wenn ich es verdient hätte, und es entstand eine seltsam angenehme Angst in mir. Käfig! Mensch, war ich doof. Natürlich! Jetzt erinnerte ich mich an meinen ersten Eindruck von seinem Bett als umgedrehtes Gitterbett. Es war genau das, wofür ich es gehalten hatte. Es war eine Art Käfig! O mein Gott, und so was hatte er in seinem Schlafzimmer! Wie würde es sich wohl anfühlen? Ich wollte gar nicht dran denken. Viktor hatte offenbar Seiten an sich, von denen ich nichts ahnte und über die er noch nie gesprochen hatte.

„Na egal", sprach Stella weiter. „Ich habe gut auf dein Auto aufgepasst. Ich hoffe, dass du gut auf dich aufpassen kannst."

„Was willst du mir damit sagen?"

„Ich möchte nicht, dass er dir wehtut oder dass du ihm wehtust. Dafür mag ich euch beide zu gern. Also ich meine jetzt nicht körperlich. Da halte ich mich raus. Dafür bin ich nicht zuständig."

„Stella, hör bitte auf. Du verunsicherst mich. Ich habe jetzt so lange dieses Zwei-Schritte-vor-einen-zurück gemacht. Ich will das nicht ewig diskutieren. Viktor hat mich aufgefordert, ihm heute Abend meine Entscheidung zu verkünden. Er hat mir die zwei Tage Bedenkzeit gegeben und ich war mir bis vor zwei Minuten ganz sicher, dass ich das möchte. Aber … Stella? Was weißt du über Katharina?"

„Katharina? Hat er dir das nicht erzählt?"

„Nein, er blockt ab, sobald ich ihren Namen auch nur erwähne. Als ich am Freitag zu ihm ging, war sie bei ihm."

Stella pfiff leise durch die Zähne und runzelte die Stirn. Dann riss sie an einem Zweig unnötig heftig. Der Zweig wollte aber nicht so wie sie, was sie richtig sauer machte. Oder ging es gar nicht um den Zweig? Sie wischte sich mit ihrem dreckigen Unterarm den Schweiß von der Stirn und wendete sich mir zu.

„Liebes, ich kann nicht einschätzen, was Viktor momentan für Katharina empfindet – oder sie für ihn. Dafür hatte ich die letzten Monate zu wenig Kontakt zu ihm. Aber eins möchte ich dazu sagen. Wir alle im Freundeskreis haben lange unter dem Theater um die drei gelitten."

Drei? Ging es mir sofort durch den Kopf. Wer war die Nummer drei?

Sie sprach weiter: „Es gab Team Viktor und Team Katharina und es war nicht einfach für uns alle. Aber wenn sie jetzt wieder bei ihm zuhause ist …? Nein, Alisa, tut mir leid. Ich habe keine aktuellen Informationen und alles andere ist reine Spekulation."

„Du hast gerade drei gesagt. Wer war an dem Theater, so wie du es nennst, noch beteiligt?", bohrte ich weiter.

Sie zog wieder an dem Ast.

„Gib mir mal die kleine Astsäge, die dort auf der Terrasse liegt."

Ich hob das Ding auf und reichte es ihr vorsichtig. Es sah scharf und gefährlich aus. Wie wild sägte sie an dem Holz herum. Endlich hatte sie den Ast in der Hand und schleuderte ihn achtlos auf den Rasen.

„Du kennst den Typ. Du hattest schon das Vergnügen. Seinen Namen nehme ich gar nicht in den Mund. Ich denke, du weißt auch so, wen ich meine."

Raven? Von wem sonst sollte sie sprechen! Dann hatte die Rivalität zwischen Viktor und Raven mit Katharina zu tun? Jeder schien Aggressionen zu entwickeln, wenn es um Raven ging. Und keiner wollte darüber reden. Sehr seltsam.

Jetzt wusste ich noch weniger als zuvor und es war offensichtlich, dass Stella sich nicht auf die Herausgabe von mehr Informationen einlassen würde. Was sollte ich nur tun? Unschlüssig begann ich, mit der Schuhspitze das Moos aus den Fugen der Terrassenplatten zu treten. Stella kämpfte mit weiteren Zweigen und wir beide schwiegen.

Nachdem der nächste Ast aus der Hecke auf den Rasen geflogen war, sprach sie weiter: „Wenn du dir sicher bist, dass er es ist, den du willst, dann sag ja zu ihm. Lass dich nicht aufhalten. Nicht von allen Katharinas und anderen Menschen aus seiner Vergangenheit. Ihr müsst ja sowieso erst sehen, wie sich das entwickelt. Ihr seid ja nicht verheiratet oder so was. Aber seid ehrlich zueinander und sprecht miteinander. Ich fürchte, da ist Viktor wie viele Männer. Reden über Dinge, die ihm irgendwie unangenehm sind, verschiebt er lieber. Vielleicht ist ja auch alles ganz einfach. Ich würde sagen, du packst jetzt deinen Autoschlüssel und fährst zu ihm und klärst das. Und dann sagst du ja oder nein."

Stella hatte recht. Dieses ewige Hin und Her zerrte an meinen Nerven. Ich überlegte: „Was hältst du davon, wenn ich ihn mit einem Abendessen überrasche? Denn stell dir vor, ich habe seinen Hausschlüssel wiederbekommen."

„Das freut mich. Das würde ich doch als positives Zeichen deuten. Dann mach das doch. Ich bin grad so schön dreckig hier in der Hecke. Dein Autoschlüssel liegt vorne am Eingang. Nimm ihn dir doch bitte und bring dich selbst zur Tür. Hoffe du bist mir nicht böse, aber ich habe mir heute im Garten noch viel vorgenommen und ich möchte so viel wie möglich schaffen, solange es hell ist. Frage nicht, wie schwierig es war, hier zwischen den ganzen Ästen eine Position zu finden, in der ich diese kaputten Äste herausschneiden kann."

„Kein Problem, Stella. Ich kenne mich ja bei dir aus. Ich melde mich morgen mal und erzähle dir, wie es weitergegangen ist."

„Unbedingt. Ich wünsche dir, dass du deinen Viktor bald ganz für dich hast und ihr all die schönen, abartigen Spielchen machen könnt, die euch bereichern."

Die Idee mit dem Essen gefiel mir und ich wollte keine Zeit mehr vertrödeln, sondern strategisch den Nachmittag planen. Viktor hatte gesagt, dass er bis zum frühen Abend beschäftigt sei. Gut. Dann hatte ich noch genug Zeit, um zu mir zu fahren und meine Arbeitssachen für morgen zu holen: Andere Klamotten und meine Unterlagen, die ich im Labor brauchte. Ich war fest der Überzeugung, dass ich heute Nacht nicht in meinem Bett schlafen würde, sondern vor oder in Viktors Bett – hoffentlich nie darunter.

Prima, dass ich vor dem Wochenende einen Großeinkauf gemacht hatte. Mein Kühlschrank war gut gefüllt und ich würde lauter feine Sachen zusammenpacken und für Viktor und mich etwas Leckeres zaubern. Das wäre doch ein perfekter Start in den Abend. Schon hob sich meine Laune beträchtlich. Ich ging in Stellas Haus, schnappte mir meinen Schlüssel und verließ das Haus durch die Vordertür.

Vorsichtig ließ ich mich in den Sitz meines Autos gleiten. Einerseits spürte ich die Auswirkungen der Schläge vom Vortag noch gut und andererseits bewegten sich die Liebeskugeln in meinem Inneren in dieser Position ganz anders. Wieder neue Berührungen und verdammt gute Gefühle.

In meiner Wohnung brauchte ich doch länger, als ich angenommen hatte – ich durfte nichts vergessen, hatte ich ja keinen Überblick über Viktors Kühlschrankinhalt. Ich verstaute alles in einem Korb, packte auch ein paar Klamotten dazu und machte mich auf den Weg zu ihm.

Ich parkte das Auto am Straßenrand und lief zum Hauseingang. Mit einem guten Gefühl steckte ich den Schlüssel ins Schlüsselloch und sperrte auf. Ich war sehr froh, dass ich ihn wiederhatte. So konnte ich Viktor jetzt überraschen. Ich betrat den Eingangsbereich, schloss die Türe und wollte gerade Viktors Namen rufen, um sicherzugehen, dass er noch nicht zuhause war. Da hörte ich Stimmen aus dem Wohnzimmer. Unweigerlich horchte ich.

„Viktor, ich habe keine Ahnung, ob du dir dabei wirklich was gedacht hast. Ich habe sie mir genau angesehen. Das kann unmöglich dein Ernst sein."

„Aber Katharina, bist du da nicht zu streng?"

„Ich bin nicht streng, du weißt, dass ich mich in dem Metier genauso gut auskenne wie du. Dafür machen wir das schon zu lange. Und ich sage dir, du machst dich absolut lächerlich."

Ich erstarrte. Sprachen die über mich? Natürlich! Über wen sonst? Sie hatte mich gestern gesehen und für unpassend für Viktor befunden. Und jetzt versuchte sie ihn davon abzubringen, mich zu seiner Sub zu machen. Anders konnte es nicht sein. Obwohl ich es nicht wollte, blieb ich wie erstarrt in der Diele stehen. Ich hätte ein Geräusch machen sollen, damit die beiden wussten, dass sie nicht mehr allein waren. Was tat sie überhaupt schon wieder hier? Sie konnte ihn wohl nicht in Ruhe lassen. Diese Schlange! Und vorgestern hatte ich noch gedacht, sie sei ein Engel.

„Da kann ich keinerlei Klasse oder Anspruch entdecken. Ehrlich, Viktor, du verrennst dich da in eine Vorstellung, die außer dir niemand sieht."

Das war so gemein! Keine Klasse oder Anspruch – so sah sie mich. Meine Augen füllten sich mit Tränen. Immer noch stand ich mit meinem Korb Leckereien still im Raum. Ich hatte Weißbrot zum Aufbacken und drei verschiedene Aufstriche zusammengesucht. Dann wollte ich Nudeln mit frischem Pesto machen und zum Abschluss ein Crêpe mit Obstfüllung. Für all das hatte ich die Zutaten in meinem Korb, der an meinem Arm immer schwerer wurde, den ich aber nicht wagte abzusetzen, um keinen Laut zu verursachen. Ich konnte aber nicht ewig hier stehen bleiben.

„Sie hat ja gute Ansätze, aber …"

„Vielleicht hast du ja recht. So betrachtet."

Am besten, ich würde einfach gehen und so tun, als sei ich nie hier gewesen. Ich würde Viktor von zuhause anrufen und ihm mitteilen, dass ich es mir doch anders überlegt hatte. Vielleicht war er dann froh, dass das Thema mit der unpassenden Sub ein Ende hatte, dann hatte er wieder freie Hand für die Engelsschlange Katharina. Ich schloss die Augen und gab den Tränen den Startschuss, um aus meinen Augen über meine Backen bis hinunter zu meinem Kinn zu laufen. Da ich in der einen Hand den Korb und in der anderen den Schlüssel hatte, konnte ich sie nicht einmal wegwischen. Aber es war mir egal – dann liefen sie eben. Meine Schultern begannen zu zucken und mein ganzer Körper schüttelte sich. Mein Weinen war nicht mehr nur in meinen Augen, sondern kam von ganz tief. Von da, wo mein Herz gerade brach.

Den Rest meines Körpers spürte ich nicht mehr und deshalb konnte ich nicht verhindern, dass die Kraft aus den Muskeln meiner Finger schwand und der Schlüssel laut klirrend auf den Fliesenboden fiel. Scheiße! Das musste auch bis ins Wohnzimmer zu hören gewesen sein. Was sollte ich jetzt machen?

„Hast du auch ein Geräusch aus der Diele gehört? Da ist doch etwas runtergefallen?", hörte ich Viktors Stimme. Und dann Schritte. Die Wohnzimmertüre ging auf und Viktor starrte mich an. Keine Chance mehr zur Flucht.

„Alisa? Was tust du denn schon hier?"

„Ach, habe ich dich gestört? Das wollte ich nicht. Aber vielleicht … ganz gut, dass mir die Augen geöffnet wurden", sprach ich immer noch mit erstickter Stimme. Immer noch liefen die Tränen ungehindert über mein Gesicht.

Viktor kam auf mich zu und starrte mich an.

„Wovon redest du? Ich habe keine Ahnung, was mit dir los ist. Stehst da mitten in der Diele und heulst. Was hat das zu bedeuten? Hattest du einen Unfall? Ist was mit Stella? Wie lange stehst du denn schon da?"

„Lange genug, um zu hören, was Katharina über mich gesagt hat."

„Katharina? Über dich? Wie kommst du denn darauf?"

„Ich habe doch Ohren und kann verstehen, wenn über mich geurteilt wird."

Ich hatte jetzt doch meinen Korb abgestellt, zu sehr erinnerte mich diese Konstellation plötzlich an Rotkäppchen, die böse Wölfin und den unbedarften Großvater. Sorry, Viktor, für den Vergleich.

„Kommst du bitte mal her, Katharina? Ich glaube, wir müssen jetzt mal endgültig etwas klären."

Kaum hatte er es ausgesprochen, schwebte Katharina schon herein. Sie sah wie immer perfekt gestylt aus. Dunkelblaues Etuikleid, elegante High Heels, die Haare in einem strengen Pferdeschwanz nach hinten gebunden. Das verlieh ihrer Gestalt genau diese unaufgeregte Perfektion, die mir nie gelingen würde. Anspruch und Klasse – ja, genau das verkörperte sie. Nicht Jeans und Sneakers. Gegen diese Frau konnte man einfach keine Chance haben.

„Was ist hier denn los? Alisa, warum weinst du? Ist etwas passiert?"

„Sie muss irgendetwas missverstanden haben. Aber ich kriege kein sinnvolles Wort aus ihr heraus."

„Magst du uns nicht sagen, was es ist? So kommen wir doch nicht weiter."

Uns! Sie hatte „uns" gesagt. So weit war es also schon! Neue Tränen stiegen mir in die Augen, ich kam nicht dagegen an.

„Ich habe gehört, wie du dich über mich ausgelassen hast", erklärte ich zwischen Schluchzern. „Du hast versucht, mich Viktor auszureden. Wahrscheinlich, weil du ihn wieder für dich haben willst. Aber das werde ich dir nicht gönnen, Viktor gehört zu mir."

Katharina stand völlig sprachlos vor mir. Dann sagte sie: „Alisa, ganz ehrlich. Wir haben überhaupt nicht über dich gesprochen. Es ging um die Zeichnungen, die Viktor für die Präsentation morgen gemacht hat. Die sind, entschuldige bitte, grottenschlecht. Und ich habe ihm das gesagt. Wahrscheinlich ist seine kleine Sub in seinem Kopf und nicht das neue Bürogebäude, das wir morgen vorstellen sollen."

„Uns? Wir? Was meinst du mit: Ihr müsst das vorstellen? Was hast du denn damit zu tun?"

„Viktor, sei ehrlich! Was hast du ihr über mich, dich, uns erzählt?"

Aha! Es gab also doch ein Uns zwischen Viktor und Katharina. Das hatte ich doch gleich gewusst, dass da mehr war.

„Eigentlich gar nichts. Ich dachte, das kann man bei Gelegenheit mal machen, wenn es sich ergibt. Ich wollte einfach Alisa nicht verunsichern, weil ich dich ja jeden Tag im Büro sehe und schließlich einmal mit dir zusammen war."

„Genau. Vergangenheit: warst", antwortete Katharina.

„Ja klar, deshalb ist es im Moment auch nicht so wichtig für Alisa und mich. Es wird genug Zeit sein, ihr einiges aus meiner Vergangenheit zu erzählen – hoffe ich. Aber heute geht es erst einmal darum, ob sie meine Sub sein will."

„Ihr Männer seid manchmal absolut dämlich. Anders kann ich es nicht sagen. Also, hör zu, Alisa. Damit das ganz klar ist, ohne jeglichen Interpretationsspielraum: Ich arbeite im selben Büro wie Viktor. Wir sind beide Architekten und haben ein gemeinsames Projekt. Mehr nicht. Die Vergangenheit ist für mich abgeschlossen. Ich habe einen wunderbaren Herrn und Partner und ich lebe in einer erfüllten Beziehung. Höchstwahrscheinlich werden wir dieses Jahr sogar heiraten."

„Du willst heiraten? Davon weiß ich ja gar nichts."

„Das musst du auch nicht wissen. Es ist mein Privatleben. Du hättest schon noch eine Hochzeitseinladung bekommen. Aber so weit sind wir noch nicht. Und lass jetzt bitte dieses Thema."

Sie kehrte Viktor demonstrativ den Rücken zu und sagte zu mir gewandt: „Es gibt überhaupt keinen Grund, mich zwischen dich und Viktor zu drängen. Absolut nicht. Das ist alles Vergangenheit. Und das ist gut so. Es war für uns alle eine harte Zeit, aber das solltest du nicht aus meinem Mund hören, das sollte dir Viktor in aller Ruhe erzählen. Wir werden uns immer nahestehen. Dazu haben wir zu viel miteinander erlebt. Aber das ist nichts, was du als gefährlich empfinden solltest. Das ist einfach das Leben. Ich weiß nicht viel über dich, aber das, was Viktor in den letzten Wochen erzählt hat, klang vielversprechend. Also probiert es jetzt endlich miteinander! Ich würde sagen, ich biete dem Pärchen hier Folgendes an: Ich lasse euch jetzt allein und fahre nochmal ins Büro und zeichne die Pläne neu, sodass wir morgen eine Chance bei der Präsentation haben."

Sie drehte sich wieder um. „Du musst mir nicht danken, Viktor, es reicht, wenn du ab morgen wieder Platz für die Arbeit in deinem Hirn hast, ohne dass dir dein Testosteron ständig im Weg steht."

Wow! Die traute sich ja einen Ton anzuschlagen! Das klang wirklich nicht nach Sub und Dom. Zumindest konnte ich mir nicht vorstellen, ihn mit solchen Worten anzusprechen.

Katharina wartete keine Antwort ab, sondern holte die Papiere und Zeichenrollen, die noch auf dem Tisch lagen, rauschte an uns vorbei und schmiss die Türe lautstark zu. Temperament hatte sie.

Da stand ich nun. Tränennasses Gesicht, verschmiertes Makeup und keine Ahnung, wie Viktor jetzt reagieren würde.

Wir standen uns gegenüber. Keiner sprach. Gerade wollte ich ansetzen und mich für das ganze Theater, das Lauschen und vor allem das Zweifeln entschuldigen, da legte er seinen Zeigefinger auf seine Lippen. Ich sollte still sein. Er wollte all das nicht hören. Also schwieg ich. Er blickte mir tief in die Augen – und dieser Blick beruhigte meine in Aufruhr geratene Seele. Je länger er mich still ansah, desto mehr entspannte ich mich und mein Atem wurde gleichmäßig. Dann hob er seine Arme und breitete sie weit aus.

„Komm her zu mir, Alisa."

Ich flüchtete mich an seine Brust und er hielt mich einfach nur fest. Es war gut, dass keiner sprach. Jedes Wort wäre zu viel gewesen. Ich legte meinen Kopf an seine Schulter und die Wärme seines Körpers strömte in mich hinein und reparierte mein Herz.

„Alisa, nun ist der Moment, in dem du gehen kannst, ohne dich erklären zu müssen. Ich werde es ohne Groll akzeptieren, denn ich weiß, es ist nicht leicht für dich, mit mir zusammen zu sein. Oder du bleibst hier und ich verspreche dir, gut auf dich aufzupassen, dich liebevoll an deine Grenzen zu führen und, ich glaube das wird nötig sein, viel liebevolle Strenge walten zu lassen. Das wird sicher auch für mich eine Herausforderung, das gebe ich zu."

So ruhig, wie ich war, so klar war ich. Ich wollte ihn. Ich löste mich aus seiner Umarmung und sank ohne zu zögern auf die Knie, zwang mich, ihm dabei weiter in die Augen zu schauen. Mein Herz klopfte und ein ganzer Schwarm Schmetterlinge flog durch meinen Bauch. Nein, ich wollte nicht gehen, ich wollte vor ihm knien. Aus freien Stücken. Ich war in meinem Element. Endlich. Als ich da unten am Boden kniete, fühlte ich das unbeschreibliche Gefühl der Submission, das von mir Besitz ergriff. Die Droge begann wieder zu wirken. Alle Unsicherheit verschwand. Hier war mein Platz.

„Ich bleibe bei dir. Auch wenn ich nicht weiß, ob ich es schaffen werde. Ich verspreche dir, mein Möglichstes zu versuchen, um dir eine gute Sub zu sein."

„Dann sei es so, Alisa." Sanft hob er meinen Kopf an und ich war sicher, dass er sich zu mir herunterbeugen würde, um mich zu küssen. Aber man sollte sich als Viktors Sub nie bei etwas sicher sein, denn stattdessen kam eine scharfe Anweisung: „Kein Abendessen und kein netter Plausch. Du verschwindest jetzt nach oben, ziehst dich aus und machst dich bereit. Ich komme in zwanzig Minuten nach oben und dann begrüßt du mich in devoter Haltung im Schlafzimmer. Die Liebeskugeln nimmst du raus, du hast zugänglich zu sein. Verstanden?"

Das war eine Ansage. Genau so wollte ich es.

„Ja, Viktor", gab ich zur Antwort, stand schnell auf und verschwand im ersten Stock. Mein Herz klopfte vor Aufregung und ich spürte die Nässe, die bei seinem Tonfall zwischen meinen Beinen entstanden war. Dieses Gefühl war es, das ich bei all meinen vorherigen Beziehungen vermisst hatte. Ein Wort von ihm und diese ganz besondere Lust schoss durch meinen Körper.

Im Badezimmer zog ich mich aus, angelte die Liebeskugeln aus mir heraus und wischte mir das verschmierte Makeup aus dem Gesicht. Ich versuchte zu retten, was zu retten war. Mit verheulten Waschbäraugen wollte ich diesen besonderen Moment nicht erleben. Jetzt war es so weit …

Ich war rechtzeitig fertig geworden und kniete bereits vor dem großen Bett in seinem Schlafzimmer, als sich die Türe öffnete und Viktor hereinkam.

„Ja, so mag ich das. Sub kniet brav und wartet auf ihren Herrn."

Ich wagte nicht, den Kopf zu heben, aber ich hörte ein Lächeln in seiner Stimme. Alles war gut.

„Steh auf und knie dich aufs Bett. Schenkel leicht gespreizt, Kopf auf die Matratze, Arsch in die Höhe."

Seine Stimme war leise, seine Worte nur für meine Ohren gedacht. Seine Dominanz brauchte keine Lautstärke. Gerade das machte ihn für mich unwiderstehlich. Eilig stand ich auf und kletterte auf die Matratze seines Bettes. Mein Po und meine Scham waren in dieser Position für ihn frei zugänglich. Wie gemacht für eine Bestrafung – oder auch eine Belohnung. Vorsichtig lugte ich hinter mich. Er stand im Zimmer und beobachtet mich. Genoss, was er sah. Dann ging er zu einer Schublade und holte einen Gegenstand heraus. O mein Gott! Das war eine Gerte. Mein Hintern schmerzte doch noch von gestern, das konnte er doch nicht tun! Hektisch bewegte ich mich, traute mich allerdings nicht zu protestieren. Ich versuchte mich zu beruhigen und schloss die Augen, weil diese Mischung aus Vorfreude und Panik durch meinen Geist sauste. Eine unglaubliche Mischung. Er würde wissen, was er mir zumuten konnte und was nicht. Ich würde mich seiner Entscheidung fügen.

„Ich sehe deine Unruhe. Und sie gefällt mir. Sie macht mich an, weißt du das? Ich genieße, was allein der Anblick dieses Gegenstandes und der Gedanke, was ich damit machen könnte, in dir auslöst."

Die Hormone tanzten in meinem Körper einen fröhlichen Reigen. Der Verstand schrie: Flieh! Das Herz befahl, genau das nicht zu tun. Und aus diesem Kampf entstand dieses unglaubliche Gefühl und diese unbeschreibliche Lust, die mich immer wieder genau in diese Situationen zog.

Er trat an mich heran. Seine Hand legte sich auf meinen Rücken, streichelte über meine Wirbelsäule. Erkundete meine Körperseiten, prüfte den Zustand meines Pos, meiner Schenkel. Er ließ sich Zeit. Er hatte Zeit. Wir hatten alle Zeit der Welt. Er gab mir einen kräftigen Klaps mit seiner Hand. Ich keuchte auf. Er hatte auf meinen noch immer sehr empfindlichen Po gezielt und damit hatte ich nicht gerechnet. Er griff zwischen meinen Beinen hindurch an meine Nippel und zwirbelte sie. Ich atmete schwer. Ich war berauscht von der Unsicherheit, was er als Nächstes mit mir anstellen würde. Ein Cocktail aus Lust, Schmerz und Angst vermischte sich in meinen Adern. Seine Finger zogen sich von meinen Brüsten zurück und teilten meine Schamlippen. Ich stöhnte auf, als seine Hand in meine Nässe traf.

„Du bist klatschnass, weißt du das, meine Schöne?" Er schob zwei Finger in mich und ich war mir sicher, dass ich auf ewig verloren war. Ich war dort, wo ich hingehörte. Leg mir Fesseln an und ich spüre den Frieden und die Freiheit, die mir die Unterwerfung schenkt.

„Ich werde dich jetzt bespielen, so wie ich es mag, einfach, weil ich es kann. Und dann werde ich dich ficken. Ich werde dich nehmen, dich benutzen und damit zu der Meinen machen. Du bist die komplizierteste und unerzogenste Sub, die ich je gesehen habe. Und glaub mir, ich habe schon einige gesehen. Aber auf der anderen Seite bin ich mir sicher, dass es uns miteinander nie langweilig werden wird. Ich habe in den letzten Jahren die eine oder andere wohlerzogene Sub bei mir gehabt, aber ich muss gestehen, die waren alle verdammt langweilig gegen dich."

Meine Wangen glühten, nicht vor peinlicher Scham, sondern vor Freude und Stolz. Solche Worte hatte ich nicht erwartet.

Er war hinter mich getreten und bevor ich noch reagieren konnte, sauste ein Schlag mit der Gerte seitlich auf meine Pobacke. Diese Stelle hatte er gestern nicht getroffen, sonst hätte es mehr geschmerzt. Ob er sie sich bewusst aufgehoben hatte? Ich hielt die Luft an. Er ließ mir Zeit, den spitzen Schmerz zu veratmen. Dann folgte ein zweiter Schlag auf die andere Seite. Auch hier ließ er mir Zeit. Ich hörte, wie er die Gerte zur Seite legte. Heute war es keine Strafe, es war Teil seiner Inbesitznahme. Dann war ein Reißverschluss zu hören und ich wusste, dass er sich jetzt auszog für mich. Gleich würde ich ihn spüren. Seine Finger fanden meine Klitoris, umkreisten sie ein wenig, aber mehr würde er mir an Vorspiel nicht gönnen. Nicht heute. Nicht zu diesem Zweck.

„Ich werde dich jetzt nehmen", teilte er mir mit und drückte mit einer Hand meinen Rücken auf die Matratze. Ich blieb ganz ruhig liegen und bereitete mich auf seinen Schwanz vor. Ich spürte seine Penisspitze an meinem Eingang und entspannte mich, um seine ganze Länge in Empfang zu nehmen und mich ihm hinzugeben. Ich war so nass, dass er problemlos in mich eindrang. Er gab mir keine Zeit, mich an ihn zu gewöhnen. Nicht heute. Ich hätte es auch nicht gewollt. Ich genoss seinen Überfall, genoss, dass er nicht fragte, keine Rücksicht nahm. Alles in mir verlangte nach Unterwerfung. Ich wollte spüren, wie er mich für sich beanspruchte. Ich spreizte meine Beine noch etwas, damit er tiefer in mich hineinkam. Jeder Stoß trieb mich weiter in seine Welt. Hier ging es nicht um meine Lust, sondern um seinen Besitz.

Sein Atem wurde schneller und er trieb seinen Schwanz immer schneller und zielstrebiger in mich hinein. Ich hielt mich am Bettlaken fest, um durch die Heftigkeit seiner

Stöße nicht nach vorne zu rutschen. Plötzlich spürte ich seine Hand in meinen Haaren. Er krallte sich darin fest, um mich noch besser in Position zu halten und noch mehr Kraft aufwenden zu können. Um mich tief auszufüllen und seinen Besitz zu beanspruchen. Meine Orgasmen und meine Scham hatten ihm schon vorher gehört, aber jetzt nahm er sie zum ersten Mal für seine eigene Lust in Anspruch. Es fühlte sich wunderbar an. Ich spürte ihn ganz tief in mir. Ich hörte auf seinen Atem, ich wollte wissen, wie es um ihn stand. Auf einmal veränderte sich seine Körperspannung und ich fühlte seinen Orgasmus kommen. Und dann hörte ich ihn. Ein stiller kurzer Schrei entwich seinem Mund. Ein letztes Mal versenkte er sich tief in mir, blieb so und ich fühlte ihn so tief in mir wie noch nie zuvor. Er hatte sich an mir befriedigt. Das, was ich mir die ganzen Wochen gewünscht hatte, war nun vollbracht. Ich war glücklich.

Ohne ein Wort zog er sich aus mir zurück. Meine Beine und Arme zitterten vor Lust. Jetzt war ich sein. Zu gerne hätte ich dieses wunderbare Gefühl, ihn befriedigt zu haben, mit einem eigenen Orgasmus gekrönt. Aber das stand nicht in meiner Entscheidung und er empfand es nicht als nötig. Und es war gut so, weil ich ihm nur so meine gesamte Hingabe schenken konnte.

Noch immer kniete ich breitbeinig auf dem Bett. Was würde jetzt folgen? Ich wagte nicht, meine Position zu ändern, ohne dass er mir dazu Anweisungen gab. Ich horchte auf die Geräusche hinter mir. Überrascht vernahm ich, dass er seine Hose wieder schloss. Er stand immer noch hinter mir und ließ mich weiter in dieser unwürdigen Position. Nachdem er noch immer nicht gesagt hatte, dass ich aufstehen durfte, wagte ich es nicht. Ich war mit meinen

Gedanken allein. Er hatte mich ganz tief in meine submissive Rolle geschubst. Da unten kauerte ich nun zu seinen Füßen und fühlte das Machtgefälle, das ich brauchte. Dort ist dein Platz, Alisa. Dort ist Ruhe in deinem Kopf.

Wahrscheinlich waren es nur ein oder zwei Minuten, aber es kam mir erheblich länger vor. Diese Zeit hatte ich gebraucht, um mich in meiner Position einzurichten.

Ich hörte Schritte hinter mir und dann seine Stimme nah an meinem Ohr: „Na, alles gut?"

Er war zu mir getreten, half mir beim Aufstehen und hielt mir einen kuscheligen Bademantel hin, damit ich hineinschlüpfen konnte.

„Komm, mach es dir hier auf dem Bett gemütlich. Ich gehe nochmal schnell hinunter und hole uns etwas zu essen. Was hast du denn Feines in deinem Picknickkorb? Gibt es da etwas, was auch ein Nichtkoch wie ich zubereiten kann? Ich glaube, du musst mir da mal Unterricht geben. Ich möchte doch meine wunderbare Sub nach einer harten Session auch in kulinarischer Hinsicht verwöhnen können. Was denkst du?"

Ich hatte mich auf dem Bett ausgestreckt. Er setzte sich auf die Matratze neben mich und küsste mich liebevoll auf meinen Hals. Diese Seite von Viktor war nicht minder attraktiv und ich war mir sicher, meinen Freundinnen würden die Münder offen stehenbleiben, wenn ich ihn ihnen irgendwann vorstellte. Die Vorstellung amüsierte mich, sodass ich unweigerlich grinste. Um nicht nach meinen Gedanken gefragt zu werden, antworte ich schnell: „Du kannst das Baguette aufbacken und dann habe ich verschiedene Aufstriche eingepackt. Das Pesto und den Nachtisch machen wir vielleicht an einem anderen Tag und ich zeige dir, wie es geht. Das würde ich sehr gerne tun."

„Na dann ist das ja geklärt", antwortete er zufrieden, stand auf und küsste meine Füße, eine Zehe nach der anderen, und zog zufrieden an den Fußfesseln.

„Gehört jetzt alles mir. Nur mir. Und nur ich entscheide, wie ich diese weibliche Herrlichkeit als mein Eigentum zeichnen werde in der Zukunft."

Entsetzt sah ich ihn an und versuchte an seinem Blick herauszufinden, wie er das meinte. Zeichnen?

„Herrlich, wie ich dein anzügliches Lächeln – ich hätte ja gerne gewusst, welche Gedanken es vorhin ausgelöst haben – innerhalb einer Sekunde aus deinem Gesicht verschwinden lassen kann. Aber mach dir gerade darüber keine Sorgen. Alles zu seiner Zeit, Alisa. Ich werde nichts gegen deinen ausdrücklichen Willen tun. Außer es dient zur Ausweitung deiner Grenzen. Du kannst ja mal mit Julia darüber sprechen. Soweit ich weiß, war es Thomas wichtig, dass seine Sub auch im ausgezogenen Zustand als sein Eigentum zu erkennen ist."

„Du meinst jetzt kein Halsband, nehme ich an?", fragte ich vorsichtig.

„Nein, das meine ich nicht. Aber ein Halsband wäre für den Anfang völlig ausreichend in meinen Augen. Außer die Dame wünscht sich etwas anderes. Besprecht das mal unter euch Subs. Später werde ich noch Thomas anrufen und ihm deine Entscheidung mitteilen. Julia wird sich sicher freuen wie eine Schneekönigin und ihr werdet in nächster Zeit bestimmt noch genug Zeit zum Austausch haben."

Ich seufzte. Ach, war das alles kompliziert. Ich würde noch viel in meinem Kopf umbauen müssen. Als Viktor die Treppe hinunterging, lächelte ich zufrieden und kuschelte mich in seine Bettdecken, die so wunderbar nach ihm und nach Sex rochen. Die Aufregung der letzten drei Tage ließ

meine Augen zufallen und ich war schon beinahe eingeschlafen, als Viktor wieder den Raum betrat. Schon
schwebte ich im Zustand, in dem man Stimmen nur noch
durch einen Schleier hört. „Du siehst so friedlich aus, wenn
du schläfst. Ich hoffe, es wird immer so bleiben und ich
werde besser auf dich aufpassen können als auf Katharina.
Ich werde alles dafür geben."

Die Bedeutung seiner Worte konnte mein Verstand
nicht mehr entschlüsseln, denn ich schlief ein.